Rudi Kost

Grock spielt die erste Geige

Ein Baden-Württemberg-Krimi

Silberburg-Verlag

Rudi Kost, 1949 in Stuttgart geboren, ist gelernter Journalist und arbeitet seit langem als freier Autor und Herausgeber. Er hat Hörfunkfeatures und Hörspiele geschrieben, PC-Fachbücher, Reiseführer und vieles mehr. Er lebt bei Schwäbisch Hall, wo auch seine Krimiserie um den Versicherungsvertreter Dillinger spielt.

Dies ist ein Roman. Alle Personen sind frei erfunden.
Die Geschichte verdankt einige Anregungen einem wahren Fall, über den der Berliner Oberstaatsanwalt Willi Wiedenberg berichtet hat (»Die Welt«, 29.5.2005).
Dank an Maria für den entscheidenden Einfall.

1. Auflage 2014

© 2014 by Silberburg-Verlag GmbH,
Schönbuchstraße 48, D-72074 Tübingen.
Alle Rechte vorbehalten.
Umschlaggestaltung: Christoph Wöhler, Tübingen.
Coverfoto: © GIBLEHO – Fotolia.
Druck: CPI books, Leck.
Printed in Germany.

ISBN 978-3-8425-1348-8

Besuchen Sie uns im Internet
und entdecken Sie die Vielfalt unseres Verlagsprogramms:
www.silberburg.de

I

Als das Telefon ging, war Grock schon halb zur Tür hinaus. Abrupt hielt er inne und verfiel in ein tiefes Grübeln. Das war jetzt eine interessante Situation. War er schon halb draußen oder noch halb drinnen? Und wenn er sich schon mehrheitlich außerhalb des Dienstzimmers befand, war er dann auch schon außer Dienst? Mehrheitlich? Oder ganz?

Das Telefon schnarrte weiter. Ein Höllenlärm, wenn einer in Gedanken ist und ganz weit weg.

Wahrscheinlich gab es für solche Fälle Richtlinien und Vorschriften, bis auf den Zentimeter genau, der Rat würde sie kennen. Die lösten aber nicht sein Problem.

Das Telefon gab keine Ruhe.

Grock fühlte einen Ärger aufsteigen. Telefon um diese Zeit, lange nach Dienstschluss, das konnte ja nichts Gutes bedeuten, oder? Heilandsack, warum bloß war er nicht eher gegangen? Wer wusste überhaupt, dass er noch hier war?

Er starrte auf das schnarrende Telefon, als könne er es mit seinen Augen atomisieren.

Schließlich siegte das Pflichtgefühl. Oder auch die Neugierde.

Er kehrte um, nahm den Hörer ab, meldete sich mit einem knurrigen »Ja«, lauschte und sagte: »Wo genau? Aha.«

Ausgerechnet dort.

Sakrament, das hatte ihm gerade noch gefehlt!

Es war ja nicht so, dass es ihn nach Hause drängte, was sollte er dort auch. Aber noch weniger Lust hatte er, seine Zeit an einem Tatort zu verbringen.

Nicht bei diesem Wetter.

Seit elf Tagen regnete es ohne Unterlass, die Zeitungen hatten genau gezählt, und selbst die professionellen Wetterschönredner im Fernsehen machten mittlerweile trübe Mienen. Und das im Juni, wo man doch eigentlich in einer Gartenwirtschaft sitzen müsste bei einem Trollinger vom Fass. Stuttgart soff so langsam ab, daran konnte auch ein grüner Oberbürgermeister nichts ändern, der konnte höchstens das Mantra vom Klimawandel herunterbeten.

Das wird eine schöne Sauerei, dachte er.

Er merkte, wie der Ärger zu einem granatenmäßigen Zorn wuchs, der eigentlich durch nichts begründet war, und das ärgerte ihn noch mehr. Er suchte ein Opfer. Das er nicht fand, er war allein auf weiter Flur, und das im Wortsinne. Und etwas an die Wand zu werfen, jetzt zum Beispiel diesen Aschenbecher, machte keinen Spaß, wenn man keine Zuschauer hatte, die erschreckt den Kopf einzogen.

Das wurmte ihn mächtig.

Stinkwütend stapfte er davon, laut schimpfend.

Der Pförtner kam ihm gerade recht. Der starrte mit offenem Mund verwundert, wenn nicht gar besorgt auf einen Kommissar, der vor sich hin brabbelte und mit den Armen gestikulierte.

»Mach's Maul zu, es zieht«, herrschte Grock ihn an. »Und glotz nicht wie ein Mondkalb!«

Aufs Tiefste beleidigt zog sich der Pförtner zurück. Man war ja einiges gewöhnt von den Kommissaren, von diesem Grock zumal, aber das ging dann doch zu weit.

Grock stieg, etwas befriedigt, in seinen Wagen.

Wenigstens hatte er einen schweren Regenmantel und Gummistiefel immer im Auto, also würde er sich nicht auch noch die Kleidung ruinieren.

Es war nicht weit.

Diesmal war es wieder der Mittlere Schloßgarten, gleich beim Teich.

Er schlüpfte in seine Gummistiefel und zog sich den Regenmantel über. Sakrament, wie würde sein Wagen aussehen nachher! Nach kurzem Zögern nahm er doch den Cowboy-Hut. Regenschirme waren lästig.

Es war ihm bewusst, dass er komisch aussah, aber es war ihm so was von egal. Der Hut mit seiner breiten Krempe war praktisch, das allein zählte.

Dann ging er hinüber.

Es war noch hell, gerade noch so. Wenigstens das.

Der dritte Penner in drei Wochen. Ab jetzt würde die Lokalpresse von einer Serie sprechen. Er schaute auf die Uhr. Die Schlagzeilen würden es noch in die Stadtausgaben schaffen.

Serie! Lachhaft!

Dem Ersten hatte einer ein Messer in den Bauch gerammt im Oberen Schloßgarten, der Zweite war ganz in der Nähe von diesem Tatort so auf eine Steinbank gestürzt, dass es ihm den Schädel zertrümmert hatte.

Grock war sich sicher, dass dies Händel unter den Pennern gewesen waren, Unglücksfälle, keine Morde, und mit der Zeit und mit Geduld würden sie das auch beweisen können.

Und der hier? Grock ließ sich unterrichten. Mit einer Flasche den Schädel eingeschlagen. Lag vermutlich seit gestern schon da. Also hätten sie die Spurensuche auch gleich abbrechen können.

»Zeigt mir die Flasche«, verlangte er.

Die Kollegen präsentierten ihm die Überreste in der Plastiktüte.

Donnerwetter, ein Macallan! Er war kein Whiskyexperte, das gab sein Gehalt nicht her, aber er war einmal eingeladen worden – wo war das gleich gewesen? Er starrte auf die Leiche hinab und grübelte. Er kam nicht drauf. Auch egal jetzt. Jedenfalls konnte er mitreden, was einen Macallan betraf. Saugut und sauteuer. Das kauft kein Penner beim Aldi.

Etwas an diesem dritten Toten war anders, das spürte er. Er trug die gleichen schmuddeligen Kleider wie all die anderen Penner und war verdreckt, wenn der Regen auch einiges abgewaschen hatte. Er hatte keinen Ausweis bei sich und auch sonst nichts, was eine Identifizierung ermöglicht hätte. Kein Geld in der Tasche, nicht einen einzigen Cent. Sah so aus, als hätte man ihn ausgeräumt. In der Plastiktüte, die neben ihm im nassen Gras lag, befanden sich leere Bierdosen unterschiedlicher Marken.

Aber etwas war anders.

Grock trödelte noch eine Zeitlang herum, weil er glaubte, dass man das von ihm erwartete, was ein Irrtum war. Jeder wusste, dass er nichts ausrichten konnte jetzt. Er störte nur.

»Kerle, pass auf, dass du keine Spuren zerdappsch!«, flachste er einen jungen Kollegen von den Spurensicherern an. Der sprang erschrocken zurück.

»War ein Witz«, beruhigte ihn Grock.

Stand es schon so schlimm, dass er seine Witze erklären musste? Das war doch offensichtlich, dass für die Spurensicherer hier eh nicht viel zu holen war, nicht nach diesem Dauerregen, und dass deshalb seine dumme Bemerkung nichts anderes gewesen sein konnte als eben eine dumme Bemerkung. Der Versuch, sie alle, die unlustig durch den Matsch stapften, mit einem Witz aufzuheitern.

Der Versuch war erbärmlich misslungen.

Manchmal war er wie der Elefant im Porzellanladen, hier und heute eben der Elefant in einem aufgeweichten städtischen Park. Manchmal, ohne es zu wollen. Manchmal wollte er auch.

Grock suchte jemanden, an dem er seine Laune auslassen konnte. Aber alle taten beschäftigt und vermieden den Blickkontakt.

Unterdessen war es dunkel geworden. Das gnadenlose Licht der Scheinwerfer stanzte eine Insel in die Nacht. Rings umher nur konturenlose Dunkelheit und das Pladdern des Regens.

2

Grock, noch immer in übelster Stimmung, fuhr heim nach Luginsland. Sein Haus lag dunkel, was hatte er auch anderes erwartet. Bei den Nachbarn rechts bewegte sich die Gardine, er sah kurz das blaue Flackern des Fernsehers. Sie hatten also darauf gewartet, wann er kommt. Ob sie es notierten, genau mit Uhrzeit?

Neugieriges Pack.

Er streckte ihnen die Zunge heraus und hoffte, dass sie es noch gesehen hatten.

Der Mantel hinterließ eine Pfütze im Flur, die Gummistiefel hatte er mitsamt ihrem Dreck gleich im Auto gelassen.

Er machte Licht, überall, und ließ die Gardinen offen. Sollten die Nachbarn ruhig sehen, was sich tat im Haus, es war ihm einerlei. Er ging in die Küche, zögerte kurz und entschied sich dann für einen Trollinger aus Uhlbach. Wenn schon nicht im Garten, dann eben im Haus. Wenn das so weiterging mit dem Wetter, würde er die Heizung wieder einschalten müssen. Doch eigentlich lohnte sich das überhaupt nicht für die kurze Zeit, die er zu Hause war.

Im Kühlschrank fand er einen Bollen Wurst.

Mit dem Glas in der Hand wanderte er durch das leere Haus. Die Stille sprang ihn an. Er betrachtete die Bilder an der Wand. Eigentlich müsste er sie auswendig kennen, sie begleiteten ihn schließlich sein halbes Leben, doch sie schienen sich von Mal zu Mal zu ändern.

Damals hatte sie noch Aquarelle gemalt, wie flüchtige Skizzen dahingehuscht. Er sah einen Leuchtturm, eine Mole, Felsen, Meer und erinnerte sich an diesen Urlaub im Süden, als er dem Jungen das Schwimmen beizubringen versucht hatte, ein aussichtsloses Unterfangen im Meer, und Lena hatte derweil ihre Aquarelle gepinselt. Ihre Wangen waren rot, nicht nur von der Sonne, ihre Augen lachten, sie war aufgekratzt und sprudelte vor Energie, sie hatte etwas geschafft, aber der Junge konnte immer noch nicht schwimmen. Später hatte sie eine kleine Galerie in Esslingen zu einer Ausstellung überreden können und nicht schlecht verkauft. So ging es, bis die Tochter kam.

Lionel war seit Längerem ausgezogen und studierte Maschinenbau in Aachen, Lisa seit Neuestem Medizin in Tübingen. Und Lena?

In einem Anfall maßloser Wut warf er sein Glas an die Wand. Der Rest Wein spritzte ein bizarres Muster. Wie nannte man so was: Trollinger-Art?

Er würde die Sauerei nicht wegputzen, schwor er sich, er nicht!

Draußen platschte der Regen unbeirrt.

3

Wie er sich's gedacht hatte. Die Entdeckung der Leiche war noch nicht zu spät gewesen für die Lokalpresse, und nun schrien sie die Serie von den Penner-Morden heraus. Die Zeitung mit den großen Buchstaben schrie besonders laut, das war ja nicht anders zu erwarten.

Grock war unausgeschlafen und verkatert und bemitleidete sich selbst.

Die Serie würde nun langsam die Etagen hochklettern und ganz schnell wieder hinab und dann mit einem Knall auf seinem Kopf landen.

Das hatte ihm gerade noch gefehlt. Als ob er keine anderen Sorgen hätte!

Um sich etwas aufzuheitern, wettete er mit sich selbst, wann der Rat ihn zu sich bestellen würde.

Normalerweise ließ sich der Rat nie vor elf blicken. Heute würde das anders sein. Golfen konnte er sowieso nicht, der Regen hatte nicht nachgelassen.

Ließe er ihn vor neun rufen, legte sich Grock fest, würde er sich heute Abend einen Trollinger vom Wöhrwag gönnen. Kommt der Anruf aber nach neun, musste es einer von der Genossenschaft tun.

Grock war siegessicher.

Er starrte auf das Telefon, hörte dem Regen zu, dachte mit Wehmut an Lena und hatte die Uhr im Blick.

Um drei nach neun war es so weit. Drei Minuten!

Während Grock den Flur entlangging, grübelte er über die schwerwiegende Frage nach, inwieweit es moralisch statthaft sei, sich selbst zu betrügen. Drei Minuten! Drei Minuten galten eigentlich nicht. Ganz bestimmt ging seine Uhr vor.

Andererseits, Regeln sind Regeln.

Er stellte sich eine neue auf. Wenn der Rat sich wundern würde, dass Grock schon so früh im Büro war, dann die Genossenschaft.

Grock war sich diesmal absolut sicher.

»Dicke Luft«, sagte Waltraud Schächterle gleichmütig und goss ihren Ficus. Die Vorzimmerdame von Kriminaloberrat Dr. Jochen Harms, Leiter der Kriminalpolizeiinspektion 1, war seit vierzig Jahren dabei, sie erschütterte nichts mehr.

Sie hatte die Räte kommen und gehen, aufsteigen und manchmal auch fallen sehen. Es kümmerte sie wenig. Hauptsache, ihre Topfpflanzen überlebten. Die Jahre hatten sich wie Lebensringe um ihren Körper gelegt, der dadurch etwas Monströses gewonnen hatte. Schutzschilde gegen alle Unbilden.

Als Grock die Hand nach der Türklinke zum Zimmer des Rats streckte, wurde er von Waltraud mit einem knappen »Halt!« gestoppt. Sie deutete wortlos auf seine Schuhe.

Der Rat, dessen Frau vermögend war, hatte sein Büro jüngst auf eigene Kosten mit einem neuen Teppichboden ausstatten lassen, einem teuren Teppichboden, wie er nicht vergaß zu betonen, und duldete keine Straßenschuhe.

Missmutig schlüpfte Grock aus seinen Stiefeln. Sein rechter großer Zeh lugte verschämt aus einem kapitalen Loch in der Socke. Waltraud bemerkte es und schüttelte missbilligend den Kopf.

So was! Sonst achtete Grock auf sein Äußeres, nach seinen Maßstäben jedenfalls, aber das war ihm heute Morgen beim Anziehen gar nicht aufgefallen.

Grock wackelte mit dem Zeh, dann zog er rasch den Socken aus und streckte ihn Waltraud hin. »Kannst du nicht ...?«, bat er.

»Nein!«, sagte sie entschieden und stellte sämtliche Lebensringe auf Abwehr. Waltraud war nach zähem Kampf erfolgreich geschieden und hatte nicht die Absicht, sich jemals wieder in ihrem Leben mit Männersocken zu befassen, wenn sie auch sonst ein großes Herz hatte.

»Ich kann das nicht«, sagte Grock und spielte mit dem Zeigefinger in dem Loch.

»Man kann alles lernen, wenn man will. Oder wenn man muss. Man kann auch das Alleinsein lernen.«

Grock schaute sie misstrauisch an. Ahnte sie etwas von dem, was sein Geheimnis bleiben sollte? Doch sie schaute ihn nicht bedeutungsvoll an, sondern ordnete Papiere auf ihrem Schreibtisch. Dann hatte sie wohl ihre eigene Situation gemeint.

»Im Übrigen«, sagte sie noch, »gibt es neue Socken in jedem Kaufhaus.«

»Aber der Rat ...«, sagte Grock hilflos.

»Nein.«

»Wo bleibt denn dieser Grock?«, knarzte es aus der Gegensprechanlage.

Waltraud wies auf die Tür zum Allerheiligsten, und Grock trottete hinein, den Socken noch immer in der Hand.

Er sollte das immer so machen. Der teure, flauschige Flor umschmeichelte seinen nackten Fuß auf das Angenehmste, und genüsslich und gemächlich schlenderte er zu dem

Schreibtisch hin, hinter dem der Rat saß. Designerstücke, beide.

»Da sind Sie ja endlich«, rief Harms. Grock war irritiert, weil er sich plötzlich an seine Wette erinnerte und nicht wusste, wie dieser Aufruf dazu passte. Ohnehin fiel ihm nicht mehr ein, was genau nun eigentlich seine Wettbedingungen waren. Egal, er hatte so oder so gewonnen, beschloss er. Ein Tag, der ganz gewiss nur Unerquickliches bringen würde, ließ sich besser überstehen, wenn am Abend ein guter Tropfen in Aussicht stand.

Der Rat wackelte betrübt mit dem Kopf, als er Grocks ansichtig wurde. Wie er nur wieder aussah! Da aber Grock immer gleich aussah, der Rat mithin bei jeder Begegnung den Kopf schütteln musste, war dies zu einer Art Begrüßungsritual geworden, das keiner von ihnen mehr wahrnahm.

Die leidige Frage der täglichen Garderobenauswahl, die ja untrennbar verbunden war mit der ebenso leidigen und immens zeitraubenden Frage der regelmäßigen Garderobenergänzung, hatte Grock für sich höchst pragmatisch entschieden. Er trug stets Jeans und eine Wildlederjacke. Als ausgesprochen festlich gekleidet galt bei Grock, wenn er sich zu einem Hemd bequemte, mit offenem Kragen, versteht sich. Üblich war ein T-Shirt. Wie heute.

Gleichsam als modische Extravaganz besaß er von den Jacken zwei Stück, die eine in Grau, die andere in Beige und beide schon etwas speckig. Heute war Beige an der Reihe, möglicherweise, weil der Tag ohnehin grau war. Genauso gut hätte es aber auch Grau sein können, wie um die Trübnis des Tages und seiner Stimmung noch zu unterstreichen.

Er wechselte die Jacken nach einem undefinierbaren System, auf das seine Leute schon Wetten abgeschlossen hatten, ohne dass einer jemals erfolgreich gewesen wäre. So dass sie es mittlerweile aufgegeben hatten, sich auch nur Gedanken darüber zu machen.

Genau wie sich der Rat seinerseits darein geschickt hatte, dass es sinnlos war, Grock Vorhaltungen zu machen wegen dessen rigiden, ja ridikülen Kleidungsgewohnheiten. Ein Dorn im Auge waren sie ihm gleichwohl. Und dann noch dieser Pferdeschwanz, zu dem er sein Haar gebunden hatte, dunkelbraun mit einigen grauen Strähnen. Übrigens hatte noch niemand Grock mit offenem Haar gesehen.

Der Mann, fand der Rat, war mittlerweile über die Jahre hinaus, um noch als Alt-Hippie herumzulaufen. Laut ausgesprochen hatte er das allerdings noch nie. Grock selbst wäre einigermaßen erstaunt gewesen über eine solche Zuordnung und hätte dagegengehalten, dass er für einen Hippie viel zu alt und für einen Alt-Hippie viel zu jung sei. Er war gewissermaßen durch das Raster der Zeit gefallen und fühlte sich wohl dabei.

Überhaupt war sein Aufzug mit keinerlei ideologischen Festlegungen verbunden. Es gefiel ihm so, und es war praktisch, und damit basta. Was nicht heißen sollte, dass er nicht eitel war; auf seine Art allerdings.

Allenfalls hätte er eingeräumt, nach einer Flasche Trollinger vielleicht, dass in ihm ein gewisses Potenzial an Rebellentum schlummerte. Nicht präzise umrissen, nicht als Programm, eher als ein latentes Misstrauen gegen Konventionen und Autoritäten von Amts wegen. Damit machte er sich nicht nur Freunde, wie er wohl wusste. Aber mit penetranter Sturheit hielt er an sich fest.

Doch Stil- oder gar Geschmacksfragen standen jetzt nicht zur Debatte, schließlich hatten sie drei Leichen.

Geduldig hörte Grock sich das Lamento des Rates an. Penner waren egal, aber Serie war schlecht. Serie implizierte Versagen, da war nicht genügend getan worden, damit etwas überhaupt nicht erst zur Serie wurde. Der Rat hatte Ambitionen, das LKA vielleicht, man munkelte auch vom Innenministerium, obschon das bei der derzeitigen politischen Farbenlehre undenkbar schien. Aber irgendwann würden die Wähler wieder zur Vernunft kommen, und für diese Zukunft musste man vorbereitet sein, eine Serie störte da entschieden.

Wie immer war der Rat makellos und bot keinerlei Angriffsfläche, auch kleidungsmäßig nicht. In den Fünfzigern wie Grock, trug er, wie immer, einen perfekt sitzenden dunklen Dreiteiler, nicht von der Stange, diesmal einen blauen Nadelstreifen. Weißes Hemd, dezent gemusterte Krawatte, Föhnfrisur. Die randlose Brille suggerierte Intellektualität, was aber Täuschung war.

Eine vorzeigbare Erscheinung, unbestreitbar, modelliert für Höheres. Die Stimme energisch, das Kinn kampflustig vorgestreckt, Tatendrang in den Augen. Der Rat übte für die Pressekonferenz, die unvermeidlich anstand. Sein forsches Gehabe kompensierte den Umstand, dass er klein von Wuchs war. Gelegentlich huschte ein knitzer Ausdruck über sein Gesicht, aber man durfte sich davon nicht in die Irre führen lassen. Er konnte gnadenlos sein.

»Wir müssen entschlossen den Kampf aufnehmen, Grock«, sagte der Rat.

Wir? Der Rat würde nur an der politischen Front kämpfen, und das war auch besser so, wenn sie Ergebnisse haben wollten.

»Das ist eine ernste Situation, Grock«, sagte der Rat. »Wir werden alle Kräfte auf diesen Fall konzentrieren, und wir werden nicht eher ruhen, bis die Serie gestoppt ist. Ich verlange vollen Einsatz.«

Der Rat liebte solche Phrasen.

Grock machte erst gar nicht den Versuch, seine Zweifel an der Serie anzumelden, das war nutzlos in diesem Moment. Der Rat musste Führungsqualitäten zeigen, da waren Zweifel unangebracht. Grock verstand das ja, der Rat stand unter Druck, er wollte Ergebnisse sehen, und zwar sofort, bitte schön.

Der Rat erwartete pflichtgemäßen Protest mit Hinweis auf die angespannte Personalsituation oder was man sonst bei derlei Gelegenheiten in die Diskussion werfen mochte.

Ebenso pflichtgemäß würde er, der Rat, das nicht gelten lassen, und somit standen die Chancen auf einen von Grocks Ausbrüchen nicht schlecht.

Doch Grock, dem noch der Trollinger im Kopf gärte, war beunruhigend lammfromm und versprach ihm alles, was er hören wollte, damit ging er unerquicklichen Diskussionen aus dem Weg. Er würde die Ermittlungen ohnehin so leiten, wie er es für richtig hielt.

Grock so friedlich? Der Rat staunte. Dann wurde er gewahr, dass Grock etwas in der Hand hielt.

»Was ist das?«, fragte der Rat. »Ist das ein Beweisstück?«

Grock hielt den löchrigen Socken hoch. »Höchstens für meine hausfraulichen Fähigkeiten.«

Der Rat nickte mitfühlend. »Socken!«, philosophierte er. »Sie finden nie zueinander. Sie verschwinden auf rätselhafte Weise im Nichts. Sie lösen sich voneinander. Das Sockenloch im Besonderen ist ein Mysterium, das sich jeder rationalen Erklärung entzieht. Warum ist da plötzlich nichts mehr, wo zuvor etwas war? Wohin ist es gegangen? Ich bringe das nicht auf die Reihe. Sockentechnisch bin ich meiner Frau hilflos ausgeliefert.«

Nun war es an Grock, mitfühlend zu nicken. Die Socke war eine Metapher. Er kannte die Frau Rat, eine harsche, widerwärtige Person, mit der nicht gut Kirschen essen war. Man schrieb seinen Ehrgeiz ihr zu, und das war wohl richtig, denn manchmal hatte der Rat sich nicht im Griff und zeigte sich menschlich.

»Aber es ist angenehm, barfuß auf Ihrem Teppich«, sagte Grock und zog auch den anderen Socken aus.

»Nicht wahr?«, strahlte der Rat, bückte sich und entledigte sich in Windeseile seiner Socken. Dann erhob er sich und stolzierte auf und ab.

»Luxury Shaggy. Heat-Set-Spezialfaser. Hervorragende Wiederaufrichtungseigenschaften. Lichtstabil und selbstverständlich schadstoffgeprüft.«

»Selbstverständlich«, sagte Grock und wackelte mit den Zehen.

Auch der Rat spielte mit den Zehen im hohen Flor. »Es ist ein Gefühl wie ... wie ... ein Gefühl eben.«

Grock war gleichfalls aufgestanden, ging hin und her und ergab sich dem ... Gefühl. »Es kribbelt«, sagte er.

»Bis in die Eier«, bestätigte der Rat.

»Wie eine Massage«, sagte Grock.

»Nuru ist nichts dagegen«, so der Rat mit einem wohligen Stöhnen.

Nun, das sagte Grock nichts, aber wenn der Rat meinte, hatte es schon seine Richtigkeit.

Sie glitten mit ihren nackten Füßen durch den Teppich, der Rat mit verklärter Miene.

»Man sollte das öfter machen«, sagte Grock.

»Mein geheimes Vergnügen«, gluckste der Rat.

Wie ertappt, mit hochrotem Gesicht, huschte er zu seinem Schreibtisch, griff nach den Socken und hielt inne.

»Nun schauen Sie sich das an«, sagte der Rat und zeigte auf ein Loch in seiner Socke. »Das war heute Morgen noch nicht, ich schwöre es. Wie ich schon sagte, ein Mysterium.«

Grock nickte.

Der Rat räusperte sich. »Der Staatsanwalt wird ungeduldig.«

Wie auch anders. Es gehörte zum Wesen der Staatsanwälte, ungeduldig zu sein, ihr Ziel war das Gericht, wo sie brillieren konnten, alles auf dem Weg dahin war nur lästig. Von zähen Ermittlungen verstanden sie ohnehin nichts, man war das gewohnt. Grock zuckte nur mit den Schultern.

»Er erwartet Ihren Bericht«, sagte der Rat.

»Könnten Sie das nicht ...?«, fragte Grock.

»Mein lieber Grock, ich ertrinke in Arbeit.« Der Rat wies auf seinen Schreibtisch. Wenn es Arbeit gab, war sie gut getarnt, der Schreibtisch war leer bis auf die unumgänglichen Utensilien. Der Rat hatte gelesen, dass Aktenstapel von mangelhaften Führungsqualitäten zeugten, man musste delegieren können. Er hatte sich diesen Grundsatz bedingungslos zu eigen gemacht.

Grock zuckte abermals mit den Schultern, gleichmütig.

»Da ist noch etwas, Grock«, sagte der Rat.

Grock hörte.

»Es liegt eine Beschwerde gegen Sie vor. Vom Pförtner. Sie sollen ihn gestern Abend geduzt und beschimpft haben«, sagte der Rat, etwas bang, weil er einen Grock'schen Ausbruch fürchtete.

Grock staunte. Was war denn da gewesen? Sicher, er war schlechter Laune gewesen und hatte sich aufgeregt und hatte irgendetwas zum Pförtner gesagt, an das er sich beim besten Willen nicht mehr erinnern konnte. Aber beschimpft? Das sicher nicht. Wahrscheinlich war der Pförtner kein Landsmann und nahm das bisschen Gebruddel für bare Münze.

»Hamballe«, murmelte er.

»Wie bitte?«, fragte der Rat. Auch er war nicht von hier.

Grock wischte die Frage mit einer unwilligen Handbewegung beiseite.

»Kümmern Sie sich darum, Grock. Wenigstens eine Entschuldigung wäre angebracht«, sagte der Rat.

Grock versprach auch das und war selbst überrascht, dass er sich nicht aufregte. Das Kribbeln hielt an, von den Füßen an aufwärts. Grübelnd blickte er auf den Teppichboden. Er barg ein Geheimnis.

Mit den Socken in der Hand tapste er zurück in Waltrauds Vorzimmer.

»Dem geht einer ab«, sagte er.

Waltraud nickte wissend. »Das Kribbeln.«

»Hat was.«

»Ich weiß.«

»Feierst du mit ihm Barfußpartys?«

Waltraud schnaubte.

Grock zog sich die Socken wieder an, den löchrigen an den andern Fuß, den linken. Der hatte auch ein Recht auf Freiheit.

Auf dem Rückweg fühlte er sich beschwingt und sinnierte ohne Groll über die Ergebnisse, die der Rat haben wollte, und zwar sofort, bitte schön. Das war eine Sache, die er nicht so ohne Weiteres beiseiteschieben konnte. Der Rat wollte zeigen können, dass gearbeitet wurde, mit vollem Einsatz. Es würde seinen Leuten nicht gefallen.

Aber manchmal gehörte es eben zu seiner Position, sich unbeliebt zu machen. Damit konnte er leben.

Zuerst freilich war der Staatsanwalt an der Reihe. Das Kribbeln hörte schlagartig auf, und etwas von seinem Missmut kehrte zurück.

4

Der zuständige Staatsanwalt Rainer Ströbel, Anfang der Dreißig, natürlich ein Doktor, worauf er aber nicht herumritt, seit solche Titel sich als bisweilen nicht haltbar erwiesen hatten, was nun zu amüsanten Spekulationen hätte führen können – Rainer Ströbel also war ein Katalogmensch.

Grock stellte sich das so vor, dass man diese Wesen aus vorgegebenen Bestandteilen zusammensetzte, so dass eine grundlegende Erscheinungsform gewahrt blieb, die allenfalls geringe Differenzierungen zuließ; mal blond, mal braun. Darum allenthalben die uniformen Anzüge, die dezenten Krawatten, die gepflegten Haarschnitte, die entschlossenen Stimmen, das bestimmende Auftreten.

Solche Menschen waren verwechselbar, deshalb gab es im Katalog noch einige Zusatzausstattungen. Dr. Rainer Ströbel konnte man schneidig nennen. Ein Schmiss hätte ihm gut angestanden, aber der war wohl derzeit nicht im Angebot.

Auf dem Schreibtisch des Staatsanwalts lagen die Zeitungen.

»Eine schlimme Geschichte«, sagte Ströbel mit freudigem Ton.

Er meinte nicht die drei Toten, er meinte die Schlagzeilen. Stand ein Serienmörder auf dem Programm, rieb sich ein Staatsanwalt die Hände. Das verhieß wirkliche Aufmerksamkeit, anders als ein alltägliches Beziehungsdrama mit letalem Ausgang.

»Ein Serienmörder! Bei uns! Im Park!«, sagte er mit leuchtenden Augen und begann dann, über Serienmörder im Allgemeinen zu dozieren und im Besonderen über Serienmorde an Pennern und entwickelte ein exakt passendes Täterprofil, zu dem ihm nur noch der Täter fehlte.

Grock blickte derweil auf die Schuhe des Staatsanwalts, die im Takt seiner Ausführungen wippten, irgendetwas Schwarzes, das edel aussah und so, als würde es den Füßen Beschwerden bereiten, und dachte an den Teppich des Rats.

Er schreckte hoch, weil ihm offenbar eine Frage des Staatsanwalts entgangen war.

»Wo sind Sie bloß mit Ihren Gedanken?«, rügte der. »Ich habe nach neuen Erkenntnissen gefragt.«

»Einige«, log Grock. »Sehr vage noch, aber sie deuten in die richtige Richtung.«

»Ausgezeichnet!«, sagte der Staatsanwalt. »Es geht doch voran!«

Zu den Katalogmenschen gehörte auch, dass sie oftmals mit vorgestanzten Antworten ruhig zu stellen waren, Antworten aus einem anderen Katalog. Gelegentlich jedoch verbissen sie sich darin, nicht aus übergroßem Eifer, sondern aus reinem Unverstand, und es war dann schwer, sie wieder auf den rechten Weg zu bringen.

»Wissen Sie, Herr Grock, nach dem zweiten Toten hatte ich ja gleich an einen Serienmörder gedacht, und nun ist es evident.«

Gar nichts hatte er gedacht, der Fall war als minder bedeutsam auf die Seite geschoben worden. An Pennern machte man sich nur die Hände schmutzig.

Grock behielt seine Zweifel an der Serie abermals für sich.

Staatsanwälte konnte man nicht überzeugen, man konnte sie nur überstehen. Überleben. Niemand will als Staatsanwalt enden, höchstens als Leitender Oberstaatsanwalt, und dann wurde eine neue Bestellung nach Katalog aufgegeben.

Grock verstand das und war deshalb gegenüber Staatsanwälten meist zu einer für ihn unüblichen Gelassenheit fähig. Gelegentlich nur kam ihm seine Sturheit in die Quere.

»Behalten Sie den psychopathischen Aspekt im Auge, Herr Kommissar. Serienmörder sind immer Psychopathen«, gab ihm der Staatsanwalt mit auf den Weg.

Klar.

5

Grock rief seine Leute zusammen und verteilte Arbeit. Der dicke Dirk musste später noch in die Gerichtsmedizin und war zudem mit der Geschichte in Heslach beschäftigt. Ein Mann hatte im Ehestreit seiner Frau mit der Bratpfanne eins übergezogen. Die Bratpfanne war schwer, aus Gusseisen. Die Bratpfanne hatte die Attacke problemlos überstanden, die Frau nicht.

Der Fall war offensichtlich, aber der Mann verweigerte sich noch einem Geständnis und erging sich in absonderlichen Erklärungen, weil er sich selbst noch nicht eingestehen konnte, was da passiert war.

Es war eigentlich egal, aber ein Geständnis wäre ein sauberer Abschluss. Der Bratpfannen-Totschlag hatte jetzt vielleicht nicht mehr oberste Priorität, doch Grock war nicht gewillt, sich Hektik aufzwingen zu lassen, nur weil einer weiter oben Druck von noch weiter oben bekommen hatte. Eins nach dem andern.

Dann blieben eigentlich nicht mehr viele, wenn er nicht selbst die Laufarbeit machen wollte, wozu er aber entschieden keine Lust hatte. Nicht heute. Nicht bei diesem Wetter. Nicht bei seinen Sorgen.

»Toni, und Sie, Kollegin Wimmer, ihr geht in den Schloßgarten und befragt die Obdachlosen«, entschied er. »Wer was beobachtet hat, ihr wisst schon, das Übliche. Nehmt euch ein paar Kollegen vom Revier mit, die kennen ihre Pappenheimer.«

Toni nickte, Theresa Wimmer bockte.

»Das können die Kollegen vom Revier doch auch allein machen«, protestierte sie.

Natürlich hatte sie recht. Die Streifenbeamten hatten sich schon in den Pennerkreisen umgehört und würden dies auch weiter tun. Deswegen musste man wahrlich nicht in die Stadt hineinfahren, nicht bei diesem Sauwetter.

Aber Grock bestand darauf: »Ich möchte, dass Sie dabei sind, Frau Wimmer.«

Theresa gab noch nicht auf. »Bei diesem Wetter findet man ohnehin keinen im Park.«

»Frau Wimmer«, sagte Grock nachdrücklich und mit so viel Geduld, wie er eben noch aufbringen konnte, »wir führen hier keine Diskussionen, sondern Ermittlungen. Und die werden sich, bitte schön, in einem dicken Stapel von Protokollen niederschlagen.«

Bitte schön! Er redete ja schon wie der Rat, und das ärgerte ihn.

»Wir sollten uns besser um die Identität des Toten von heute Nacht kümmern«, widersprach Theresa.

Das lief ja auf eine Konfrontation hinaus. Grock wurde herrisch und eine Spur lauter und überaus prononciert: »Ich gebe hier die Anweisungen. Und ich verteile die Arbeit.«

Theresa lief rot an. Sie standen sich gegenüber wie zwei Kampfhähne. Gleich fängt Grock an zu schreien, dachte Toni, der ihn kannte. Wenn Grock betont akzentuiertes, fast bühnenreifes Hochdeutsch sprach, war Gefahr im Verzug.

Aber Theresa achtete nicht auf die seismographischen Ausschläge, die einer Eruption vorausgingen. »Das ist purer Aktionismus«, versuchte sie es noch einmal.

Schnell schaute sich Toni auf Grocks Schreibtisch nach Gegenständen um, die sich als Wurfgeschosse eignen mochten, und schloss seine Hand um den Zinnbecher, in dem Grock seine Stifte aufbewahrte und der schon arge Dellen zeigte.

Doch Grock war gnädig und schaute Theresa nur böse an. »Genau das soll es sein.«

Toni verstand. Grock war ja erst beim Rat und dann beim Staatsanwalt gewesen. Und außerdem war es ihrem Seelenheil sicher zuträglicher, wenn sie sich seinem Griesgram eine Weile entziehen konnten. »Komm, Theresa«, sagte er und zog die Kollegin mit sich.

Grock schaute beiden nach und seufzte.

»Was war das denn jetzt?«, fragte Dirk Petersen, der den Wortwechsel erst amüsiert, dann zunehmend verständnislos beobachtet hatte. »Musst du deine schlechte Laune an den anderen auslassen?«

»Ich bin nicht schlecht gelaunt«, sagte Grock.

»Du solltest das Mädchen nicht so angehen, Stefan. Sie kommt frisch von der Polizeischule, sie versteht noch nichts von Bürokratentaktik.«

»Sie ist bockig«, entgegnete Grock.

»Sie ist temperamentvoll, und sie hat ihre eigene Meinung. Was du normalerweise an deinen Leuten auch schätzt.«

Grock sah sich an die Wand gedrängt, war aber nicht gewillt, einzulenken, und griff zu einem Argument, von dem er selbst merkte, dass es saublöd war. »Sie sollte wenigstens wissen, wer hier der Chef ist«, sagte er.

»Selbst schuld«, sagte Dirk.

»Was soll das heißen?«, fuhr Grock ärgerlich auf.

»Du bist nicht der Typ, der seine Leute mit unsinnigen Befehlen durch die Gegend jagt. Wir diskutieren hier alles, und du erklärst, was in deinem Dickschädel vorgeht, wenn wir's nicht gleich kapieren. Aber die Wimmer schließt du aus.«

Grock schwieg.

»Und außerdem«, fuhr Petersen fort, »wird es Zeit, dass du sie endlich auch duzt, wie wir das schon immer gehalten haben. Dafür ist sie lang genug bei uns.«

»Ist ja wohl meine Sache«, entgegnete Grock patzig.

Dirk Petersen schaute seinen Chef nachdenklich an. Der Leiter des Dezernats 1.1 (Tötungsdelikte) war dreiundfünfzig Jahre alt, mittelgroß, kräftig gebaut, mit leichtem Bauchansatz. Sein Gesicht war kantig und wurde von einer großen Nase beherrscht, von der sich zwei scharfe Falten hinab zu den Mundwinkeln zogen.

Stefan Grock war eigentlich ein attraktiver Mann, fand Petersen, zu dem sogar dieser antiquierte Pferdeschwanz passte. Wenn er nicht, wie jetzt, verkniffen vor sich hin starrte, der Mund ein schmaler Strich, die Lippen zusammengepresst, die Stirn in Falten. Grock guckte böse und irgendwie unglücklich.

»Was ist los mit dir, Stefan? Das bist nicht du!«

Sicher, seine Ausbrüche, meist ohne Vorwarnung, waren berüchtigt. Er pflegte dann um sich zu werfen mit allem, was er gerade in die Finger bekam. Seine Leute duckten sich und kehrten hernach die Scherben zusammen. Das waren gelegentliche Aufwallungen, die so schnell gingen, wie sie gekommen waren.

Erstaunlicherweise zeigte er ansonsten eine bemerkenswerte Gelassenheit, in die sich ironischer Humor mischte. Ein widersprüchlicher Mensch. Grob wie ein Bauer von der Alb und gleichzeitig empfindsam. Grüblerisch und wortkarg. Ein Schwabe eben, dachte Dirk.

Grock brütete vor sich hin.

»Stefan, wir sind nicht bloß Kollegen, wir sind Freunde!«

»Halt's Maul und mach, dass du zu deiner Bratpfanne kommst«, sagte Grock unwirsch.

Dirk Petersen schüttelte den Kopf und ging. Sturkopf! Man musste Grock Zeit lassen, dachte er, der ging nicht so leicht aus sich heraus.

Das war eines der Dinge, die er nicht an ihm mochte.

6

Theresa Wimmer war immer noch wütend und schimpfte mächtig auf Grock, als sie mit Toni Scarpa Richtung Schloßgarten fuhr. Sie saß am Steuer.

»Warum behandelt er mich so?«

»Du machst ihm Angst.«

»Angst? Wieso?«

»Weil du eine Frau bist.« Sie waren jetzt seit ein paar Wochen Kollegen, aber Theresa wusste immer noch nicht, wann sie Toni ernst nehmen musste.

»Bin ich so hässlich, dass man mich fürchten muss?«

Das war sie entschieden nicht. Sie war schlank und würde es immer bleiben, sie war so der Typ. Fast wirkte sie etwas zerbrechlich, doch der Eindruck täuschte, sie war zäh. Das blonde Haar war mehr als schulterlang, heute trug sie es hochgesteckt. Und von wegen hässlich: Das nun ganz und gar nicht, sie war ausnehmend attraktiv mit kleinen Irritationen, einer Nase, die vielleicht etwas zu spitz war, hohen Wangenknochen. Blaue Augen, die irgendwie lustig wirkten.

Das sah Toni, als er sie vom Beifahrersitz aus betrachtete. Im Profil sah sie sogar noch besser aus, vor allem, wenn sie wütend war wie jetzt.

»Bella Theresa«, sagte er, »du sein schönste Frau von Welt! Mi piaci. Sono innamorato di te. I dät me jo so gern an de naschneckla, du klois Lompadierle du.«

Übergangslos Italienisch und Schwäbisch. Und machte große Gesten dazu und schmachtende Augen. Wider Willen musste Theresa lachen.

»Bist du nun eigentlich Italiener oder Schwabe?«, fragte sie.

»Beides. Italiener von Abkunft, Schwabe von Geburt. Stuttgarter sogar. In mir gehen Ravioli und Maultaschen die vollkommene Symbiose ein. Daher mein Charme.«

Theresa ging darauf nicht ein, sondern sagte, wieder ernst: »Du willst ablenken. Hat Grock Probleme mit Frauen?«

»Mit den Frauen sicherlich nicht.«

»Ehekrise?«

»Lebenskrise, würde ich sagen.«

»Was soll das heißen: Lebenskrise?«

Toni machte eine unbestimmte Handbewegung. »Sei nachsichtig mit ihm. Er ist sonst nicht so«, sagte er. Toni kannte Grock.

Er ist nicht so! Wie oft hatte sie das jetzt schon gehört in den letzten Wochen? Wie war er denn dann? Für sie übellaunig und ungerecht, nicht der Chef, den sie sich vorgestellt hatte. Stuttgart war doch ein Fehler gewesen.

Mittlerweile waren sie in der Hauptstätter Straße angekommen, wo die uniformierten Kollegen schon warteten. Auch sie waren nicht sehr angetan von dem Auftrag, nicht bei diesem Wetter, aber es musste eben sein, wenn Grock das sagte.

Sie besprachen sich, teilten sich auf, und als sie aus dem Revier heraustraten, hatte der Regen tatsächlich aufgehört. Dann bestand ja doch noch Hoffnung auf einen Sommer.

Man schrieb den 18. Juni.

7

Grock, allein in seinem Büro, starrte gedankenverloren vor sich hin. Mechanisch schob er den Kram auf seinem Schreibtisch in immer neue Ordnungen, ohne zu wissen, was er tat.

Dirks Bemerkung ging ihm nicht aus dem Kopf. Das bist nicht du. Wer bin ich überhaupt? Ich bin ich. Ich bin nicht ich. Wer bin ich dann?

Das Telefon schreckte ihn hoch. Es war Rathgeb, der Leichenfledderer. Grock schaute auf die Uhr. So schnell arbeitete Rathgeb doch sonst nicht.

»Eins vorweg schon mal, bevor ich zu schnippeln beginne«, sagte Rathgeb, »dein Penner ist kein Penner.«

»Wie soll ich das verstehen?«, fragte Grock irritiert und mit den Gedanken noch woanders. Was interessierte ihn jetzt ein Penner?

»Der Tote ist soweit in körperlich guter Verfassung. Auch die Zähne sind in Ordnung. Gepflegte Hände, das ist bemerkenswert. Wenn man den Dreck wegwäscht, ist darunter ein Mensch wie du und ich.«

»Du meinst …«

»Genau. Den hat jemand in die Kleider gesteckt, kräftig eingesaut und dort abgelegt.«

Grock war jetzt hellwach. Er hatte doch von Anfang an gewusst, dass dieser Tote nicht zu den anderen passte. Wenigstens auf sein Gefühl konnte er sich noch verlassen. Auf sein berufliches Gefühl zumindest.

»Gepflegte Hände, sagst du?«, fragte er Rathgeb.

»Der hot nix gschafft«, erwiderte der. Damit war alles erklärt. Für den Schwaben hieß das: keine körperliche Arbeit.

»Alter?«, fragte Grock.

»Anfang sechzig. Aber jetzt muss ich schneiden. Ich warte nur noch auf dich. Also, wird's bald?«

»Du kannst mich mal«, sagte Grock.

Ein Scherz. Grocks Horror vor dem Obduktionssaal war bekannt und geduldet. Der Anblick einer Leiche auf dem Tisch, mit ansehen zu müssen, wie das Skalpell in das Fleisch schnitt, bereitete ihm körperliche Qualen. Nicht, dass ihm übel geworden wäre wie manch anderem. Aber er spürte den Schnitt, als sei es sein eigener Körper, und fühlte sich ausgeweidet.

Er war nun glücklicherweise in einer Position, in der er, wie der Rat, delegieren konnte. Deshalb musste heute Dirk das über sich ergehen lassen, trotz seiner Heslacher Bratpfanne. Und demnächst musste auch die Wimmer daran glauben, ihr erstes Mal, das konnte er ihr nicht ersparen, auch wenn das Mädchen bestimmt aus den Latschen kippte.

Im Lauf der nächsten Stunden trudelte dann ein, was sich sonst noch ergeben hatte, der Bericht von der KTU, und auch Rathgeb hatte ihn schon vorab über das Wesentlichste informiert. Grock telefonierte herum. Zwischendurch unterrichtete er den Rat über den Aktionismus. Der war höchst befriedigt.

Ungeduldig wartete Grock schließlich auf die Rückkehr seiner Leute.

8

Dirk kam als Erster und knallte die Akten auf seinen Schreibtisch.

»Erledigt!«, sagte er. Die Bratpfanne hatte endlich das gestanden, was offensichtlich war. Schön. Wieder ein geklärter Fall für die Statistik. Der Rat würde sich freuen.

»Was Neues von den Pennern?«, fragte Dirk.

»Warten wir auf die anderen«, schlug Grock vor. Dirk war es recht, er hatte ohnehin seinen Bericht zu schreiben.

Toni und Theresa kamen kurz darauf.

»Nichts, was wir nicht schon wüssten. Also gar nichts«, erklärte Toni, etwas müde. Theresa schaute triumphierend zu Grock. Der ignorierte das, schließlich hatte er wirkliche Neuigkeiten.

Unter Berücksichtigung all dessen, was das Labor und die Leichenfledderer ausgegraben hatten und Grock unterdessen recherchiert hatte, ergab sich folgendes Bild: ein Mann Anfang sechzig, dem körperlichen Gesamtbild nach kein

Obdachloser und kein körperlich Arbeitender; schwaches Herz, das ihm aber keine größeren Probleme bereitet hatte; auffallend feingliedrige, gepflegte Hände. Ziemlich viel Alkohol im Blut, 1,8 Promille, er war also einigermaßen bedudelt zum Zeitpunkt seines Todes. Kein Gewohnheitstrinker allerdings, die sonstigen Befunde deuteten nicht auf regelmäßig überhöhten Alkoholgenuss hin, seine Leber war in Ordnung. Grock spürte ein Ziehen im Bauch, dort, wo er seine Leber vermutete.

Man hatte ihm mit einer Flasche eins auf den Schädel gegeben, genauer gesagt mit zwei Flaschen. Mit der einen am Tatort, der mutmaßlich nicht mit dem Fundort identisch war, soweit man Rückschlüsse aus den Spuren ziehen konnte, die der Regen übrig gelassen hatte, sodann am Fundort selbst, um vorzutäuschen, dass eben der auch der Tatort sei. In der Kopfwunde waren die Splitter eindeutig verschiedener Flaschen gefunden worden.

Man hatte den Toten in vergammelte Kleider gesteckt, hinter das Gebüsch geworfen und mit dem hier reichlich vorhandenen Matsch beschmiert. Die Vermutung vom Fundort hatte sich bestätigt, die Leiche lag schon einen Tag dort, ehe sie entdeckt wurde. Als Todeszeitpunkt wurde somit der 16. Juni festgehalten. Abends oder nachts vermutlich, tagsüber hatte es bestimmt niemand gewagt, die Leiche abzulegen.

»Da wollte uns einer also einen Pennermord unterschieben«, zog Dirk das Fazit.

»Ziemlich stümperhaft«, sagte Toni. Wohl wahr. Die Camouflage musste ja sofort auffliegen.

»Warum macht jemand dann so was?«, fragte Theresa.

»Er fand das wohl eine gute Art, seine Leiche zu entsorgen«, sagte Dirk.

Der Tote war nicht aktenkundig, seine Fingerabdrücke waren nirgends registriert. Unter den Vermissten niemand, der ihm ähnlich war. Zwei ungefähr in diesem Alter, aber bei dem einen stimmte die Größe, beim andern die Haarfarbe nicht. Theresa sollte sich zur Sicherheit trotzdem darum kümmern. Sie nickte, ohne Widerspruch.

Das Team um Grock: ratlos.

»Sagst du es Seiner Eminenz?«, wollte Dirk wissen.

»Muss ich wohl«, antwortete Grock.

Komischerweise war der Rat zunächst gar nicht erfreut. Er schien an der Serie Gefallen gefunden zu haben, natürlich nur, wenn sie stante pede aufzuklären war. Dann dämmerte ihm, dass er nun ja so etwas wie einen Ermittlungserfolg vorzuweisen hatte.

»Wir müssen sofort an die Presse!«, rief er triumphierend.

»Nein«, sagte Grock.

Der Rat verstand das nicht.

»Das könnte unsere weiteren Ermittlungen beeinträchtigen«, erklärte Grock. »Wir sollten den Täter vorerst noch im Glauben lassen, dass wir auf ihn hereingefallen sind.«

Es kostete Grock einige Mühe, den Rat zu überzeugen, aber er blieb stur. Schließlich köderte er ihn mit dem Argument, dass doch viel mehr Glanz auf die Kriminalpolizei falle, wenn sie gleich den Täter präsentiere.

Ein waghalsiges Spiel, was Grock da trieb. Aber er kannte seinen Vorgesetzten. Dem Rat fiel nicht auf, dass es bis zur Aufklärung noch einige Zeit dauern konnte. Das Team steckte ziemlich in der Klemme, mit einem Toten, der noch keine Identität hatte.

Als Grock ihm dann noch den Stapel Berichte von den erneut ergebnislosen Befragungen der Penner übergab, wurde der Rat geradezu menschlich.

»Gute Arbeit, lieber Grock, gute Arbeit!«, lobte er jovial.

Wie einfach doch die höhere Bürokratie zu blenden ist, dachte Grock. Qualität bemisst sich am Papierausstoß. Aber wer nur an die Karriere denkt, hat eben ein eingeschränktes Blickfeld.

9

Dirk Petersen fuhr heim zu Frau und Kindern, Toni Scarpa nicht in seine eigene Wohnung, sondern zur Familie. Wenn *mamma* Ravioli machte und *la famiglia* versammelt war, ließ er alles andere sausen.

Theresa Wimmer hatte eine Wohnung hinterm Eugensplatz gefunden. Es gefiel ihr dort nicht, die Wohnung nicht und auch nicht die Umgebung. Aber es war wenigstens nicht weit zum Schloßgarten. Heute konnte sie endlich wieder joggen, nachdem es, entgegen der Vorhersage, immer noch nicht wieder regnete, sie war schon ganz zappelig in den Beinen.

Sie drehte ihre Runden und erklomm die erste Stufe des Hochgefühls, als der Schweiß allmählich zu fließen begann. Sie kam an einer Gruppe Obdachloser vorbei, die ihr tagsüber entgangen war. Ob sie sie ausfragen sollte? Sie verwarf den Gedanken sofort wieder, eine junge Frau im körperbetonten Joggingdress und diese Suffköpfe, das war keine gute Idee. Nicht einmal ihren Dienstausweis hatte sie dabei, wozu brauchte sie den auch beim Joggen. Und außerdem war sie immer noch sauer auf Grock.

Allmählich lockerten sich die Muskeln, die Gedanken nicht. Am liebsten wäre sie weitergelaufen, immer weiter. Es zog sie nicht nach Hause. Sie hatte sich nur notdürftig eingerichtet, in der Hoffnung, bald etwas Besseres zu finden.

Ein weiterer trister Abend zwischen unausgepackten Kisten stand ihr bevor, in einer Wohnung, die noch keine war. Doch sie kannte in Stuttgart noch niemanden, außer den Kollegen. Sie beneidete sie um das kuschelige Nest ihrer Familien. Gut, sie hatte ihre Bücher, aber das war kein Trost, wenn die Einsamkeit durch die Ritzen kroch wie ein wütender Wind.

Bei der Familie Scarpa war unterdessen eine lautstarke Auseinandersetzung im Gang, weil *mamma* fand, dass Toni nun endlich eine anständige Frau heiraten sollte und wieder anfing mit dieser Cousine wievielten Grades aus Palermo. Toni knallte wütend die Tür und verzog sich in seine Wohnung zum Fußball vorm Fernseher. Er war derzeit wieder mal solo und hatte keine Lust auf Balzrituale in irgendwelchen Kneipen.

Dirk Petersen führte einen aufreibenden Kampf mit drei Kindern. Der Älteste hatte keinen Bock auf Schularbeiten, was Petersen als Mensch verstand, als Vater aber nicht durchgehen lassen konnte, Schule musste schließlich sein. Geschrei, Tränen, schlechtes Gewissen. Die Mittlere konnte nicht einschlafen und verlangte nach Endlosvorlesen, die Jüngste hatte Fieber. Endlich kamen Dirk und seine Frau dann doch ins Bett. Beim Einschlafen versuchte sich Dirk daran zu erinnern, wann sie das letzte Mal Sex gehabt hatten. Es war ewig her. Keine Zeit, keine Ruhe, keine Kraft. Er beneidete die beiden Junggesellen Toni und Theresa. Die konnten es krachen lassen.

Und Grock? Auch er hatte sich auf den Heimweg gemacht, unlustig trotz der Flasche Wöhrwag-Trollinger, die daheim auf ihn wartete. Er machte einen Umweg über Uhlbach und aß im *Ochsen*. Saure Nierle mit Bratkartoffeln.

Zu Hause wanderte er wieder durch die Stille, an den Bildern entlang und an den Rotweinspritzern an der Wand. Wie war er damals fasziniert gewesen von dieser jungen Künstlerin, ihrer Energie, ihrer Lebensfreude, ihrer Kraft!

Grock ging in sein Zimmer, das ehedem das Zimmer des Jungen gewesen war, öffnete die Flasche Trollinger, die er mit sich selbst erwettet hatte, und rauchte seine Schwarzen.

Zu was brauchte er überhaupt ein Zimmer? Er hatte ein ganzes Haus für sich. Ein leeres Haus. Ein Haus, in dem er sich fremd fühlte.

Ruhelos tigerte er umher, er wusste nichts mit sich anzufangen. Bei einem Katalogmenschen wie dem Staatsanwalt gehörte eine gewisse gutbürgerliche Bildung, eine tatsächliche oder vorgebliche, zum Lieferumfang; die tatsächliche als Sonderausstattung. Grock hingegen war kein Kulturmensch (weshalb er in keinem Katalog zu finden war). Auch kein Buchmensch übrigens. Er las, was sich nicht vermeiden ließ, Fachzeitschriften also. Selten einen Roman. Mitunter eine Biographie; aber es gab nicht ausreichend Persönlichkeiten, die ihn wirklich interessierten. Derzeit kämpfte er sich durch eine Napoleon-Biographie, von Schlacht zu Schlacht. Ermüdend.

Als er sich das Zimmer nahm, hatte er seine alten Schallplatten vom Speicher geholt, die Staubfänger, wie Lena sie immer genannt hatte. Das beruhigende Kratzen des Vinyls sagte ihr nichts, für ihn waren das die Stationen seiner Mannwerdung, Titel für Titel.

»Love You Live« von den Rolling Stones, nicht ihr bestes Album, wie er später herausfand, aber die erste Platte, die er sich von seinem zusammengesparten Taschengeld gekauft hatte, sechzehn war er gewesen. »Brown Sugar«, »Jumpin' Jack Flash«, »Sympathy for the devil«: Er schob die Nadel weiter und weiter, nichts gab ihm den Kick wie ehedem. Mick Jagger live war miserabel, wenn man ihn nur hörte und nicht sah.

Wieder zog er an den Bildern entlang. Aquarelle, Bleistiftskizzen, Miniaturen in Öl, wilde Acrylphantasien. Ihr Leben wie im Bilderbuch. Jung geheiratet, weil ein Kind unterwegs war, später das zweite Kind. Das kleine Reihenhäusle in Luginsland. Wie man das so machte. Und jetzt suchten die Kinder ihren eigenen Weg. Und Lena …?

10

Grock packte die Flasche Trollinger und ging zum verrückten Hans. Der saß in lila Latzhose auf einer Bank vor seinem verlotterten Haus in seinem verlotterten Garten und paffte aus einer langstieligen Pfeife, wie einer Ganghofer-Verfilmung entliehen.

»Lange nicht gesehen«, sagte er.
»Hatte zu tun«, erwiderte Grock.
»Mit dir selbst?«
Grock brummte etwas Unverständliches.
»Denk nicht so viel nach«, sagte der verrückte Hans.
»Ich kann's aber nicht lassen.«
»Denken weicht das Gehirn auf.«
»In meiner Jugendzeit kam das vom Onanieren.«
»Das ist mittlerweile durch die Wissenschaft und durch Feldversuche widerlegt. Schau mich an.«
»Dir haben sie sowieso ins Gehirn geschissen, sagen die Leut.«
»Die Leut! Lass sie reden! Die verstehen sowieso nichts.«
»Aber du.«
»Sowieso.«
»Dann sag mir, was ich falsch gemacht habe.«
»Gar nichts.«
»Du hast noch nicht mal gefragt, was ich damit meine.«
»Ist doch egal. Keiner macht was falsch. Sowieso nicht. Du machst, was du im Moment machen kannst. Richtig oder falsch, das sind keine Kategorien. Das sind nur Entschuldigungen. Damit drückst du dich vor der Verantwortung für dich selbst.«

Grock schaute den verrückten Hans an. Sein Alter war schwer zu schätzen. Er konnte genauso gut sechzig wie achtzig sein. Unter einem wirren Gestrüpp grauer Haare, über einem wirren Gestrüpp grauen Bartes blitzten ihn graue Augen an. Grock hatte noch nie so lebendige Augen gesehen. Und so vergnügte.

Er schenkte dem verrückten Hans nach.

»Guter Stoff«, sagte der. »Hast ja richtig was springen lassen.«
»Für dich immer.«
»Aber eine Flasche ist zu wenig.«
»Muss reichen für heute.«
»Willst 'ne Tüte als Gegenleistung?«

»Ich bleibe bei meinen Schwarzen.«
»Was belastet dich?«
»Lena.«
»Ach so. Dachte, es wäre was Berufliches. Dann ist es ja nicht so schlimm.«
»Schlimm genug.«
»Du denkst zu viel.«
»Das hast du schon mal gesagt.«
»Stimmt aber immer noch. Einmal war ich mit meiner Frau in der Sahara unterwegs, ich glaube, es war die siebte, könnte aber auch die achte gewesen sein, ich weiß es nicht mehr so genau, jedenfalls springt ein Tiger auf uns zu, und Lotte sagt, oder hieß sie Lola, keine Ahnung, ist ja auch egal, also, der Tiger kommt, die Lotte oder die Lola macht ein Riesengeschrei, weißt ja, wie die Frauen sind, der Tiger guckt schon ganz komisch, ich überleg nicht lange, sondern folge meinem Gefühl, ich geh auf den Tiger zu und sag: Musst keine Angst haben, Kleiner, die tut dir schon nichts, kennst ja die Frauen, geh einfach brav nach Hause. Na ja, der Tiger schaut mich dankbar an, dreht sich um und verschwindet.«
»Du und deine Geschichten!«
»Ich fand sie schön.«
»In der Sahara gibt es keine Tiger.«
»Na und? Dein Problem ist, Junge, du bist zu sehr der Realität verhaftet.«
»Und was willst du mir mit dieser Geschichte sagen?«
»Nichts.«
»Manchmal glaube ich, du bist wirklich verrückt.«
»Eh klar.«
Sie saßen da und genossen den Sommerabend. Um sie war es dunkel, sie schauten hinab ins Neckartal. Über der Stadt hing eine Glocke aus Licht. Die Flasche war schnell leer.
»Du hattest recht, eine war zu wenig.«
»Ich habe immer recht. Geh mal rein und hol eine neue. Du wirst aber keinen so guten Tropfen finden.«

Grock entschied sich für einen Cannstatter Zuckerle. Kein Vergleich, wirklich nicht, aber besser als Sprudel.
Er schenkte ein.
»Der Mensch ist verurteilt, frei zu sein«, sagte der verrückte Hans.
»Wer sagt das?«
»Sartre. Hat übrigens auch solche Schwarzen geraucht wie du.«
»Drum ist aus dem was geworden.«
»Genieße jeden Tag. Es könnte dein letzter sein.«
»Und wer sagt das?«
»Der verrückte Hans. Wahrscheinlich.«
»Der verrückte Hans ist besser.«
»Eh klar.«
Schweigend saßen sie da, jeder in seinen Gedanken verloren, bis auch diese Flasche geleert war.
»Dann geh ich mal«, sagte Grock.
»Mach das, Junge.«

11

Die Tage zogen sich. Wenigstens waren sie schnell aus der Schusslinie geraten, die Lokalpresse ergötzte sich an einem mutmaßlichen Korruptionsfall im Baudezernat, und das war allemal spannender als ein paar tote Penner.

Nach dem Korruptionsskandal, der ebenso wenig gelöst war wie ihr Fall, widmeten sie sich dem heißen, heißen, heißen Sommer, der endlich die Regenfront abgelöst hatte. So heiß wie schon lange nicht mehr! Rekord! Schon wieder ein Jahrhundertsommer!

Die Meteorologen stürzten sich in Tabellen, Statistiken und immer neue Rekordmeldungen, die Klimaforscher hoben mahnend die Zeigefinger, die Getränkehersteller machten Kassensturz mit glänzenden Augen. Wer arbeiten musste, trotz alledem also noch immer ein nicht unbeträchtlicher Teil der Bevölkerung, stöhnte. Landwirte und Weinbauern jammerten. Aber sie jammerten jedes Jahr, egal, wie das Wetter war, also nahm man sie nicht sonderlich ernst.

Grock hatte Theresa und Toni noch einmal auf Tour geschickt, und Theresa hatte nicht gemotzt. Sie sah ein, dass es wichtig war, auch wenn sie wieder ohne Ergebnisse zurückkamen.

Nummer drei hatte noch immer keinen Namen. Es gab keine neuen Anhaltspunkte und keine Vermissten, die ihrem Toten ähnlich waren, nirgendwo, in Stuttgart nicht und nicht im Rest des Landes.

Der Rat schlug vor, das Bild in der Zeitung zu veröffentlichen, Grock widersprach.

»Wir dürfen keine schlafenden Hunde wecken«, sagte er.

Solche Phrasen verstand der Rat, nur etwas anders als Grock. Es hätte den ungeklärten Fall wieder in die Presse gebracht, aus der sie mittlerweile gänzlich verschwunden waren.

Ein typischer Stuttgarter Sommer. Im engen Talkessel staute sich die Hitze, der Feinstaub knirschte auf den Zähnen, behaupteten einige steif und fest, weil kein noch so harmloser Wind die Luft durchwirbelte, es wurde schwül und schwüler, die paar mageren Gewitter zwischendurch machten alles nur noch schlimmer.

Jeder stöhnte und war gereizt. Zuerst war Stuttgart fast abgesoffen, jetzt hing es in den Seilen. Das Ozonloch! lamentierten die Klimaforscher und schauten bedenklich. Unsinn, sagte der verrückte Hans.

Wem sollte man glauben?

Des Abends saß Grock in seinem Vorgarten bei einer Flasche Wein und ignorierte die missbilligenden Blicke der Nachbarn auf seinen Rasen, der längst mal wieder geschnitten hätte werden müssen. Er hatte keine Lust dazu.

Er hatte zu nichts Lust.

Einmal hatte er tatsächlich Lena zu Hause getroffen. Sie war bester Laune und voller Feuer, wie er es schon lange nicht mehr erlebt hatte bei ihr, wirbelte durch das Haus, schmatzte ihm lachend einen Kuss auf die Wange, erzählte von einer großen Ausstellung, die sie in Aussicht hatte. Er wollte mit ihr reden, fand aber nicht den richtigen Anfang, und Lena packte ein paar Sachen zusammen und war schnell wieder verschwunden.

Seit sie ein Atelier im Westen gemietet hatte, in der Nähe des Feuersees, bekam er sie kaum noch zu Gesicht. Erst hatte sie nur hin und wieder dort übernachtet, dann immer häufiger, und jetzt hatte es den Anschein, als ob sie sich für immer dort eingerichtet hätte, ohne sich näher zu erklären.

Eine Ehe im Schwebezustand. Nicht mehr zusammen, aber auch nicht getrennt.

Wie sollte das weitergehen?

Nachts wälzte sich Grock ruhelos im Bett auf seiner Seite, die andere Seite blieb leer. Die Schwüle lähmte, aber sie lähmte nicht seine Gedanken. Er dachte an Lena und an sich und ihrer beider Leben und was daraus geworden war und was daraus noch werden könnte.

Ab und zu dachte er auch an Nummer drei.

Im Büro machte er sich erkennbar unlustig über die Arbeit her, die sich nicht vermeiden ließ, ansonsten schob er ab. Er war schlecht gelaunt und reizbar.

Sie gingen ihm aus dem Weg, so gut es eben möglich war, und rätselten.

Einmal hatte er wegen einer Nichtigkeit eine heftige Auseinandersetzung mit dem Rat, wie von Waltraud hinterher zu hören war. Ebenfalls wegen einer Kleinigkeit machte er Theresa zur Schnecke und regte sich dabei so auf, dass der Becher mit seinen Stiften daran glauben musste. Wieder ein Kratzer mehr in der Wand, wieder eine Delle mehr im Becher. Hinterher wusste keiner mehr zu sagen, worüber es eigentlich gegangen war, auch Theresa nicht.

Sie war aus dem Zimmer gerannt, weil niemand sehen sollte, dass sie Rotz und Wasser heulte.

Es war Dirk, der sie tröstete, ausgerechnet Dirk, der Kühle aus dem Norden. Er ging ihr nach und nahm sie einfach nur in die Arme. Sie ließ es geschehen und war dankbar. Aus diesem Anlass nahm er sogar den Zahnstocher aus dem Mund, auf dem er fortwährend herumkaute, eine widerliche Marotte, deren Sinn sich Theresa nicht erschloss.

Dirk machte sich Sorgen um Theresa. Das Mädchen war in Ordnung, sie war intelligent, temperamentvoll und hübsch obendrein. Aber sie war auch nah am Wasser gebaut, und manchmal zog sie sich zurück wie in ein Schneckenhaus, ein Schatten lag auf ihr. Dass mir der Grock das Mädchen nur nicht verbiegt!

Dirk, normalerweise tatsächlich so ein Gemütsmensch, wie man es Männern seiner Statur zuschreibt – Dirk war wütend.

Als Theresa sich wieder halbwegs beruhigt hatte, stürzte er in Grocks Zimmer und zischte nur: »Du Arsch!«

Grock nahm das scheinbar ungerührt zur Kenntnis und schaute Dirk nur giftig an. Der ging türenknallend.

Wenn Grock schuldbewusst war, gestand er es nicht ein. Nicht einmal sich selbst.

12

Dirk hatte allen Grund, sich um Theresa Sorgen zu machen. Sie war nicht wirklich getröstet, zumindest nicht nachhaltig. In einem Moment der Verzweiflung erwog sie sogar, um ihre Versetzung nachzusuchen. Welcher Teufel hatte sie geritten, sich ausgerechnet für Stuttgart zu bewerben?

Eine Großstadt, hatte sie gedacht, das müsste aufregend sein. Was da alles los ist! Diese interessanten Leute! Eben das pralle Leben.

In Wahrheit war Stuttgart keine Stadt, nur eine Ansammlung von Dörfern. Kleinkariert. Spießig. Unnahbar. Übelste Provinz.

Vielleicht war das ungerecht, aber es war ihre Stimmung. Diese Schwaben! Bruddeln und meckern, aber sonst? Sie kannte das ja, aber daran gewöhnen würde sie sich nie.

Sie mühte sich mit der Pflicht der Kehrwoche, als Frau Gerstenmaier aus dem Stock darüber an ihr vorbeikam.

»I dät an andre Lappe nemme«, rüffelte sie und stapfte weiter. Stuttgarter! Immer besserwisserisch. Aber ja nichts direkt sagen.

Was macht ein großes Mädchen allein in einer Stadt? Es klappert wie ein staunender Tourist die Sehenswürdigkeiten ab, was schnell geschehen ist. Wochenendausflüge führen das Mädchen in die sonntäglich verwaisten Städte des Umlands.

Das Mädchen versucht freundliche Kontakte mit der Nachbarschaft, die jedoch über ein unwirsches »Grüß Gott« nicht hinauskommen. Sie hatte das Unglück, in einem Haus mit mehrheitlich Schwaben zu wohnen, und das Herz eines Schwaben erobert man nicht im Sturm. Mach erscht amol die Kehrwoch richtig, dann sehn mr weiter. So nach drei, vier Jahren. Eine Mauer aus Verschlossenheit gegenüber allem Reigeschmecktem. Und die Fremde fängt schon hinterm Schönbuch an.

Die Suche nach einer anderen Wohnung blieb erfolglos.

Das Mädchen sitzt bei einem einsamen Abendessen in irgendeiner Kneipe. Begutachtet, aber nicht beachtet. Blicke, die sie streifen und schnell weiterhuschen. Verbissen blättert sie in ihrer Zeitschrift, ohne etwas wahrzunehmen. Schlingt ihr Essen hinunter, ohne etwas zu schmecken.

Das Mädchen geht auch mal in ein Schwimmbad, ins Leuze natürlich, weil man da gewesen sein muss, wie ihre schlauen Stadtführer sagen. Sie schnappt nach Luft, als sie in das Becken eintaucht. Kalt! Zwanzig Grad! Natürliches Mineralwasser! Auch das wissen ihre schlauen Stadtführer. Nach einiger Zeit ein Prickeln von den Zehen bis zum Hals, eine Wärme, die von innen zu kommen scheint. So ist das. So muss das sein. Ihre schlauen Stadtführer sind zufrieden.

Das Mädchen streckt sich der Sonne entgegen und spürt wohl die Blicke auf ihrem vielleicht nicht makellosen, aber wenigstens schlanken Bikinikörper, der nicht die Regel ist, wie ein Rundumblick zeigt. Doch keiner spricht sie an. Sie, die sonst nachgerade allergisch reagiert, wenn ihr einer dumm kommt, betet geradezu darum, dass sie einer anmachen möge, ihretwegen auch auf die ganz plumpe Art, egal, Hauptsache, ein wenig Aufmerksamkeit.

Scheiß Stuttgart.

Sie sehnte sich sogar in das kleine hohenlohische Dorf zurück, in dem sie aufgewachsen war und das sie bei erster Gelegenheit verlassen hatte. Sie war vor der Enge geflüchtet, vor dem Gefühl, ständig unter Beobachtung zu stehen. Jetzt erschien ihr das immer noch besser, als in der Anonymität der Großstadt verloren zu gehen.

In ihrer Einsamkeit überlegte Theresa sogar, wenigstens einmal mit Toni auszugehen, verwarf den Gedanken aber schnell wieder. Nicht, dass dieser italienische Macho sich noch was einbildete. Das konnte sie gerade noch gebrauchen, Verwicklungen mit einem Kollegen.

Und dann noch dieser Grock. Maulfaul. Grob. Böse.

Manchmal heulte sie sich in den Schlaf. Weg, nur weg von hier!

Aber ihr Trotz war stärker. Denen würde sie es zeigen, ihnen allen, und Grock erst recht. Und dieser Stadt.

Und bald schon feierte sie ihren ersten Triumph, fast im Alleingang, nur Toni Scarpa spielte zwischendurch den Macho, als es galt, einen Zeugen zu beeindrucken.

Bei einer Messerstecherei unter Kroaten hatte sie rasch die falschen Alibis aussortiert, den Täter festgenagelt und ausreichend Beweise herbeigeschafft, und das in nicht einmal drei Tagen.

Grock brummte etwas, das man nur mit sehr viel gutem Willen als Anerkennung interpretieren konnte, aber eigentlich war es fast schon würdelos. Mit der schwäbischen Devise net gmeckert isch gnuag gelobt ließ sich das nicht mehr erklären, und auch die immerwährende Schwüle war keine hinreichende Entschuldigung. Grock schien das einfach alles nicht zu interessieren.

Dirk beobachtete Grock zusehends besorgt. Ihm fiel auf, dass Grock des Öfteren reichlich verkatert wirkte, wenn er morgens ins Büro kam. Wiederholt versuchte er ein Gespräch, aber Grock blockte ab. Dirk konnte nicht mehr lange zusehen, die Stimmung aller war gereizt.

Glücklicherweise hatten sie nur Routine, abgesehen von drei Leichen, die langsam vor sich hin moderten und mit denen sie nicht weiterkamen. Ansonsten schien die Hitze alle zu lähmen. Selbst die üblichen häuslichen Streitereien wurden nicht so schlimm, dass sie den Weg in ihr Dezernat fanden.

13

Grock fiel die Decke auf den Kopf, also nahm er zwei Flaschen Wein und ging zum verrückten Hans.

Der verrückte Hans spuckte aus. »Was ist denn das für eine Brühe?«

»Gab's billig im Supermarkt.«

»Ich hab dir mehr Geschmack zugetraut.« Der verrückte Hans stand auf und goss den Wein an den Rosenstrauch, der neben seiner Bank wucherte. »Meine Rosen lieben schlechten Trollinger. Schau sie dir an! Keine Läuse, kein Mehltau. Kannst mehr von diesem Fusel bringen.«

Der Garten des verrückten Hans galt in der Siedlung als verwahrlost. Der verrückte Hans nannte es eine gepflegte Wildnis. Keiner wusste, wie viel Arbeit sie machte, auch Grock nicht, der seinen Garten immer Lena überlassen hatte und sich nun völlig überfordert fühlte. Ob er den verrückten Hans mal bitten sollte, sich des Gestrüpps vor seinem Haus anzunehmen?

Der verrückte Hans stöberte in seinen Vorräten und förderte einen annehmbaren Lemberger zutage.

Sie schlürften und sahen zu, wie sich hinten auf den Fildern ein Gewitter aufbaute.

»Unruhige Zeiten«, sagte Grock.

»Willst du mit mir über Politik reden? Über die Verbrecher in den Vorständen? Über die Stümper in Berlin? Über die Terroristen? Ich sag dir, was die eigentliche Gefahr ist. Das ist das Glutamat. Die Unterwanderung des Westens durch das Glutamat. Achte auf das Glutamat! Glutamat, das ist der eigentliche Terror. Du solltest nicht so oft im Gasthaus essen.«

Die Augen in dem Gestrüpp blitzten vergnügt.

Der verrückte Hans schien schon immer dagewesen zu sein. Keiner wusste, wie alt er war, was er mal gemacht hatte und wovon er lebte. In seinem Garten standen monströse Gebilde, die er aus Schrott zusammenschweißte. »Lebenszeichen« nannte er sie, und er allein wusste, was sie darstellen sollten.

Die Kommentare, die er von sich gab, galten den meisten als abstrus, deshalb nannte man ihn den verrückten Hans. Das war einer, vor dem man die Kinder warnte. Grock fühlte sich wohl in seiner Gegenwart.

»Ich habe ein Problem«, sagte er.

»Aha. Du hast in den Spiegel geschaut.«

»Mein Problem ist ein Toter ohne Namen.«

»Der Glückliche! Aufgegangen in der Masse der Anonymität! Das Nichts als vollkommener Seinszustand!«

»Du redest wirr.«

»Falsch. Dein Bewusstsein ist verwirrt, deshalb verstehst du mich nicht.«

»Der Tote ohne Namen lässt mir keine Ruhe.«

»Lenkt er dich wenigstens von anderen Dingen ab?«

»Eher umgekehrt.«

»Was macht Lena?«

»Themenwechsel.«

»Was macht dein Toter?«
»Du nervst.«
»Geduld, mein Freund, Geduld. Du willst mit dem Kopf durch die Wand. Davon kriegst du nur Schädelbrummen. Wäre schade um deinen Dickschädel.«
»Meinst du jetzt Lena oder den Toten?«
»Such dir's aus.«
»Deine Ratschläge sind nicht sehr hilfreich.«
»Ich gebe nie Ratschläge, dazu bin ich zu verantwortungsvoll. Ich stoße nur Gedanken an.«
»Ich höre.«
»Bleib gelassen. Du findest den Namen. Du findest die Lösungen. Zu allem. Es steht dir frei, zu denken, was du willst.«

Der Lemberger war leer, der verrückte Hans ging Nachschub holen.

»Ist ein Dornfelder die Steigerung eines Lembergers?«, rief er aus dem Haus.
»Der Farbe nach schon.«
»Ansonsten habe ich noch einen Müller-Thurgau anzubieten.«
»So was trinkst du?«
»Zum Zähneputzen.«

Sie tranken den Dornfelder, in Gottes Namen. In der Ferne die ersten Blitze.

»Erzähl mir eine Geschichte.«
»Keine Geschichte heute.«
»Warum nicht?«
»Keine Lust.«
»Das ist ein Argument.«
»Genieße die Ruhe vor dem Sturm.«
»Das ist ein abgegriffenes Klischee.«
»Na und? Ich kann mir das erlauben, ich bin ja verrückt.«

Das Gewitter kam näher, Donner war zu hören, Wind kam auf.

»Bezeichnest du dieses laue Lüftchen als Sturm?«

»Du weißt genau, was ich meine. Die Stürme deines Lebens. Lena zum Beispiel.«
»Ich will nicht darüber reden.«
»Der Donner, die Blitze, vielleicht schlägt ein Blitz auch ein, vielleicht richtet er Unheil an, aber nichts, was nicht zu reparieren wäre.«
»Du gehst mir auf den Wecker.«
»Lass es auf dich zukommen. Grübel nicht so viel. Das gibt nur mieses Karma.«
»Aha. Und wie geht es deinem Karma?«
»Danke, bestens, keine Beschwerden.«
Die ersten Tropfen fielen.
»Dann trinken wir mal aus«, sagte der verrückte Hans, und Grock machte sich auf den Heimweg.
Es würde sein wie üblich. Heftiger Regen, eine kurze Abkühlung, und dann wieder schlaflose Schwüle. Und morgen tropische Hitze.
Schöne Aussichten.

14

Und auf einmal ging es voran, man schrieb mittlerweile den 8. Juli. Es begann als Routine. Im Park waren sich ein paar Penner in die Haare geraten, es gab blutige Nasen. Zufällig war eine Streife vorbeigekommen und hatte eingegriffen. Auslöser der Rangelei war ein gewisser Josef Bierbauer, der die anderen beklaut hatte. Nun, das war unter diesen Brüdern gang und gäbe, deswegen würde ein Staatsanwalt nicht einmal den Blick heben. Man nahm es zur Kenntnis, und das war's dann.

Aber einer von den Brüdern machte seltsame Andeutungen, ein Streifenbeamter erinnerte sich an etwas und meldete sich bei Grock. Es dauerte nicht lange, bis Josef Bierbauer den Messerstich zugab. Mehr oder weniger, denn er konnte sich nur undeutlich daran erinnern, und der Anlass würde wohl ewig im Dunkeln bleiben. Das Messer fand sich in seinen Sachen, und ein DNA-Abgleich ergab Gewissheit.

Es war ein Triumph mit Beigeschmack.

»Armes Schwein«, sagte Toni.

»Wen meinst du damit?«, fragte Theresa. »Den Täter oder das Opfer?«

»Beide. Wer weiß, was sie aus der Bahn geworfen hat.«

»Wenigstens hat er jetzt für einige Zeit ein Dach über dem Kopf und regelmäßiges Essen.«

»Aber die Freiheit ist ihm genommen, und das ist für einen wie ihn das Schlimmste.«

Wenigstens der eine Mord war damit geklärt. Jetzt waren es nur noch zwei.

Grock freute sich nicht mal darüber, dass er Recht behalten hatte, was der Rat auch zugestand.

Von einem Serienmörder musste man nun Abstand nehmen, das sah sogar der Staatsanwalt ein.

»Ein Doppelmord«, war seine letzte Hoffnung. »Der gleiche Modus Operandi. Beide Male der Schädel eingeschlagen.«

Grock sah ihn nur schweigend an, mitleidig fast.

»Ich meine ja nur«, sagte Ströbel kläglich.

Dann hatte sie die Routine wieder.

Grock war schweigsamer denn je. Er grübelte vor sich hin und war nicht ansprechbar. Er kritzelte gedankenverloren auf einem Zettel herum, bis ihm bewusst wurde, dass er Lenas Handy-Nummer hingeschrieben und kunstvoll ausgemalt hatte.

Es ließ sich nicht länger hinausschieben. Sie mussten ihr Leben klären.

Und dann stürmte Toni ins Zimmer. Eine Carla Overmann hatte ihren Schwiegervater als vermisst gemeldet, Peter Loose mit Namen.

Alles schien zu stimmen, das Alter, die Größe. Das könnte eine Spur sein.

Grock wachte aus seiner miesepetrigen Melancholie auf.
»Dann wollen wir uns mit der Dame mal unterhalten«, sagte er.

»Soll ich sie herbestellen?«, fragte Toni, obwohl er die Antwort kannte.

Grock schüttelte den Kopf. »Ich möchte sie zu Hause besuchen.«

Das war ein Tick von ihm. Er sah die Menschen, die er zu befragen hatte, ob Zeugen oder Verdächtige, am liebsten zunächst in ihrer eigenen Umgebung. Zu beobachten, wie sie lebten, gab ihm ein Gefühl dafür, wer sie waren. Die hochnotpeinliche Befragung im Präsidium machte die meisten nur nervös. Was man freilich auch ausnutzen konnte, und was Grock auch tat, wenn es ihm geboten schien.

Wie sich herausstellte, arbeitete Carla Overmann, die ihre Handynummer hinterlassen hatte, beim Breuninger als Verkäuferin, hatte Spätschicht und war deshalb erst gegen neun zu Hause.

»Frau Wimmer, Sie gehen mit«, befahl Grock. »Vielleicht können wir vorher zusammen etwas essen.«

War das ein Friedensangebot? Doch Theresa hatte keine Lust, mit ihrem knatschigen Chef in einer Kneipe zu hocken, und erfand rasch eine Angelegenheit, die sie zuvor noch in ihrer Wohnung erledigen musste.

Grock erkannte die Ausrede, sagte aber nichts. Er schaute, wo er ein paar Maultaschen essen konnte, allein.

15

Carla Overmann bewohnte in Feuerbach eine elegant eingerichtete, aber unaufgeräumte Dreizimmerwohnung. Die Frau, die die Vermisstenanzeige aufgegeben hatte, mochte Mitte dreißig sein und war eine beeindruckende Erscheinung.

Sie war groß und von kräftigem Körperbau, aber nicht dick. Die hellen Hosen, zu denen sie etwas Cowboystiefelartiges trug, was Grock bei diesen Temperaturen als seltsam empfand, saßen so eng, dass das Sitzen Mühe bereiten musste, und brachten ihre Kurven vollendet zur Geltung. Schmale Hüften, ein knackiger Hintern und ein fester Bauch, der unter dem weißen Top hervorschaute; am Bauchnabel ein Piercing.

Auch das Trägershirt saß wie angemalt und umschmiegte die großen, festen Brüste. Ein tiefes Dekolleté, das Grock freimütige Einblicke erlaubte. Carla Overmann war braungebrannt wie frisch aus dem Urlaub. Oder aus dem Sonnenstudio. Das blondierte Haar türmte sich in einer verwirrenden Kreation aus ineinander verschlungenen Strähnen.

Die Frau war keine Schönheit, aber unbestreitbar von einer Ausstrahlung, die Grock als animalisch empfand.

Grock hatte es gelernt, Menschen mit einem einzigen raschen Blick zu erfassen und einzuschätzen, aber bei Carla Overmann schaute er gerne ein paar Mal mehr hin. Sie zog die Blicke wie magisch auf sich und ließ sie nicht so schnell wieder los.

Die würde ich nicht von der Bettkante stoßen, sagte Grock sich und war irritiert über seine unziemlichen Gedanken.

Er musste sich räuspern, worüber er sich ärgerte, bevor er sich vorstellen konnte. Carla Overmann hatte eine leicht rauchige Stimme.

Diese Frau war über die Maßen sinnlich, und sie wusste das. Ihr Blick hatte etwas Lauerndes, Berechnendes.

Die üblichen einleitenden Floskeln, die Frau hatte einen kräftigen Händedruck, merkte Grock, dann kam er schnell zur Sache, um sich nicht weiter ablenken lassen zu müssen.

»Haben Sie ein Foto von Ihrem Schwiegervater?«, fragte er.

Carla Overmann verneinte. Daraufhin zeigte Grock ihr die Polizeifotos von der Leiche. Sie warf einen kurzen Blick darauf. Ja, das war er, bestätigte sie.

Gut. Einen Schritt weiter. Der Tote hatte einen Namen, nach gut drei Wochen. Jetzt brauchte er noch eine Geschichte.

Carla Overmann schien nicht sonderlich erschüttert. Sie zündete sich eine Zigarette an. Grock hätte sich gern angeschlossen, aber es erschien ihm unpassend in diesem Augenblick. Nahezu intim. Sie rauchte mit nervösen Zügen und fahrigen Bewegungen.

»Wann haben Sie Ihren Schwiegervater zum letzten Mal gesehen?«, fragte Grock.

»Vor zwei Monaten vielleicht«, antwortete Carla Overmann.

»Sie hatten keinen engen Kontakt zu ihm?«

»Ich bin geschieden.« Ihr schien das eine ausreichende Erklärung.

Wie kann man sich von einer solchen Frau scheiden lassen, fragte sich Grock. Andererseits: Wie kann es passieren, dass man sich von einer Frau wie Lena entfremdet?

»Und Ihr Exmann?«

»Hat sich mit seiner Schlampe nach Hannover davongemacht.«

»Hatte er Kontakt zu seinem Vater?«

»Keine Ahnung.«

»Sie reden wohl nicht mehr mit Ihrem Exmann?«

Ihr Ton wurde gehässig. »Hören Sie, der hat mich sitzen lassen, weil er was Besseres gefunden hat. Was sollen wir noch miteinander bereden?«

»Wie war das Verhältnis zu Ihrem Schwiegervater?«

Carla Overmann schnaubte. »Wie soll's schon gewesen sein! Wir lebten in verschiedenen Welten. Was haben sich ein Musiker und eine kleine Verkäuferin schon zu sagen! Und seit der Scheidung ...«

Verschiedene Welten. Warum, zum Teufel, kam ihm bei allem immer gleich Lena in den Sinn?

Theresa mischte sich ein, sie merkte, dass Grock in Gedanken abzudriften begann. »Haben Sie Ihren Schwiegervater regelmäßig besucht?«, fragte sie.

»Was heißt regelmäßig – halt hin und wieder mal.«
»Auch nach Ihrer Scheidung?«
»Ja. Hin und wieder.«
»Warum?«
Die Frage verblüffte sie offensichtlich. Sie nahm sich eine neue Zigarette, zündete sie an und nahm einen tiefen Zug. Dann fuchtelte sie mit beiden Händen wild durch die Luft.
»Warum? Was soll die Frage? Einer muss sich ja um den alten Herrn kümmern.«
»Mich wundert das nur etwas«, sagte Theresa, »weil das Verhältnis zu Ihrem Schwiegervater ja wohl nicht besonders gut war, wie Sie gesagt haben.«
Carla Overmann zuckte mit den Schultern.
»Erzählen Sie von Ihrem Schwiegervater«, bat Grock.
Peter Loose. Anfang sechzig oder Ende sechzig oder irgendwo dazwischen, das genaue Alter wusste Carla Overmann nicht. Alt eben. Ehemals Erster Geiger im Sinfonieorchester. Seit drei Jahren verwitwet, seit zwei Jahren im Ruhestand, seines schwachen Herzens wegen, das die Belastungen der Proben, Konzerte und Tourneen nicht mehr ausgehalten hatte. Hatte nur für seine Musik gelebt, auch als Rentner. Hatte hin und wieder im privaten Kreis gespielt. War auch mal als Aushilfe im Orchester eingesprungen, aber immer seltener.
»Was hat Sie zu der Vermisstenmeldung veranlasst?«, fragte Grock.
Ihrem Gesichtsausdruck war zu entnehmen, dass Carla Overmann dies als ziemlich dumme Frage einstufte. Er hatte sich eben nicht gemeldet, ganz einfach.
»Er hätte ja auch im Urlaub sein können«, schlug Grock vor.
»Der ist nie weggefahren. Da hätte er ja nicht Geige spielen können. Stellen Sie sich das vor, Sie sind in einem Hotel, und im Zimmer nebenan kratzt einer den ganzen Tag auf seiner Geige!«

Grock konnte sich das sehr gut vorstellen, vor allem, wenn einer Erster Geiger gewesen war. Das war allemal besser als das Animationsgedudel, wie er es im Urlaub oft erlebt hatte. Andererseits, von früh bis abends Geige …

»Sie können wohl mit Musik nicht viel anfangen?«, fragte er vorsichtig.

»Nicht mit diesem Klassikkram«, erklärte Carla Overmann, »das ist nur öde.«

Grock verstand jetzt das mit den zwei Welten.

»Um nochmals darauf zurückzukommen, was Sie zu der Vermisstenmeldung veranlasst hat …«, fing er erneut an.

»Der Schwiegervater hat in so einem Streichquartett mitgespielt …«

… und ein Konzert stand an, und er war nicht erschienen, und einer wusste von Carla Overmann, und der hatte bei ihr angerufen, und dann hatte sie sich darum gekümmert, denn einen Konzerttermin hätte Peter Loose nie im Leben vergessen, alles andere ja, aber nicht einen Konzerttermin: So war das gewesen.

Theresa Wimmer notierte den einen Namen, die anderen kannte Carla Overmann nicht. Sie wusste überhaupt wenig vom Leben ihres Schwiegervaters, nichts von Freunden oder Bekannten. Er hatte halt den ganzen Tag Geige gespielt. Eine andere Welt.

Wenigstens ein Name, damit konnten sie weitermachen.

Die Vermisstenmeldung ließ Grock nicht los. So etwas machte man doch nicht gleich, nur weil jemand nicht ans Telefon ging. Sie war in die Wohnung gegangen, erklärte Carla Overmann, hätte ja sein können, dass er gestürzt war, aber das einzig Lebendige waren die Schimmelkulturen auf dem schmutzigen Geschirr, und schmutziges Geschirr, das hatte es bei ihm gar nicht gegeben, er war sehr ordentlich.

»Sie haben einen Schlüssel zur Wohnung Ihres Schwiegervaters?«

Carla Overmann nickte. Grock überraschte das. Ein Schlüssel zur Wohnung: Das war doch eine Art Vertraulichkeit, eine Nähe, wie sie sonst nicht vorhanden gewesen schien zwischen den beiden. Blumengießen schied ja aus, wenn der Geiger nicht in Urlaub fuhr. Grock hakte indes nicht nach.

»Würden Sie uns bitte zur Wohnung Ihres Schwiegervaters begleiten?«, bat Grock höflich.

»Heute noch?« Carla Overmann war nicht begeistert.

Grock nickte: »Ja, jetzt.«

»Muss das denn unbedingt jetzt sein? Hat das nicht auch Zeit bis morgen?«

Noch immer sperrte sich die Frau. Ein bisschen mehr Erschütterung und Interesse an der Aufklärung eines gewaltsamen Todes konnte man eigentlich erwarten.

»Es muss sein. Es ist schon zu viel Zeit vergangen. Verwertbare Spuren erkalten«, erklärte er.

Das war Blödsinn. Da konnte nichts mehr kälter werden. Doch manchmal machten solche Phrasen Eindruck.

Bei Carla Overmann freilich führten sie nicht zum erhofften Ergebnis. Wenn Grock erwartet hatte, dass sie jetzt hilfsbereit aufsprang, sah er sich getäuscht.

Er warb weiter: »Sie kannten Ihren Schwiegervater, Sie sind die Einzige, die uns Hinweise geben kann.«

Ohne große Freude erklärte sich Carla Overmann schließlich bereit, und gemeinsam fuhren sie in den Stuttgarter Osten. Theresa wollte gleich die KTU bestellen, aber Grock bremste sie in ihrem Tatendrang. Er wollte sich erst einen Überblick verschaffen, in aller Ruhe, bevor die Spurensicherer herumwuselten.

Grock fuhr, und Theresa war schnell auf den Rücksitz geschlüpft, so dass er die Overmann neben sich hatte.

Er roch schwach ein herbes Parfüm, vermischt mit dem Schweiß eines Sommertages. Weiblichem Schweiß.

Die Frau machte ihn nervös.

Sie tat nichts, sie sagte nicht viel, doch allein durch ihr So-Sein verströmte sie etwas, das zu einem Kribbeln in seinen Lenden führte, so sehr er sich auch dagegen stemmte.

Nicht, dass es ihm unangenehm gewesen wäre. Es war nur unpassend. Der falsche Moment und die falsche Frau. Und vor allem war erst noch zu klären, ob er sich dieses Kribbeln überhaupt erlauben durfte, moralisch gesehen. Grock war ein weitgehend monogamer Ehemann, doch die Frage stellte sich, ob er überhaupt noch ein Ehemann in dem Sinne war.

Er atmete schwer, und der Schweiß rann ihm von der Stirn. Wahrscheinlich war es nun er, der Signale aussandte.

Er war heilfroh, als sie endlich ankamen.

Das mühsame Geplauder während der Fahrt, hauptsächlich von Theresa bestritten, hatte keine weiteren Erkenntnisse gebracht. Außer, dass Carla Overmann nicht mit viel Begeisterung Kleider verkaufte. Es war halt ein Job, aber in diesen Zeiten ...

Carla Overmann schien nicht sonderlich glücklich mit ihrem Leben. Grock verstand das. Ihm ging es nicht anders.

Im Moment aber fühlte er sich wie gerettet.

16

Ein Mietshaus in der Haußmannstraße in der Nähe des Ostendplatzes, vierte Etage. Carla Overmann schloss auf.

»Nichts berühren!«, warnte Grock.

»Wieso?«, fragte sie erstaunt. »Ich war doch erst gestern hier.«

»Trotzdem!«, beharrte Grock.

Unverkennbar der muffige Geruch einer Wohnung, die seit Langem nicht mehr gelüftet worden war, die Mühe hatte sich Carla Overmann offensichtlich nicht gemacht.

Drei Zimmer, die sie rasch durchschritten für die erste Übersicht. Schlafzimmer mit Schrank und Ehebett. Wohnzimmer mit Tisch, Sitzgarnitur und Fernseher, alles Einrichtungen, die vor langer Zeit angeschafft und nie erneuert worden waren. Außerdem eine altmodische Penduhr, sicher ein Erbstück. Sie zeigte zwanzig Minuten nach acht, da war sie stehen geblieben, weil sie niemand mehr aufgezogen hatte.

Auf dem Tisch eine aufgeschlagene Zeitung mit Datum vom 16. Juni und eine benutzte Kaffeetasse. Das Bett ordentlich gemacht. Überhaupt war die Wohnung aufgeräumt. Keine auffälligen Spuren, die auf einen Kampf hindeuteten. In der Küche, wie die Overmann gesagt hatte, das schimmelüberzogene Geschirr.

Schließlich das Musikzimmer, das Arbeitszimmer des Geigers. Ein Notenständer mit aufgeschlagenen Noten, zwei Geigenkästen lehnten an der Wand. Regale mit Büchern und Noten. Eine opulente Hi-Fi-Anlage, die war bestimmt nicht billig gewesen. Eine umfangreiche Sammlung von Schallplatten und CDs.

»Hat sich irgend etwas verändert, seit Sie das letzte Mal hier gewesen sind?«, fragte Grock. Eine rein mechanische Frage. Wenn sich wer in der Wohnung zu schaffen gemacht hatte, dann bestimmt schon vor drei Wochen und nicht erst jetzt. Erwartungsgemäß verneinte Carla Overmann.

»Ist irgendetwas anders im Vergleich zu früher?« Das kam von Theresa. Etwas ungeschickt formuliert, aber Carla Overmann verstand. Nein.

»Ist Ihnen irgendetwas aufgefallen?«, fragte nun Grock. Dieses Irgendetwas: Von diesem unbestimmten Irgendetwas erhofften sie sich erste Anhaltspunkte.

Abermals nein. Bloße Routinefragen, aber so fing es immer an.

»Haben Sie die Wohnung durchsucht?«

Carla Overmann schüttelte den Kopf. Wozu sollte sie die Wohnung durchsucht haben, wo doch auf den ersten Blick ersichtlich gewesen war, dass der Schwiegervater nicht hier war? Seit Langem nicht mehr?

»Haben Sie irgendetwas mitgenommen?« Nein. Wenn das stimmte, woran im Moment nicht gezweifelt werden musste, war die Wohnung also in dem Zustand, wie sie das Opfer verlassen hatte. Oder der Täter.

»Fehlt irgendetwas?« Carla Overmann musste zugeben, dass sie über die Besitztümer ihres Schwiegervaters nicht im Bilde sei und diese Frage deshalb nicht mit hinreichender Sicherheit beantworten könne. Grock forderte sie auf, sich genau in der Wohnung umzusehen, woraufhin sie mit ihm herumwanderte, Ergebnis negativ. Grock bat sie, nochmals darüber nachzudenken, was sie versprach.

Nun musste sich die KTU auf den Weg machen. Derweil marschierte Grock durch die Wohnung, die Hände auf dem Rücken gefaltet, schweigend. Fasste nichts an, betrachtete nur alles höchst aufmerksam ein ums andere Mal, sog auf, was er sah, machte sich seine Gedanken.

Theresa hatte Grock noch nie so in Aktion gesehen, war aber von den Kollegen vorgewarnt worden. Grock schnüffelt, da musst du dich still verhalten, störe seine Kreise nicht. Die Kreise, die Grock wieder und wieder durch die Wohnung zog.

Theresa beobachtete Grock. Das war nicht mehr der übel gelaunte, knurrige, verletzende, oft gedankenabwesende Grock der letzten Wochen. Grock schnüffelte, in höchster Konzentration. Er hatte alles um sich herum ausgeblendet und fokussierte seine ganze Energie auf diese Wohnung. Es hatte den Anschein, als fertige er mentale Schnappschüsse von allem, was er sah. Theresa bekam eine leise Ahnung, woher Grock seinen Ruf hatte und verspürte erstmals so etwas wie Bewunderung.

Als die KTU kam, erwachte er wie aus einer Trance.

Carla Overmann wurde von einem Kollegen nach Hause gefahren.

Im Nu herrschte wuselige Geschäftigkeit. Jetzt griff auch Grock mit zu, durchblätterte Ordner, sah in Schubladen nach, stöberte in den Schallplatten, den CDs, den Büchern. Öffnete den Kleiderschrank und die Küchenschränke. Drehte die Noten um, die auf dem Ständer lagen. Das

Streichquartett in G-Dur, Köchelverzeichnis 387, von Mozart.

Das sagte ihm nichts. Vielleicht hatte er es einmal gehört, doch wer, außer Fachleuten, konnte etwas mit diesen seltsamen Nummerierungen anfangen? »All you need is love«, da wusste jeder gleich, was gemeint war. Eigenartig, dass ihm gerade dieser Titel jetzt einfiel.

Er suchte unter den CDs, wurde schnell fündig, da sie penibel sortiert waren, ging zu der Anlage, die eingeschaltet war und drei Wochen sinnlos Strom verbraucht hatte, legte die Scheibe ein und hörte nichts. Nach einigem Suchen fand er den richtigen Knopf. Alle zuckten zusammen, die Lautstärke war ziemlich hoch eingestellt.

Nein, dieses Quartett kannte er nicht. Was kein Wunder war. Grock sah die klassische Musik als ein notwendiges Übel an, dem man hin und wieder nicht entkam, vor allem bei offiziellen Anlässen nicht. Doch, ja, manches klang ganz nett, aber sein Herz erwärmte es nicht.

Im Deck lag eine Kassette, bis zum Ende durchgelaufen. Grock spulte zurück, drückte auf den Wiedergabeknopf. Ebenfalls dieses Quartett, aber nur eine einzelne Geige.

Mutmaßung: Peter Loose hatte dieses Stück geübt und sich zur Kontrolle selbst aufgenommen, ein Mikrofon stand ja herum.

Grock lauschte kurz und schaltete dann wieder ab. Er konnte nicht beurteilen, wie gut Peter Loose gespielt hatte, für ihn war alles gleich.

Die Techniker nahmen Fingerabdrücke, sammelten Haare und Flusen. So viel stand jetzt schon fest: Diese Wohnung war nicht der Tatort, nirgendwo Blutflecken.

Grock machte einen letzten Rundgang. Ihn irritierte einiges, er konnte aber nicht orten, was es war.

Dann gingen sie und überließen die Techniker ihrer Arbeit.

17

Grock fuhr Theresa zum Präsidium zurück, wo ihr Wagen stand.

»Was halten Sie von der Overmann?«, fragte er.

»Eine ordinäre Frau«, entfuhr es Theresa spontan.

Grock sagte nichts, er fühlte sich ertappt. Hatte Theresa bemerkt, dass ihn diese ordinäre Frau, wie sie sie nannte, mit einigem Recht, wie er zugeben musste, dass sie ihn – nun ja, was eigentlich? Fasziniert hatte? Angezogen? Angeregt auf alle Fälle, das konnte er vor sich nicht leugnen, wenn er das natürlich auch nie zugeben würde.

Angeregt auf eine eindeutig sinnliche Weise. Wen angeregt? Ihn als Vertreter der männlichen Spezies? Oder war das sein spezielles, persönliches Problem? War es überhaupt ein Problem, wenn man das einmal hypothetisch betrachtete, rein wissenschaftlich gewissermaßen, denn er hatte ja nicht im Entferntesten die Absicht, mit dieser Frau etwas anzufangen. Gab es so etwas wie mentale sexuelle Belästigung? Und wer war dann das Opfer? Sie oder er?

Verwirrende Gedanken.

Es wäre interessant, das mit Theresa, einer Frau ja, zu diskutieren, aber das traute er sich nicht, es wäre ihm wie Selbstentblößung erschienen. Er musste mal Dirk oder Toni mit dieser Carla Overmann zusammenbringen, ihre Reaktionen wären sicher aufschlussreich, Männer unter sich.

Er grübelte, fuhr mechanisch, bremste rechtzeitig, wo es nötig war, ein Teil seines Gehirns registrierte rote Ampeln zuverlässig.

Er schreckte hoch, als er vom Nebensitz ein etwas unsicheres »Chef?« vernahm. Chef! So hatte ihn noch niemand genannt.

Ein anderer Teil seines Gehirns polte um von Carla Overmann zu Theresa Wimmer. Er räusperte sich. »Ich habe

überlegt, ob diese Overmann etwas mit dem Mord zu tun hat«, sagte er.
»Ich glaube nicht«, antwortete Theresa.
»Und warum nicht?«
Was sollte das werden? Prüfung der jungen Kommissarin?
»Weiß nicht. Ist so mein Gefühl«, sagte sie, etwas trotzig.
Grock lächelte. »Gefühle sind wichtig. Aber man sollte sie untermauern können.«
Er spürte ihren leisen Unmut und fügte hinzu: »Kommen Sie, Frau Wimmer, ich will Sie nicht examinieren. Ich möchte nur, dass wir unsere Beobachtungen zusammentragen. Und unsere Gefühle.«
Kleine Pause.
»Sie war nicht besonders erschüttert«, sagte Theresa schließlich. »Immerhin war er ihr Schwiegervater.«
Grock nickte. »Zwei Erklärungen. Erstens war sie schon vorgewarnt durch unseren Besuch, sie konnte ahnen, dass etwas nicht stimmt. Zweitens: Sie hatte wohl wirklich kein gutes Verhältnis zu ihrem Exschwiegervater.«
»Trotzdem hat sie sich um ihn gekümmert«, wandte Theresa ein. »Sie hat den Wohnungsschlüssel, sie hat ihn zumindest ab und zu besucht.«
»Eine Art Pflichtgefühl?«
»Vielleicht. Aber wirkliches Interesse scheint sie nicht an ihm gehabt zu haben. Sie weiß ja gar nichts über sein Leben.«
»Haben Sie bemerkt, dass sie so auffallend gar nichts weiß?«
Theresa dachte nach. »Das ist richtig. Selbst wenn ich kein gutes Verhältnis zu meinem Schwiegervater habe, ein bisschen was weiß ich doch. Immerhin war sie wie lange mit seinem Sohn verheiratet?« Sie blätterte in ihren Notizen.
»Sechs Jahre«, sagte Grock. Er hatte das im Kopf.
»Mir ist da noch aufgefallen ...«, setzte Theresa an.
»Ja?«, ermunterte Grock sie.
Mittlerweile waren sie im Polizeipräsidium in der Hahnemannstraße angekommen. Sie saßen im dunklen Auto, es

war weit nach Mitternacht. Wie ein heimliches Liebespaar, schoss es Theresa durch den Kopf.

»Als wir die Overmann gefragt haben, ob sich in der Wohnung etwas verändert hat, da hat sie das ganz schnell verneint. Ohne nachzusehen und ohne nachzudenken.«

»Gut beobachtet«, sagte Grock, und glücklicherweise konnte er nicht sehen, dass Theresa ob des Lobes leicht errötete. »Ihre Schlussfolgerung daraus?«

»Entweder hat sie sich vorher schon intensiver in der Wohnung umgeschaut, als sie uns weismachen will. Oder sie weiß, dass etwas anders ist. Dass etwas fehlt beispielsweise.«

»Nehmen wir an, dass etwas fehlt, dann ...«

»Dann hat sie es entweder selbst genommen oder sie weiß, wer es genommen hat«. Theresa war jetzt ganz eifrig beim Thesenstricken.

»Weiß es oder ahnt es«, ergänzte Grock.

»Wir müssen die Frau im Auge behalten«, sagte Theresa.

»Ja, das müssen wir wohl.«

»Wie wäre es mit einer Hausdurchsuchung?«, schlug Theresa vor.

»Warum eine Hausdurchsuchung?«, wollte Grock wissen. Es hatte doch etwas Examinatorisches an sich, aber Theresa, endlich im Gefühl, von Grock ernst genommen zu werden, fiel das gar nicht mehr auf.

»Der Mord ist nicht in Looses Wohnung geschehen, davon können wir ausgehen. Aber vielleicht in der Wohnung der Overmann?«

»Trauen Sie ihr das zu?«, fragte Grock.

»Haben wir nicht gelernt, dass wir jedem alles zutrauen können?«

Gut gekontert, dachte Grock und lächelte leise. Schade, dass es Theresa nicht sehen konnte.

»Bedenken Sie das logistische Problem, Frau Wimmer«, sagte er. »Loose wird irgendwo erschlagen. Dann muss er umgezogen werden, und alle Spuren sind zu beseitigen. Die Leiche muss zu einem Auto transportiert werden und vom

Auto zum Fundort. Ein ziemliches Geschäft für eine Frau.«
»Sie macht einen kräftigen Eindruck. Und sie muss das ja nicht allein gemacht haben.«
»Nein, das muss sie nicht«, antwortete Grock gedehnt.
»Vielleicht müssen wir ohnehin davon ausgehen, dass wir es mit zwei Tätern zu tun haben«, sinnierte Theresa.
»Das sollten wir nicht ausschließen, ja«, antwortete Grock. Er konterte nicht, gab keine Anregungen, bestätigte nur, was Theresa sagte, er führte sie langsam hin.
»Je mehr ich darüber nachdenke«, sagte Theresa, »desto mehr Zweifel habe ich, ob Carla Overmann wirklich nur die Schwiegertochter ist, die nichts weiß und die auch nicht interessiert, was vorgefallen ist.«
»Richtig. Danach hat sie nämlich nicht gefragt.«
»Sie könnte es aus der Zeitung wissen.«
»Wir haben ihr nicht gesagt, dass dies der unbekannte Tote aus der sogenannten Penner-Serie war.«
»Genau genommen haben wir ihr nicht einmal gesagt, dass er überhaupt tot ist«, dämmerte es Theresa. Allmählich verstand sie, wie Grock seine Befragung aufgebaut hatte. Er umkreiste das Thema und wartete die Reaktionen ab.
»Das immerhin sagt der gesunde Menschenverstand, wenn man das Foto sieht«, erwiderte Grock.
»Akzeptiert. Aber der gesunde Menschenverstand würde auch danach fragen, was passiert ist, ob wir den Täter schon haben, ob es Spuren gibt und so weiter.«
»Und das fragt jeder, auch wenn er kein gutes Verhältnis zum Schwiegervater hat.«
»Carla Overmann – unsere erste Verdächtige?«, bilanzierte Theresa.
»Zumindest gibt es noch einigen Klärungsbedarf«, sagte Grock, etwas geschwollen.
»Wir werden sie also im Auge behalten«, zog Theresa das Fazit.
»Im Auge behalten, ja. Ihr noch einige Fragen stellen. Über sie Fragen stellen. Vielleicht machen wir zum geeigne-

ten Zeitpunkt sogar eine Hausdurchsuchung. Nicht, weil ich glaube, dass wir etwas finden. Aber um sie ein wenig zu erschrecken.«

Theresa fiel etwas ein.

»Angenommen, die Overmann hat tatsächlich etwas mit dem Mord an Loose zu tun – warum hat sie ihn dann selbst als vermisst gemeldet?«

»Sie stand unter Zugzwang. Nachdem Loose nicht zu dem Konzert erschienen war, musste sie davon ausgehen, dass sich der Geigerkollege darum kümmert. Aber vorerst sind das alles nur Spekulationen. Jetzt wird es Zeit, dass wir nach Hause kommen.«

»Danke«, sagte Theresa impulsiv, stieg aus, ging zu ihrem eigenen Wagen und fuhr davon.

»Scho recht, Mädle«, murmelte Grock, doch das hörte sie schon nicht mehr.

Auch Grock fuhr nach Hause. Er hatte die CD mit Mozarts Streichquartetten mitgenommen, hörte sich das Quartett in G-Dur an, wieder und wieder, trank seinen Wein, rauchte seine Zigarette. Das war das letzte Stück, das Peter Loose gespielt hatte.

Irgendwann schlief er in seinem Sessel darüber ein. Es war ihm nicht bewusst, dass er zum ersten Mal seit Langem nicht an Lena gedacht hatte.

Als er erwachte, mit schmerzendem Kreuz und verspanntem Nacken, war es draußen schon hell. Er schleppte sich trotzdem ins Bett. Wenigstens noch ein paar Stunden.

18

Nun endlich, nachdem sie wussten, wer der Tote war, kam Schwung in die Sache, selbst Grock, obschon müde und zerschlagen an diesem Morgen, schien wieder ganz der Alte zu sein.

Dirk behielt ihn gleichwohl im Auge. Er kannte Grock und wusste, dass die Reizbarkeit und Lustlosigkeit der letzten Wochen nicht allein damit zu erklären war, dass sie auf der Stelle traten. Irgendwas arbeitete in ihm. Wenn er doch nur reden würde!

Die DNA-Analyse bestätigte, dass es sich bei dem bislang Unbekannten um Peter Loose handelte. Eine weitere Bestätigung kam aus einer anderen Ecke, wie es der Zufall wollte zur gleichen Zeit. Endlich hatte auch ein Zahnarzt Peter Loose anhand von dessen Gebiss identifiziert, der Doktor war auf Reisen gewesen.

Theresa informierte Peter Looses Sohn in Hannover. Es war ihr unangenehm, die traurige Nachricht zu übermitteln, aber irgendwann musste sie das auch mal lernen, warum dann nicht jetzt. Sie stotterte herum, fand nicht die richtigen Worte und hatte panische Angst vor einem Gefühlsausbruch, dem sie sich nicht gewachsen glaubte. Der Sohn zeigte sich jedoch nur mäßig erschüttert, vielleicht war das auch nur eine Schutzreaktion. Er würde wohl mal nach Stuttgart kommen müssen, Formalitäten waren zu regeln, dann könnte man sich mit ihm eingehender unterhalten.

Vorerst konnte er nichts Sachdienliches beitragen. Er wusste, dass sein Vater in einem privaten Streichquartett spielte, Namen kannte er keine. Überhaupt hatte er keine Ahnung, wie der Vater sein Leben als Witwer und Pensionär verbrachte, sie telefonierten selten und hatten sich dann nichts zu sagen.

Theresa und Toni wurden in die Haußmannstraße geschickt, die Nachbarn zu befragen. Dirk und Grock machten sich daran, die Unterlagen aus Looses Wohnung durchzuschauen, flüchtig vorerst mal, um sich einen ersten Überblick zu verschaffen.

Das wurde ihnen insofern leicht gemacht, als Peter Loose offensichtlich ein ordentlicher, ja pedantischer Mensch gewesen war. Alles war säuberlich abgeheftet und thematisch in Ordnern sortiert.

Das Bild von der Buchhalterseele trübte ein Berg von Unterlagen, der sich in einer Schublade des kleinen Schreibtisches gefunden hatte. Rechnungen, Belege über Noten, sonstiger Krimskrams, alles neueren Datums. Warum hatte Peter Loose das nicht genauso sorgsam abgeheftet wie alles andere auch? Grock fiel im Moment nur eine Erklärung ein: Loose war in den Wochen vor seinem Tod von etwas so in Anspruch genommen worden, dass er keine Zeit zur Ablage gefunden hatte. Vielleicht lag da der Schlüssel? Aber die ungeordneten Unterlagen wiesen in keine bestimmte Richtung. Alltagskram.

Mysteriös freilich und gar kein Alltagskram war ein gewöhnlicher Briefumschlag mit ungewöhnlichem Inhalt: tausend Euro in Fünfzig-Euro-Scheinen, glatt wie frisch von der Bank. Wozu brauchte man so viel Geld? Doch wohl nur, wenn eine Anschaffung anstand, die bar zu bezahlen war. Oder handelte es sich um Looses Haushaltsgeld? Natürlich waren Umschlag wie Geld untersucht worden, sie hatten Looses Fingerabdrücke gefunden und andere, die noch niemandem zuzuordnen waren.

Finster starrte er auf die gepflegten Ordner. Jemand musste die undankbare Arbeit auf sich nehmen, die vielen Papiere genauso sorgfältig durchzugehen, wie sie abgeheftet worden waren, Listen anlegen, Querverbindungen suchen. Grock dachte sofort an Theresa, da konnte das Mädchen sich mal beweisen. Grock waren Akten ein Graus und er war heilfroh, wenn er sich nicht damit befassen musste. Er hatte es lieber mit den Menschen zu tun. Und deshalb galt es jetzt, dem Toten ein Gesicht zu geben, bis sich das Aktenzeichen zu dem Menschen wandelte, der er einmal gewesen war.

Dirk telefonierte mit dem Orchestermanager, der freilich keine große Hilfe war. Er war neu im Amt und hatte Peter Loose nicht gekannt. Wenigstens mailte er eine Liste jener Orchestermitglieder, die mit Loose noch zusammengearbeitet hatten. Die würden sie eben abtelefonieren müssen. Dirk stöhnte.

19

Staatsanwalt Rainer Ströbel war nicht begeistert über die Wendung, die der Fall genommen hatte, so wenig wie der Rat. Beiden war ihre schöne Serie endgültig genommen, das musste sogar ein Katalogmensch zugestehen, übrig geblieben war ein alltäglicher, um nicht zu sagen banaler Mord, der kein Aufregungspotenzial versprach. Ein Routinefall. Ach ja, und dann gab es noch einen toter Penner, der allerdings derzeit etwas aus dem Blick geraten war.

Der Staatsanwalt tat so uninteressiert, wie er wahrscheinlich tatsächlich war, und ließ sich ohne sonderliche Mühe überreden, mit einer triumphierenden Pressemitteilung vorerst noch zu warten. Aus ermittlungstaktischen Gründen, wie Grock erklärte. Der Staatsanwalt verstand das auf Anhieb, was eigentlich zu denken geben sollte. Die Wahrheit war, dass der Staatsanwalt schlecht zu Mittag gegessen hatte, in seinem Magen kämpfte ein Kabeljaufilet.

Der Rat beanspruchte etwas mehr Aufmerksamkeit. Als Grock das Allerheiligste betrat, mit undurchlöcherten Socken diesmal, sprang der Rat erfreut auf und hatte im Nu seine Strümpfe ausgezogen, als habe er nur auf diesen Moment gewartet, und bedeutete Grock mit einer Handbewegung, es ihm gleichzutun. Mit einem Achselzucken ergab sich Grock in sein Schicksal. Insgeheim freute er sich auf das Kribbeln.

Der Rat hakte den Kommissar unter, gemeinsam glitten sie über den Teppich und ergaben sich dem … Gefühl.

Der Rat fabulierte, inspiriert vom weichen Flor. »Ein Musiker, so, so. Ein Mord in Künstlerkreisen. Schwieriges Milieu, mein lieber Grock, da heißt es behutsam vorgehen. Äußerst behutsam. Empfindsame Menschen das. Mimosen.«

Der Rat machte das gerne. Von einem winzigen Detail schwang er sich zu gedanklichen Höhenflügen auf und entwickelte einen Kosmos an Assoziationen, Mutmaßungen, Visionen. Das ging vorüber, man musste nur geduldig zuhören. Oder wenigstens so tun, als ob.

Er grübelte darüber, dass die einzige Person aus dem Künstlerkreis, die er bisher kannte, eine gewisse Carla Overmann war, die nun aber eigentlich gar nicht dazugehörte und ihm gar nicht mimosenhaft und empfindsam erschien, sondern eher von robuster Art. Einer Art von …

Er lauschte dem Kribbeln, das von seinen Füßen nach oben stieg, und war rechtzeitig wieder bei sich, um eine Bemerkung des Rats wahrzunehmen.

»Doch Sie kennen das ja, Grock«, sprach der Rat, »Ihre Frau Gemahlin ist ja auch Künstlerin, womit ich nicht gesagt haben will, dass sie … Aber diese gewisse Empfänglichkeit für Stimmungen, für das Ungesagte, für … nun ja, für Gefühle, das ist Ihnen gewiss vertraut, nicht wahr?«

So hatte er das noch gar nicht gesehen. War das der Grund für ihre gegenwärtige Misere, dass ihm die Antennen fehlten für das Ungesagte?

»Wenn Sie Hilfe brauchen, meine Frau …«

Was hatte die Frau Rat mit Künstlerkreisen zu tun? Außer dass sie pflichtgemäß dorthin pilgerte, wo sich die Gesellschaft traf, in der Oper, bei Konzerten, bei Vernissagen.

Der Rat fühlte sich zu einer Erklärung genötigt. »Meine Frau musiziert auch, verstehen Sie? Piano.«

Er sagte tatsächlich Piano, nicht Klavier. Nicht Flügel, obschon bestimmt so einer zu Hause prunkte, wenn die Frau Rat musizierte. Er hatte bisher das Glück gehabt, der Frau Rat nur einmal begegnen zu müssen, aber als empfindsam würde er sie nicht beschreiben. Wenn sie musikalische Ambitionen hatte, dann ging sie das gewiss so verbissen an wie die Karriere ihres Mannes, nämlich ohne Rücksicht auf Verluste.

»Wenn es notwendig sein sollte, komme ich gern auf dieses Angebot zurück«, versprach er.

Der Rat war zufrieden und zog seine Strümpfe wieder an.

20

Theresa und Toni gingen Klinken putzen in der Haußmannstraße. Sie begannen im Parterre, es öffnete eine Frau in den Siebzigern, Erna Häfele. Sie zeigten ihre Ausweise, die von Frau Häfele genau studiert und mit ihren Gesichtern verglichen wurden.

Besonders Toni musterte sie eingehend. Man sah ihm den Italiener ja auch an, was er durchaus beabsichtigte, mit seinem schwarzen gegelten Haar, dem leicht olivfarbenen Teint, überhaupt seinem Gesicht. Und dazuhin kleidete er sich mit unaufdringlicher italienischer Eleganz, die selbst von jemandem bemerkt wurde, der von wahrer Mode nichts verstand.

»Toni Scarpa? Des klingt aber arg italienisch«, sagte sie in ihrem singenden Stuttgarter Honoratiorenschwäbisch, das dem Bemühen entsprang, so etwas Ähnliches wie Hochdeutsch zustande zu bringen, ein von vornherein vergebliches Unterfangen.

Die Stuttgarter wurden darum gern als hochnäsig eingestuft, weil sie sich für etwas Besseres hielten. Das stimmte freilich nicht. Das Honoratiorenschwäbisch war nur der Ausweis eines tiefen Minderwertigkeitskomplexes, geboren aus der Unmöglichkeit, schwäbische Rechtschaffenheit in Einklang zu bringen mit den Anforderungen einer Landeshauptstadt, die sich gern weltmännisch geben würde, wenn sie nur wüsste, wie das zu bewerkstelligen sei.

So eine also war Erna Häfele, die gut genährt im geblümten Kittelschurz und mit dauergewelltem Haar vor ihnen stand und Toni misstrauisch beäugte.

»I ben an echter Schtuegerder«, strahlte Toni sie an.

Wenn Frau Häfele sich wunderte, dann sagte sie es nicht. Man war ja allerhand gewöhnt heutzutage. Wenn es schon Schwarze gab, die kein Deutsch sprachen, aber Deutsche waren, was sollte man dann von einem Italiener denken, der schwäbisch schwätzte?

»Ond des jonge Fräilein do?« Neugierig war sie ja gar nicht, die Frau Häfele.

»Nicht direkt von hier«, gab Theresa ausweichend Auskunft. Sie hatte keine Lust, Frau Häfele ihre Lebensgeschichte zu erzählen. Wahrscheinlich wusste sie nicht einmal, wo Hohenlohe lag.

Doch Frau Häfele ließ nicht locker. »Dann von Gaisburg drieba? Oder Gablenberg?«

Hilflos sah Theresa Toni an. Mit der Stuttgarter Stadtteiltopographie war sie noch nicht vertraut.

»So ungefähr«, sprang Toni ihr zu Hilfe.

Frau Häfele war's zufrieden und bat in die gute Stube.

»Des isch mir jetzt arg oagnehm, dass net aufgräumt isch, entschuldiget Se no«, sagte sie. »Wenn i gwusst het, dass Bsuach kommt ...«

Die Wohnung war blitzsauber, nichts lag herum oder stand am falschen Platz. Wie mochte sie erst aussehen, wenn sie nach den Maßstäben von Frau Häfele aufgeräumt war?

Theresa dämmerte, warum bei ihrer Wohnungssuche oft ein erster prüfender Blick zur Ablehnung genügte. Sie machte wohl nicht den Eindruck, als könne sie souverän den Putzlumpen schwingen.

»Derf i denn was anbiete?«, fragte Frau Häfele. »An Kaffee vielleicht? Oder a Likörle?«

Beide lehnten ab.

Auf einer Anrichte, die heutzutage Sideboard heißt und im Schwäbischen Kredenz, stand ein Foto, Frau Häfele in jüngeren Jahren mit Mann. Theresa betrachtete es.

»Jaja, mei Karle«, sagte Frau Häfele. »Sei Lebtag hot'r beim Daimler gschafft, ond jetzt isch'r scho vier Johr onder dr Erd. Dia hent dort au viele Italiener g'het.«

Ob es da wohl einen Zusammenhang gab, fragte sich Theresa.

Frau Häfele seufzte. »Aber nemmet Se no Platz.«

Toni und Theresa versanken in schweren Polstersesseln, die schon viel gesehen hatten.

Frau Häfele wuselte herum, verrückte das gehäkelte Deckchen auf dem Sofatisch, räumte die Zeitung weg, die dort gelegen hatte, entdeckte ein paar Staubflocken, die außer ihr niemand sah.

Man erklärte den Zweck des Besuches. Natürlich war die nächtliche Aktion nicht unbemerkt geblieben, jetzt endlich hatte das Tuscheln und Rätseln ein Ende, und die Neugier war insoweit befriedigt.

Dass ihr Nachbar aus dem vierten Stock tot war, erschütterte Frau Häfele einigermaßen.

»Jetzt lass me no au mit, der Loose!«, sagte sie und schüttelte den Kopf, als nähme sie es ihm übel, dass er jetzt so viele Umstände machte. »Heidenei, hen Sie mich erschrocke. Jetzt brauch i a Schnäpsle.«

Sprach's und wackelte zu ihrer Kredenz, wo sie sich großzügig einschenkte. In einem Zug kippte sie das Schnäpsle hinunter.

Das Kopfschütteln wollte nicht aufhören. »Ein Mord! Ond des in onserm Haus! Weiß man denn scho, wer's war? Also dene Russa em dritte Stock, dene tät ich's scho zutraue, dia gucket immer so bös. In onserm Haus! Do bisch jo deines Läbens nicht mehr sicher! Jetzt brauch i nomal a Schnäpsle.«

Sie wurde beruhigt. Der Mord sei nicht in seiner Wohnung geschehen, das könne man mit Gewissheit sagen, so weit waren die Spurensicherer schon.

Ob es sie denn nicht verwundert habe, dass sie Peter Loose nicht mehr begegnet sei, immerhin war er schon drei Wochen verschwunden?

Fast erfreut fuhr Frau Häfele auf: »Jetzt, wo Se's saget, jetzt fällt mir auf, dass i den Loose scho lang nemme gsäh han!«

Er war wohl nicht mit der Kehrwoche dran, fragte Toni mit einem maliziösen Lächeln. Nein, war er nicht. Sonst wäre es schon längst bemerkt worden. Sagte Frau Häfele ganz ernst.

»Aber wisset Se«, sagte Frau Häfele und beugte sich vertraulich vor, »des mit der Kehrwoch isch jo au nemme des, mit denne viele Ausländer, die mr hen. Nix für oguat, jonger Ma«, fügte sie schnell hinzu, eingedenk der Tatsache, dass dieser junge Mann ja irgendwie auch nicht so richtig von hier war, obschon er ein irritierend originales Schwäbisch sprach. Toni fühlte sich ebenfalls nicht bemüßigt, ihr seine Lebensgeschichte zu erzählen.

Sie erfuhren, dass es in diesem Haus, in dieser Gegend überhaupt einen steten Wechsel an Mietern gab, dass auf rechtschaffene Leute meist nur Türken, Russen und Polen folgten, mit denen nicht gut auskommen sei. Frau Häfele klagte über Unordnung und interkulturelle Verständigungsschwierigkeiten, was sie allerdings etwas derber ausdrückte.

Um nochmals auf Herrn Loose zurückzukommen ...

Ja, der hatte ja nun schon seit einer halben Ewigkeit hier gewohnt, wie sie auch. Man sei sich schon hin und wieder auf der Treppe begegnet, klar. Früher war das ja noch anders, als seine Frau noch lebte, mit der war man schon mal zu einem Schwätzle zusammengestanden, aber seitdem ...

Nein, nein, am Loose sei nichts auszusetzen gewesen, das war ein ordentlicher Mann, still und bescheiden, ein rechtschaffener Mensch, und gegrüßt hat er immer höflich, und einmal hat er ihr sogar die Einkaufstasche getragen.

Aber man sei halt schwer mit ihm ins Reden gekommen, er war so zurückhaltend, ein Künstler eben. Und er hatte es ja sicher auch schwer, seitdem die Frau tot war.

Es war ihr deutlich anzuhören, dass sie verwitwete Rentner generell für eher lebensuntüchtig hielt, musste aber widerstrebend zugeben, dass der Herr Loose auf sich hielt. War immer ordentlich gekleidet. Ging regelmäßig zum Friseur. Aber wie er mit dem Haushalt zurechtkam, so als Mann ...?

Theresa hatte ja seine Wohnung gesehen, Frau Häfele hätte ihre helle Freude gehabt, aber das behielt sie für sich.

Hatte er denn viel Besuch gehabt, der Herr Loose?

Einer sei öfter gekommen, immer mit einem Geigenkasten unterm Arm, ein Musikerkollege, den kannte sie vom Sehen. Aber sonst? Es war ja ein ständiges Kommen und Gehen in diesem Haus, beschwerte sie sich, wie sollte man da den Überblick behalten?

Und die Schwiegertochter, die Carla Overmann?

Da musste sich die Frau Häfele fast ereifern: »Des isch a liadriche!«, betonte sie. Was an Carla Overmann so liederlich sei? Ha no, da muss man nur mal anschauen, wie die angezogen ist. Oder vielmehr eher ausgezogen, so viel Haut und so viel Busen zeigt doch keine anständige Frau. Und geschminkt ist die immer! Wie eine ... Aber nein, das Wort nahm sie jetzt nicht in den Mund, sie nicht. Gegrüßt habe sie übrigens immer so von oben herab, wenn überhaupt. Eine Liadriche, wie gesagt. Mit der stimmte irgendwas nicht, das habe sie im Gefühl.

Nun war das mit den Gefühlen so eine Sache, Theresa hatte ihre eigenen Erfahrungen damit seit letzter Nacht, aber das hier, das klang ihr zu sehr nach spitznasiger Rechtschaffenheit.

Sie war ja schon länger nicht mehr hier gewesen, die Schwiegertochter, fügte Frau Häfele noch einigem Überlegen hinzu, was nun freilich auch keine so rechte Erklärung für Liederlichkeit war.

»Wann haben Sie sie denn zuletzt gesehen?«, hakte Toni nach.

Das wusste Frau Häfele nicht zu sagen. Vor zwei oder vielmehr jetzt vor drei Tagen vielleicht, als Carla Overmann nach ihrem Schwiegervater geschaut hatte? Nein, da war ihr nichts aufgefallen, aber man war ja nicht ständig hier, man musste ja auch mal einkaufen gehen, und man hing ja auch nicht dauernd am Fenster, es gab ja genügend zu schaffen.

Hatte den Carla Overmann ihren Exschwiegervater überhaupt hin und wieder mal besucht?

»Ha scho!«, sprudelt es aus Frau Häfele heraus. »Jeden Sonntag isch se komme!«

Mindestens ein Jahr lang sei das so gegangen, jeden Sonntagnachmittag für ein paar Stunden.

Schon eigenartig.

Das, immerhin, waren interessante Informationen. Carla Overmann hatte das gestern nicht so gesagt. Hin und wieder sei sie bei Loose gewesen. Warum hatte sie es anders dargestellt? Es musste ihr doch klar gewesen sein, dass bei dieser Nachbarschaft ihr Kommen und Gehen nicht unbemerkt bleiben konnte.

Und wie lange war das so gegangen? Bis ins Frühjahr hinein etwa, und dann nicht mehr.

»Hatte es denn Streit gegeben zwischen Herrn Loose und Frau Overmann?«, fragte Theresa.

»Da drvo woiß mr nix«, antwortete Frau Häfele, und dass sie »man« sagte und nicht »ich«, zeugte von der tiefen Frustration der aufmerksamen Nachbarin, der es, vermutlich auch im Verein mit anderen, ebenso beharrlichen Beobachtern, nicht gelungen war, eine Sachlage zu klären. Das war das kaum verschleierte Eingeständnis einer schweren Niederlage.

Und dieser Tag hielt noch weitere für sie bereit.

Wie es denn mit den Besuchen der Frau Overmann vor der Scheidung gewesen sei, wollte Theresa wissen.

Frau Häfele schaute sie mit offenem Mund an.

»Scheidung? Isch's wahr?«, hauchte sie erschüttert. »Ha so ebbes!«

Ihre Fassungslosigkeit war nicht der Scheidung als solcher zuzuschreiben, sondern allein dem Umstand, dass sie davon nichts gewusst hatte. Aber jetzt wunderte sie gar nichts mehr, sie hatte sich schon immer gefragt, wo denn der Sohn abgeblieben sei. Also hatte sie nicht nur sich gefragt, sondern auch direkt Peter Loose, jedoch nur ausweichende Antworten erhalten. Loose schien wirklich ein ungewöhnlich verschwiegener Mensch gewesen zu sein, neugierresistent.

Dann kamen sie auf das Datum zu sprechen, das mutmaßlich der Tatzeitpunkt gewesen war. Hatte sie etwas bemerkt, an diesem 16. Juni, an den Tagen zuvor?

Frau Häfele musste schwer nachdenken, das war ja einige Zeit her, aber bis auf einen Riesenkrach bei den Türken im zweiten Stock, der ungefähr zu dieser Zeit gewesen sein musste, fiel ihr ums Verrecken nichts ein. Es war ihr anzusehen, dass sie sich fürchterlich grämte deswegen. Da passierte einmal etwas wirklich Aufregendes, und sie hatte davon nichts mitbekommen!

»Herr Loose hat ja sicherlich oft zu Hause geübt mit seiner Geige«, sagte Theresa. »Hat denn das nicht gestört?«

»Noi, noi«, machte Frau Häfele klar, »i do unte hör ja scho gar nix in meim Parterre. Aber des hen mir glei klargstellt, als der eizoge isch: Höre derf mr nix!«

Toni und Theresa wechselten einen Blick, ihnen war der gleiche Gedanke gekommen. Um allen nachbarlichen Schwierigkeiten aus dem Wege zu gehen, hatte Peter Loose wohl sein Musikzimmer schallisoliert. Ein rücksichtsvoller Mann, oder ein kluger. Das erklärte auch die Lautstärke, als Grock die CD eingelegt hatte.

Sie erfuhren noch einiges über das beschwerliche Dasein einer schwäbischen Daimlerarbeiterwitwe im Stuttgarter Osten und über das Leben in diesem Haus, aber wenig mehr über Peter Loose. Dafür hatten sie jede Menge Material über Ehestreite, Familienzwiste, unglückliche Liebschaften, missratene Kinder. Und vor allem über nervende Feste, über lautes, fröhliches Feiern.

Als sie wieder draußen waren, machte sich Theresa mit einem lauten Stöhnen Luft.

»Schon eigenartig«, sagte sie, »diese Frau Häfele weiß alles, was in diesem Haus vor sich geht, und sie weiß doch nichts.«

»Sie hört jeden Furz, aber weiß nicht, wer ihn lässt«, bekräftigte Toni.

Theresa lachte. »Italienische Volksweisheit?«

»Toni Scarpas Lebensweisheit. Gesammelte Erfahrungen eines langen Lebens.«

»So viel kannst du noch nicht gesammelt haben. Wie alt bist du eigentlich?«

»Zweiunddreißig. Und du? Ich weiß, so etwas fragt man eine Frau nicht, aber du bist keine Frau, sondern nur eine Kollegin.«

Sollte sie jetzt beleidigt sein? »Sechsundzwanzig«, sagte sie.

»Eh zu alt für mich«, beschied Toni.

Sie wurde nicht schlau aus ihren Kollegen. Grock muffelte herum, Dirk kaute Zahnstocher, und Toni ließ Sprüche vom Stapel, von denen sie nicht wusste, ob er sie ernst meinte oder ob er sie damit nur aufziehen wollte. Sie beschloss, das Spiel mitzuspielen.

»Was will uns der Dichter mit seiner Lebensweisheit sagen?«, fragte sie, nur mäßig amüsiert.

Zu ihrem Erstaunen wurde Toni ernst.

»Die gute Frau Häfele beobachtet viel. Aber sie sieht nur Äußerlichkeiten und ordnet die in ihr Weltbild ein. Sie sieht nicht die Menschen, die dahinter stehen. Und verstehen tut sie sie schon gar nicht.«

Spielte Toni damit auf Theresa und Grock an?

»Was weiß sie wirklich über Peter Loose?«, fuhr Toni fort. »Eigentlich nichts.«

Sie klingelten sich weiter durch das Haus. Die Ausbeute war mager. Schulterzucken allenthalben. Keiner konnte sich genau an den fraglichen Tag erinnern, war ja schon eine Ewigkeit her, und ohnehin hatte keiner etwas gesehen oder gehört. Die Ausländer im Haus wimmelten gleich ab, ohne lange nachzudenken: Nix verstehn. In den umliegenden Häusern war es ähnlich. Oft wurde ihnen überhaupt nicht aufgemacht, die Lücken mussten sie am Abend füllen, wenn die Leute zu Hause waren.

Theresa stöhnte. »Müssen wir überhaupt weitermachen?«

»Willst du den Zorn des Meisters auf dich ziehen?«, konterte Toni.

»Es bringt doch nichts«, sagte Theresa.

»Es hat bisher nichts gebracht«, sagte Toni. »Aber irgendwann hören wir eine Kleinigkeit, bei der wir einhaken können. Oder auch nicht. So ist unser Job, Kollegin.«

Theresa, die das ja wusste, schlug vor: »Lass uns erst mal Mittagspause machen. Dort an der Ecke ist eine Pizzeria.«

Toni marschierte los, schaute auf die Speisekarte und warf einen Blick in das Lokal.

»Stehst du auf Tiefkühlpizza?«, fragte er Theresa.

»Nur zu Hause«, antwortet sie.

»Dann vergiss diesen sogenannten Italiener«, sagte Toni. »Wenn du mal wirklich richtig italienisch essen willst, musst du mich fragen. Ich muss es schließlich wissen.«

Sie landeten bei einem Döner. Theresa hatte auch schon bessere gegessen. Dann klingelten sie weiter.

Immer die gleichen Fragen, und keine Antworten, die ihnen weitergeholfen hätten.

Es ging auf den Abend zu mittlerweile.

Theresa war frustriert, müde und hungrig. Sie fragte: »Sagtest du nicht was von einem italienischen Geheimtipp?«

Toni grinste: »Da brauchst du aber mich als Eintrittskarte.«

Theresa, fast entsetzt: »Ist das so ein exklusiver Club?«

»Quatsch«, sagte Toni, »ich möchte nur mit dir essen gehen. Komm, packen wir's.«

Theresa protestierte schwach: »Wir sind aber noch nicht fertig hier.«

»Morgen ist auch noch ein Tag«, entgegnete Toni.

»Aber hier läuft ein Mörder frei herum!«

»Der läuft auch morgen noch. Noch ein Tag mehr, den wir ihn in Sicherheit wiegen.«

Theresa guckte skeptisch. Wollte er sie schon wieder auf den Arm nehmen?

21

Sie fuhren nach Obertürkheim. Die Kneipe sah nicht sehr einladend aus, von sich aus wäre sie nie hineingegangen, aber Toni wurde begrüßt wie in der Familie: Umarmungen,

Küsschen hier, Küsschen da, lautes Palaver. Theresa verstand nichts, sie konnte zwar Englisch und Spanisch halbwegs flüssig, aber nur ein paar Brocken Italienisch. Wie selbstverständlich wurde sie in die schmatzenden Umarmungen einbezogen.

»Verwandtschaft?«, fragte sie.

»Das Lokal gehört dem Cousin eines Onkels oder dem Onkel eines Cousins oder so – frag nicht, das weiß ich selbst nicht genau.«

»Weit verzweigte Sippe.«

»Du weißt doch, alle Italiener sind miteinander verwandt«, grinste Toni. »Du wirst das Essen mögen.«

Es schmeckte ihr tatsächlich, es war einfach, solide und reichlich. Pasta mit einer fruchtigen Tomatensoße, ein Fisch in Weißwein, Scaloppine al Marsala. In der Kneipe ging es laut her, nur Italiener im Raum, außer ihr.

»Wirklich ein Geheimtipp«, sagte Theresa.

»Deshalb wird er auch nur in der Familie weitergegeben.«

»Wie seid ihr hierhergekommen?«

»Wie üblich. Meine Großeltern kamen als Gastarbeiter, wie das damals noch hieß, händeringend angeworben. Und den Gästen hat es, zum Erstaunen der Gastgeber, so gut gefallen, dass sie nicht nur geblieben sind, sondern auch Frau und Kinder hergeholt haben und die ganze Verwandtschaft dazu. Mein Vater schafft beim Daimler, immer noch. Wie Frau Häfeles verschiedener Karle.«

»Und du bist hier aufgewachsen.«

»Hier geboren und hier aufgewachsen. Schwäbisch gelernt auf der Straße, Hochdeutsch in der Schule.«

»Dann bist du also dieser einzige Schwabe, der Hochdeutsch kann.«

»Aber was ist mit dir? Für eine Jungkommissarin bist du schon ziemlich alt. Was hast du vorher gemacht?«

»Hotelfach.«

»Auch nicht schlecht.«

»Lausige Bezahlung, unregelmäßige Arbeitszeiten, viele Überstunden.«

»Wie bei uns«, grinste Toni. »Und warum bist du zur Polizei gegangen? Und sag jetzt bloß nicht, um der Gerechtigkeit zum Sieg zu verhelfen.«

»Ich fand's halt einfach interessant«, sagte Theresa. Ihre wahren Motive wollte sie besser für sich behalten.

Sie plauderten über Belangloses, dann sagte Theresa: »Erzähl mir von Grock. Ich weiß nicht, was mit ihm los ist. Warum er mich nicht mag.«

Toni überlegte eine Zeitlang. Theresa hatte den Eindruck, er versuchte die richtigen Worte zu finden für die schreckliche Wahrheit.

»Grock hat zwei Probleme«, sagte er schließlich. »Erstens ist er ein Mann ...«

»Das bist du auch«, unterbrach sie.

»Falsch. Ich bin Italiener. Aber der Mann als solcher ist eigensinnig, verschlossen und unfähig zu Beziehungsgesprächen jedweder Art, sei es privat oder beruflich.«

Theresa seufzte.

»Einschlägige Erfahrungen?«, fragte Toni.

Theresa nickte. Toni schaute sie nur an. Obwohl sie es eigentlich nicht wollte, erzählte Theresa: »Ich habe mich vor einem halben Jahr von meinem Freund getrennt.«

»Wie lange wart ihr zusammen?«

»Drei Jahre.«

»So was passiert«, sagte Toni nur, nichts weiter.

Eine Weile schwiegen beide. Dann fragte Theresa, aus der Vergangenheit zurück in der Gegenwart: »Und was ist Grocks anderes Problem?«

»Er ist Schwabe. Dadurch potenzieren sich diese schönen Eigenschaften noch. War dein Ex auch Schwabe?«

»Ja.«

»Siehst du! Ihr hattet nie eine Chance!«

Eine dicke Frau kam an ihren Tisch, redete längere Zeit auf Toni ein und schaute dabei Theresa an.

»Gina sagt, dass du unbedingt ihr Tiramisu probieren musst. Natürlich selbst gemacht.«

»Ich platze!«, sagte Theresa.

»Du kannst nicht ablehnen. Das wäre unhöflich, und außerdem würdest du es dein Leben lang bereuen.«

Theresa ergab sich in ihr Schicksal. »Hat sich aber nicht so angehört, als würde Gina nur ihr Tiramisu anpreisen.«

Toni grinste. »Sie hat mich zu meiner neuen Freundin beglückwünscht. Ihren Segen habe ich. Allerhand, du machst richtig Eindruck auf die Familie.«

»Du hast das doch hoffentlich richtiggestellt?«, fragte Theresa, leicht empört.

»Warum sollte ich?«, erwiderte Toni.

»Hör mal ...«, begann Theresa.

»Schon klar«, unterbrach Toni sie. »Aber ich darf doch wohl stolz sein auf meine hübsche Begleiterin, gell?«

Während Theresa noch überlegte, wie sie mit dem, was zweifelsohne als Kompliment gemeint war, umgehen sollte, wurde das Tiramisu auf den Tisch gestellt.

Fortan wusste Theresa, wie ein Tiramisu zu schmecken hatte. Sie schleckte genüsslich und sagte: »Nun mal im Ernst. Ich komme mit Grock nicht klar.«

»Das wird schon noch. Sicher, er kann schon gehörig nerven, wenn er so rumgrummelt, und manchmal muss man ihm jedes Wort aus der Nase ziehen, und er kann ätzend grob sein. Aber glaub mir, du wirst dich an ihn gewöhnen. Du wirst ihn sogar mögen.«

Theresa sah Toni zweifelnd an. »Irgend etwas bedrückt ihn«, sagte sie.

Toni zuckte mit den Schultern. Wusste er nichts, oder war er nur nicht gewillt, es ihr zu sagen?

Sie war bei ihren neuen Kollegen noch nicht wirklich angekommen.

22

Für den Moment schien es, als habe Grock seine eigenen Sorgen beiseitegeschoben. Er versuchte, sich ein Bild von Peter Loose zu machen. Von einem Menschen, den er nicht gekannt hatte, den er aber kennenlernen musste, um erschließen zu können, weshalb er als verkleideter Penner im Schloßgarten enden musste.

Peter Loose, so das erste, noch verschwommene Bild, hatte ein grundsolides, genügsames, geradezu langweiliges Leben geführt. Er schien keine Hobbys, keine ausgeprägten Interessen gehabt zu haben. Außer seiner Musik. Die einzige Extravaganz war eine halbvolle Flasche Whisky im Wohnzimmerschrank. Kein Macallan, sondern ein Talisker. Der Name sagte Grock nichts. Seine hausfraulichen Fähigkeiten waren ausgeprägt, die Wohnung war penibel aufgeräumt, nirgends lagen beispielsweise Kleidungsstücke herum. Wenn Grock daran dachte, wie es bei ihm zu Hause aussah, seit Lena …

Grock betrachtete die wenigen Fotos, die sie gefunden hatten. Auch das Fotografieren schien nicht zu seinen Leidenschaften gehört zu haben. Das jüngste Foto von ihm selbst war vier Jahre alt, wie aus dem Stempel des Abzugs hervorging. Es zeigte einen würdevollen, hageren Herrn, der älter wirkte, als er tatsächlich war. Sein Blick hatte etwas trauriges, er lächelte nicht. Das Haar, ergraut, trug er lang und nach hinten gekämmt, es war voll, reichte aber nicht zu einer Künstlermähne. Er trug einen Frack und hielt seine Geige in der Hand, wahrscheinlich war es anlässlich eines Konzerts aufgenommen worden.

Für Grock hatte der Erste Geiger Peter Loose noch keine Kontur.

Er suchte nach dem Zettel, auf dem er sich einen Namen notiert hatte. Felix Ramsauer, Looses Kollege, der Mann, der letztlich Loose identifiziert hatte, weil der nicht wie verabredet zu einem Konzert gekommen war.

Ramsauer war zu Hause und bereit, Grock zu empfangen, wenn es sofort möglich sei und schnell ginge, weil er nicht viel Zeit habe. Eine Adresse in Vaihingen, ausgerechnet, da würde er durch die ganze Stadt fahren müssen.

23

Felix Ramsauer erwies sich als umgänglicher Mann Mitte fünfzig, mit einem Hang zur Korpulenz, der sich in den nächsten Jahren gewiss noch verstärken würde. Grock hatte sich von einem Musiker, von einem Geiger zumal, schlanke Finger erwartet, die von Ramsauer allerdings waren eher wurstartig zu nennen.

Grock wurde in ein Wohnzimmer geführt, das er als charmantes Chaos empfand. Ein Männerzimmer. Die übliche Einrichtung, nicht teuer, aber gediegen. Auf einer Kommode stand eine ganze Armada von Segelschiffmodellen.

»Sie sind Segler?«, fragte Grock.

»Gott bewahre! Das kann ich mir nicht leisten.« Ramsauer lachte. »Ich erfülle mir meine Träume mit Modellen.«

»Sie bauen Sie selbst?«

»Ja, das sind Bausätze.«

Grock bewunderte an einem Dreimaster die Takelagen oder wie das hieß. Ziemlich fisselige Arbeit, das würde man den Wurstfingern gar nicht zutrauen. Ich muss Dirk mal vorbeischicken, dachte Grock, dann können sie fachsimpeln.

Er nahm in einem Sessel mit samtenem Überzug Platz, Kaffee lehnte er dankend ab.

»Eine schreckliche Geschichte!«, sagte Ramsauer.

»Hatte Peter Loose Feinde?«, fragte Grock.

»Das ist wohl die naheliegendste Frage, was?«, antwortete Ramsauer. »Aber Peter? Nein, der doch nicht. Peter war ein lieber Kerl, vielleicht etwas unbedarft, aber keiner, der jemandem auf die Füße tritt.«

»Unbedarft?«

»Peter schwebte immer in höheren Sphären. Er war in seiner eigenen Welt, weit ab von den Niederungen des Alltags. Er sah sich eben als Künstler.«

»Sie sind doch auch Künstler.«

Felix Ramsauer lachte. »Ich fiedle die Geige, richtig, das ist mein Beruf. Mir macht das Spaß, ich liebe die Musik, aber es ist eben nur ein Job. Nur ein Teil meines Lebens.«

»Und für Loose ...«

»... bestand das Leben nur aus Musik«, ergänzte Ramsauer.

»Er lebte nur für seinen Beruf?«

»Nur für die Musik, das ist ein Unterschied.«

Grock sah ihn fragend an.

Ramsauer stand auf, ging zu der Kommode und nahm eines der Schiffsmodelle in die Hand. »Schauen Sie, das ist auch ein Teil meines Lebens. Ist vielleicht ein bescheuertes Hobby, solche Schiffe zu basteln, aber was soll's. Mir macht auch das Spaß, und es entspannt mich.« Er stellte das Modell auf den Couchtisch vor Grock. »Aber Peter hatte nichts außer Musik, Musik, Musik. Er hatte keine Hobbys, er ging nicht aus, nicht mal ins Kino. Er übte wie verrückt und studierte Partituren.«

»War er gut als Geiger?«

»War er. Aber nicht gut genug für das, was er sich erträumt hatte.«

»Ein zweiter Menuhin zu werden zum Beispiel?«

»Sie haben es erfasst.«

»Träumt nicht jeder Musiker von der großen Karriere? Hatten Sie nie diesen Traum?«

»Natürlich, den hat jeder. Aber die meisten merken sehr schnell, dass der Traum ein Traum bleibt.«

»Sie zum Beispiel.«

»Ich bin einfach nicht gut genug. Genauso wenig wie Peter.«

»Aber Sie haben sich damit abgefunden.«

»Abgefunden klingt mir zu resignativ. Ich weiß, was ich kann, und versuche, das möglichst gut zu machen. Und ich weiß, was ich nicht kann, warum sollte ich mir darüber einen Kopf machen?«

»Man kann seine Fähigkeiten ja auch steigern«, wagte sich Grock in psychologische Tiefen.

»Kann man. Tut man. Bis zu einer gewissen Grenze.«

»Und Peter Loose hat sich damit nicht abgefunden?«

Ramsauer drehte das Schiffsmodell in den Händen. Mit einer fast zärtlichen Bewegung strichen seine dicken Finger über ein Segel. Vielleicht waren diese Finger die Grenze?

»Wenn ich darüber nachdenke … Ich glaube, gerade das Gegenteil war der Fall. Er hat sich damit abgefunden. Er hat wirklich resigniert. Aber das wollte er sich nicht eingestehen, und deshalb hat er sich noch verbissener in seine Musik vergraben.«

»Warum ging Loose in Rente, wenn er so an der Musik hing? Wegen seines schwachen Herzens?«

»Blödsinn! Sicher, er hatte da was, aber die Pumpe hätte noch lange mitgemacht. Nein, das war ein willkommener Anlass, ihn abzuschieben. Im Zeichen der Verjüngung des Orchesters. Junge Kollegen sind nämlich billiger.«

»Wie hat er das aufgenommen?«

»Er hat es einfach akzeptiert, ohne Widerspruch. Dabei hätte er das nicht hinnehmen müssen. Ich sagte doch, er war etwas unbedarft.«

»Waren Sie eigentlich befreundet?«

»Befreundet wäre zu hoch gegriffen. Wir kamen ganz gut miteinander aus, sagen wir's so. Aber privat getroffen haben wir uns nie, und wir haben uns schon gar nicht gegenseitig das Herz ausgeschüttet.«

»Hatte Loose Freunde?«

»Keine Ahnung. Erwähnt hat er nie jemanden. Ich kann's mir nicht vorstellen. Peter war zu sehr in seine eigene Welt eingesponnen.«

»Wie hat das seine Frau ertragen?«

»Wie Sie sagen: Sie hat's wohl ertragen. Aber das ist nur eine Vermutung von mir. Ich habe sie kaum gekannt. Wie gesagt, intime Freunde waren wir nicht.«

»Seine Frau ist vor drei Jahren gestorben.«

»Ja, tragische Sache. Krebs.«

»Wie hat Peter Loose das verkraftet?«

»Äußerlich völlig unbeeindruckt. Aber danach hat er sich noch mehr in seine Musik zurückgezogen.«

»Sie hatten zusammen ein Streichquartett.«

Ramsauer nickte. »Zusammen mit Kollegen. Das Cello kommt auch aus unserem Orchester, die Bratsche von der Staatsoper.«

Grock notierte sich die Namen. »Sie haben privat gespielt?«

»Sie meinen Hausmusik am heimischen Kamin?« Felix Ramsauer lachte. »Peter hätte es schon gern so gehabt, seit er aus dem Orchester ausgeschieden ist. Aber wir anderen nicht, irgendwann muss schließlich auch mal Feierabend sein. Nein, wir haben bei Veranstaltungen gespielt. Nicht aus Spaß, sondern gegen Cash. Kleiner Nebenverdienst.«

»Und wie war das mit dem Konzert, zu dem Peter Loose dann nicht erschienen ist?«

»Wir hatten ein Konzert bei einem Unternehmer hier in Stuttgart«, erzählte Ramsauer. »In manchen Kreisen ist zurzeit Klassik gefragt. Sie wissen schon, den Gästen bietet man etwas Kultur, auch wenn keiner zuhört. Wir sind die Live-Hintergrundmusik zu den Cocktail-Häppchen.«

»Ist das nicht frustrierend?«, wunderte sich Grock.

Ramsauer machte eine wegwerfende Handbewegung. »Wenn der Preis stimmt … Bezahlte Übungsstunde. Und nicht schlecht bezahlt. Außerdem ist das Buffet in der Regel hervorragend.«

»Sie sehen das sehr nüchtern.«

»Ich sehe das realistisch. Kunst geht nach Brot, heißt es nicht so? Das Brot verdiene ich beim Orchester, die Butter dazu bei privaten Konzerten.«

»Sah das Peter Loose auch so?«

»Ganz und gar nicht. Für ihn war so ein Konzert wie die Endausscheidung zu einem Wettbewerb. Immer nur das Beste geben.«

»Eigentlich eine lobenswerte Einstellung.«

»Schon. Aber doch nicht bei einer privaten Veranstaltung wie dieser! Die Leute unterhalten sich über ihren Golfurlaub, wahrscheinlich werden auch ein paar Geschäfte gemacht, und keiner hört uns zu. Und wenn schon, es kann doch keiner beurteilen, ob wir sehr gut oder nur gut spielen.«

»Gab es deswegen Differenzen mit Loose?«

»Er hat es uns hinterher schon mal unter die Nase gerieben. Peter war eben ein Perfektionist, deshalb hat er auch geübt wie ein Verrückter. Aber richtiggehend Streit gab es deswegen nicht. Er war ja froh, dass er überhaupt spielen konnte.«

»Wie war das nun an jenem Abend?«

»Nun, dieses Konzert war schon lange gebucht, aber Peter ist nicht erschienen. Und das war doch sehr verwunderlich, Peter hätte ein Konzert nie vergessen, dafür lebte er ja. Ich habe ihn angerufen, vielleicht ist er ja ernsthaft krank, habe ich gedacht, aber er hat sich nicht gemeldet. Am nächsten Tag habe ich dann mit seiner Schwiegertochter telefoniert, ob sie weiß, was mit Peter ist.«

»Wieso mit ihr?«

»Peter hat mir mal ihre Nummer gegeben, für den Fall der Fälle. Und der ist ja nun auch eingetreten, leider.«

»Haben Sie das Konzert dann eigentlich ausfallen lassen?«

»Natürlich nicht. Wir haben eben als Trio gespielt.«

»So aus dem Stand?«

»Klar. Wir sind schließlich Profis.« Ramsauer lachte befriedigt vor sich hin. »Nicht mal der Gastgeber hat gemerkt, dass er vier gebucht und nur drei bekommen hat. So viel zum Kunstgenuss bei Partys.«

»Mich wundert«, sagte Grock, »dass das Verschwinden von Peter Loose nicht früher aufgefallen ist. Zwischen seinem Tod und dem Konzert liegen immerhin drei Wochen. Haben Sie nicht geübt vor dem Konzert?«

»Nicht nötig. Bei solchen Anlässen spielen wir nur Standards. Die kann jeder von uns im Halbschlaf.«

»Was stand denn auf dem Programm? Auch«, er suchte in seinen Notizen, »das Streichquartett in G-Dur, Köchelverzeichnis 387, von Mozart?«

»Aha, ein Kenner!«

»Vermutlich hat er dieses Stück noch am Tag seines Todes geübt.«

»Ja, so war Peter. Andere entspannen sich irgendwann auch mal, er hat geübt, immer nur geübt.«

»Musik zu spielen soll ja entspannend sein.«

»Nicht für Peter.«

»Kennen Sie eigentlich seine Wohnung?«

»Ja. Gelegentlich haben wir gemeinsam an schwierigeren Stücken gearbeitet, Peter wollte das so. Und wenn es sich einrichten ließ, habe ich ihm den Wunsch erfüllt, üben musste ich ja so oder so. Ich glaube, es ging ihm gar nicht so sehr um das gemeinsame Üben. Er war ein einsamer alter Mann, der ab und zu Gesellschaft haben wollte. Danach haben wir manchmal noch zusammen ein Bierchen gezischt.«

»Und dazu einen Whisky?«

»Wie kommen Sie auf Whisky? Peter war kein Genussmensch, ein Bier hat ihm vollauf gereicht.« Und was war dann mit der Whiskyflasche in Looses Schrank? Was hatte die zu bedeuten? War er zu geizig gewesen, sie mit seinem Kollegen zu teilen? Oder hatte Loose Seiten, von denen Ramsauer nichts wusste?

»Und Sie? Mögen Sie Whisky?«

»Nur die teuren Marken. Also wenn ich eingeladen werde, ich selbst kann mir das nicht leisten, ein Musiker ist nicht gerade auf Rosen gebettet.«

»Und den Macallan, der dort drüben steht, zählen Sie nicht zu den teuren Marken?«

Ramsauer lachte. »Ertappt und des Diebstahls überführt, Sie können mich gleich verhaften. Den gab's bei dem Unternehmerkonzert, zu dem Peter dann nicht kam. Ein Kellner hat mir die halbvolle Flasche zugesteckt, und ich habe nicht Nein gesagt.«

»Zu was ein Geigenkasten gut ist«, grinste Grock.

»Da hinein hat er nicht mehr gepasst, aber dieses logistische Problem habe ich gemeistert.«

»Kennen Sie eigentlich Carla Overmann näher?«

»Nur flüchtig. Sie kam einmal, als ich mit Peter gespielt habe. Aber sie haben sich nur kurz unterhalten, keine Ahnung, über was, und dann ist sie auch schon wieder gegangen. Leider. Der hätte ich schon gern tiefer in die Bluse geschaut. Mann, was für ein Weib!«

Grock schwankte, ob er sich erleichtert zeigen sollte, dass andere, andere Männer, ähnlich auf Carla Overmann reagierten wie er gestern Abend.

»Wann war das?«

»Gott, schon ewig her, irgendwann im Winter.«

»Wissen Sie etwas über das Verhältnis zwischen Peter Loose und seiner Schwiegertochter?«

»Wenig, wir haben ja über Privates kaum gesprochen. Aber ich hatte den Eindruck, sie haben sich nicht gut verstanden.«

»Und trotzdem hat sie ihn besucht, regelmäßig wohl.«

»Na ja, die Familienbande ...«

»Dabei war sie eigentlich die Exschwiegertochter.«

»Die Exschwiegertochter? Ach so, ich verstehe. Typisch Peter, er hat keinen Ton davon gesagt. So was! Wenn ich das damals schon gewusst hätte, dann hätte ich die Dame selbstverständlich nach Hause begleitet. Eine Frau, so allein im Dunkeln ...« Er grinste.

»Sie sind nicht verheiratet?«

»Nicht mehr«, sagte Ramsauer, »meine Frau hat es nicht mehr ausgehalten.«

»Wegen der Musik?«

»Ich fürchte, wegen mir.«

Grock hätte gern noch weitergefragt, weswegen denn, wie kommt es, dass zwei sich nicht mehr verstehen, Ramsauer machte doch einen verträglichen Eindruck, so wie er selbst ja auch, wie er annahm, oder war das eine Selbsttäuschung? Aber er sah ein, dass solche Fragen höchst indiskret waren und mit diesem Fall nun wirklich nichts zu tun hatten. Nur mit ihm.

Und Ramsauer drängte jetzt auf ein Ende, auf ihn warte eine Orchesterprobe, unaufschiebbar.

24

Grock stieg in seinen Wagen und fuhr davon. Hatte Lena ihn auch nicht mehr ausgehalten? Er merkte gar nicht, wohin er fuhr, das Auto fuhr ihn. Er sollte sich eigentlich um die beiden anderen Mitglieder des Quartetts kümmern, aber er hatte keine Lust dazu. Sollte Dirk das machen, vielleicht war noch so ein Segelbegeisterter dabei, könnte ja sein. Er rief Dirk an und gab ihm die Namen durch.

Das Auto fuhr ihn weiter. Konnte man den Punkt bestimmen, an dem sie sich auseinandergelebt hatten? War es seine Schuld? War es Lenas Schuld?

Automatisch kuppelte er, wechselte die Gänge, gab Gas, bremste, beachtete Vorfahrten, wo es nötig war.

Ein Teil seines Bewusstseins erledigte die eingeschliffenen Rituale des Autofahrens ganz allein, ohne dass er sich Gedanken machen musste. Wurde eine Beziehung von einem anderen Teil des Bewusstseins genauso routinemäßig gesteuert?

Unversehens fand er sich im Weißenburgpark wieder. Wie war er nur hierhergekommen? Er ging zur Aussichtsterrasse, ignorierte das Teehaus, wo es bestimmt ein Viertele gegeben hätte, setzte sich auf eine Bank, zündete sich eine Schwarze an, sah auf die Stadt hinab.

Dunst lag über dem Talkessel, der sommerliche Dunst, gesättigt von Hitze, Feinstaub, Emotionen, Ehekrisen, Hass, Liebe, verletzten Gefühlen und sonstigen Kleinigkeiten. Außerdem gab es noch einen ungeklärten Mordfall, nebenbei.

25

Derweil zwängte sich Dirk Petersen in seinen kochenden Wagen und machte sich schwitzend auf den Weg. Das war kein Wetter für ihn. Der große, schwere Mann mit dem rotblonden Dreitagebart trug einen hellen Leinenanzug, reichlich zerknittert schon, und wie immer einen Hut. Bei diesen Temperaturen einen weißen Panama.

Das Jackett spannte bedenklich, obwohl der Anzug erst ein Jahr alt war. Vielleicht sollte er doch mal wieder was tun für sich. Als er noch Gewichte gestemmt hatte, waren die Attacken einer guten Küche wirkungslos an den harten Muskeln abgeprallt. Wenn nur die Zeit dafür wäre!

Er war auf dem besten Weg, dick zu werden, richtig dick, räumte er sich ein. Möglicherweise sollte er es doch einmal mit einer Diät versuchen? Oder einfach weniger essen, was aber schon arg an eine Zumutung grenzte? Das Rauchen anfangen? Die meisten Leute werden dick, wenn sie mit dem Rauchen aufhören, funktioniert das auch umgekehrt?

Er angelte sich einen neuen Zahnstocher. Jeder Zahnstocher ein nicht gegessenes Stück Schokolade. Er sammelte sie in seiner Schreibtischschublade und zählte an jedem Monatsende zusammen. Dann errechnete er, wie viel Kalorien er nicht zu sich genommen hatte. 550 Kalorien hat eine Tafel Schokolade im Durchschnitt, rechnen wir mal zehn Stück pro Tafel, dann sind das 55 Kalorien je Zahnstocher.

Das Ergebnis war jedes Mal beeindruckend, und er konnte es manipulieren, wie er wollte. Ein paar Zahnstocher mehr waren schon wieder jede Menge Kalorien weniger. Er nahm trotzdem nicht ab, im Gegenteil. Das war der Preis, wenn man mit einer Spätzlesschwäbin verheiratet war, ein Preis, den er gern bezahlte und zudem mit höchstem Genuss.

Er schaltete die Klimaanlage höher, sein Hemd war schon ganz nass. Sehnsüchtig dachte er an das Meer. Das vermisste er doch mehr, als er gedacht hatte. Wenn er diese Tümpel sah, die sie mit den Kindern abgeklappert hatten und die sie hier Seen nannten, den Ebnisee oder den Baggersee bei Kirchentellinsfurt, verfiel er in Trübsal. Dagegen war ja sogar die Außenalster der reinste Ozean. Einmal hatten sie ein entsetzliches Wochenende am Bodensee verbracht. Flaute. Kein Lufthauch, nichts. Dafür dicke Luft in der Familie. Er war auf ein Tretboot gezwungen worden und hatte gegrollt. Nichts mehr mit Leinen los, und dann nur noch Wind und Wasser. Das war auch ein Preis, den er zu zahlen hatte. Aber so war es eben, und das war schon gut so. Maritta war ihm zum richtigen Zeitpunkt über den Weg gelaufen. Vielleicht konnte er sie irgendwann mal überzeugen, mit ihm wieder in den Norden zu ziehen.

Er war in der Leuschnerstraße angelangt und quälte sich aus dem Wagen und grummelnd hoch in den dritten Stock. Der Cellist Markus Wasner, der von Looses Tod schon durch Ramsauer erfahren hatte, erwies sich als ein gestresster Mann in ungefähr seinem Alter, Mitte dreißig. Irgendwo in der Wohnung schrie ein Kind, und Dirk vernahm eine Frauenstimme, die beruhigend klingen sollte, sich aber genervt anhörte.

»Sorry«, sagte Markus Wasner, »die Kleine raubt einem heute mal wieder den letzten Nerv. Wahrscheinlich die Hitze.«

Dirk nickte. Das verstand er, beides. »Wie alt ist Ihre Tochter denn?«, fragte er.

»Drei«, antwortete Wasner.

»Wie meine Jüngste«, sagte Dirk.

»Na ja«, seufzte Wasner, »dann kennen Sie das ja.«

»Allerdings. Erzählen Sie mir von Peter Loose«, bat er.

»Was soll ich da groß sagen?«, erwiderte Wasner. »Loose war nett, freundlich ...«

Offensichtlich fiel es ihm wirklich schwer, Loose zu charakterisieren.

»Hatte Loose Feinde?«, fragte Dirk.

Die Frauenstimme irgendwo hörte sich nun deutlich gereizt an. Wasner sprang auf.

»Moment bitte«, sagte er und verschwand. Dirk sah sich im Zimmer um. Einfach eingerichtet, überall lag Kinderspielzeug herum. Auf einem Ständer trocknete Wäsche.

Wortwechsel irgendwo, hart an der Grenze zum Streit.

Wasner kam wieder. »Entschuldigung, was haben Sie gefragt?«

»Hatte Loose Feinde?«, wiederholte Dirk.

»Loose? Der doch nicht! Dazu war er viel zu gutmütig. Und zu – wie soll ich sagen? Zu uninteressant. Der hatte nur Musik im Kopf, sonst nichts.«

»Sind Sie gut mit ihm ausgekommen?«

»Ja, schon. Wir waren Kollegen, nichts weiter. Wir haben im Orchester zusammen gespielt und in unserem Quartett, sonst hatten wir keine Berührungspunkte.«

Das Kindergeschrei schraubte sich eine Tonlage nach oben. Wasner und Petersen lauschten.

»Vielleicht ist es doch was Ernstes. Sie hat Fieber«, sagte Wasner besorgt.

Dirk teilte seine Besorgnis. »Sie sollten zum Arzt gehen«, sagte er.

»Müssen wir wohl«, seufzte Wasner.

»Warum ist es nicht zu einer Freundschaft gekommen?«, fragte Dirk. »Sie waren ja oft genug zusammen, da entwickelt sich so was.«

»Loose hielt auf Distanz«, antwortete Wasner. »Und um ehrlich zu sein, ich hatte auch kein Interesse. Der Mann war ja fast dreißig Jahre älter als ich. Und ich muss mich auch noch um ein paar andere Dinge kümmern als nur um die Musik.«

Mit einer vagen Handbewegung wies er auf das Irgendwo, wo das Kindergeschrei nun auch in der Lautstärke nach oben ging.

»Wissen Sie irgendetwas, das uns weiterhilft?«, fragte Dirk reichlich pauschal, nun auch abgelenkt von dem Geschrei.

»Leider nein«, sagte Wasner.

Im Zimmer erschien Wasners Frau, aufgelöst, mit dem Kind auf dem Arm. Dirk hätte gerne etwas Tröstendes gesagt, aber ihm fiel nichts ein.

»Markus«, sagte die Frau, »wir müssen zum Arzt.«

Dirk stand auf und verabschiedete sich: »Gute Besserung.«

Er stieg in sein schon wieder aufgeheiztes Auto und wischte sich den Schweiß von der Stirn. Sofort danach war er wieder nass. Ihm fiel ein, dass er vergessen hatte, nach einem Alibi zu fragen. Die Hitze. Es war womöglich noch heißer geworden. Er sehnte sich nach einem gediegenen, kühlen Hamburger Durchschnittswetter.

Das war also das Cello gewesen. Die Bratsche war bisher nicht zu erreichen gewesen und ging auch jetzt nicht ans Telefon. Nun gut, ersparte er sich die Fahrt nach Botnang. Wenigstens nur einmal umsonst geschwitzt.

Er beschloss, dass keine Gefahr im Verzug sei und er sich ruhigen Gewissens in den Feierabend verabschieden und nach Hause fahren konnte. Dann könnte er sich mal wieder mit seinen Kindern beschäftigen, später in aller Ruhe ein paar Bierchen zischen, eiskalt, und genießen, was Maritta auf den Tisch brachte.

»Na, min Deern«, sagte er und nahm Maritta in die Arme.

»Grüß Gott, Dicker«, lachte sie, erfreut, ihren Mann mal so bald bei sich zu haben.

26

Grock kam nicht umhin, sich einem drängenden Problem zu stellen. Das Klo stank, und dass Teppich und Flur verdreckt waren, sah selbst er. Donnerwetter, warum konnte das nicht Lena erledigen, wie sie es immer getan hatte?

Ratlos stand er vor Eimern, Lappen, Bürsten, Besen und Flaschen. Wo lernten die Frauen das bloß? Oder war das genetisch angelegt? Irgendwie schaffte er es, er fand die Flasche, die mit WC-Reiniger beschriftet war, und kippte den Inhalt großzügig in die Schüssel. Danach war das Klo sauber, aber jetzt stank es wie in der Chemiefabrik.

Das Klo gab den Ausschlag.

So ging es nicht weiter. Er musste mit Lena reden. Die Situation musste geklärt werden. Er musste wissen, woran er war und wie ihre Zukunft aussah. Reinen Tisch machen, wie auch immer.

Wenigstens zum Putzen könnte Lena nach Hause kommen.

Und auch mit seiner Sauferei musste Schluss sein. Jetzt war er schon wieder in der Mitte der zweiten Flasche angelangt.

Kurz entschlossen schüttete er den Rest in die Spüle.

Wenn er schon Trollinger wegkippte, und keinen schlechten, stand es wirklich schlimm um ihn.

27

Grock sammelte seine Leute um sich zur Lagebesprechung. Er hatte schlecht geschlafen, so sah er auch aus. Seine Leute warfen sich Blicke zu. Was immer es war, das seine Seele verdüsterte, irgendwann musste es doch vorüber sein. Dirk nahm sich zum wiederholten Male vor, mit ihm zu reden und nicht locker zu lassen, bis er alles erfuhr.

Der Morgen verdunkelte sich. Ein Gewitter war im Anzug.

»Also«, sagte Grock. »Frau Wimmer.«

Es klang wie auf dem Kasernenhof. Was war dann das gewesen neulich Nacht im Auto, als fast so etwas wie Vertrautheit zwischen ihnen entstanden war? Sie fühlte wieder den Ärger über Grock hochkommen, aber sie beherrschte sich und bemühte sich um einen betont sachlichen Bericht.

»Das einzig wirklich Auffallende, auf das wir gestoßen sind, gleich vorweg«, begann sie. »Nach Aussage einer Nachbarin ist Peter Loose regelmäßig von Carla Overmann besucht worden, und zwar mindestens ein Jahr lang jeden Sonntag. Die Frage ist, warum sie das getan hat und vor allem, warum sie uns das verschwiegen hat. Uns gegenüber hat sie nur gesagt, dass sie ihn hin und wieder besucht habe.«

Sie sah Grock beifallheischend an. Der verzog keine Miene. Etwas verunsichert fuhr sie fort:

»Die Befragung der Hausbewohner und Nachbarn hat ansonsten keinerlei Aufschlüsse gebracht über das, was am mutmaßlichen Tattag vorgefallen sein könnte.« Geht es noch umständlicher? schalt sie sich. »Niemand hat konkret etwas gesehen oder gehört. Oder vielmehr lassen sich die Beobachtungen nicht eindeutig diesem Tag zuordnen.«

»Soll heißen?«, fragte Grock und schaute sie finster an.

»Die Schwiegertochter, Carla Overmann, wurde verschiedentlich und von verschiedenen Leuten gesehen, aber niemand konnte sich erinnern, wann das zuletzt der Fall … also, ich meine, wann sie zuletzt gesehen …« Grock machte sie nervös, sie verhaspelte sich.

»Können Sie sich bitte konzentrieren, Frau Wimmer?«

Grocks Ton war ätzend. Aus den Augenwinkeln erhaschte sie den Blick von Dirk. Lass dich nicht provozieren, Mädchen, steck's einfach weg.

Sie holte tief Luft, stellte sich Grock in ausgebeulten Unterhosen vor, was immer ein gutes Mittel war, so einen aufgeblasenen Wichser in Gedanken klein zu machen, und fuhr fort: »Mehrere Zeugen berichteten, dass gelegentlich ein Mann mit einem Geigenkasten Peter Loose besuchte.«

Grock in Unterhosen, fast musste sie lachen.

»Die Beschreibungen sind sehr vage, so dass nicht eindeutig zu klären ist, ob es sich immer um denselben Mann gehandelt hat. Auch bei dieser Person oder den Personen, je nachdem, wollte sich niemand auf ein Datum festlegen. Jedenfalls wurde an dem Tag, den wir als den mutmaßlichen Tatzeitpunkt annehmen, kein Mann mit Geigenkasten gesehen, ebenso wenig wie Carla Overmann. Das muss aber nichts heißen. Selbst die neugierige Witwe Häfele musste zugeben, dass sie nicht immer alles mitbekommen hat.«

Theresa atmete tief durch und zog Grock im Geiste wieder an.

»Der Mann mit dem Geigenkasten könnte Felix Ramsauer gewesen sein«, sagte Grock in Hemd und Hose. »Die haben gelegentlich zusammen geübt. Was haben Sie über Loose selbst erfahren?«

Jetzt sprang Toni ein. »Scheint ein unscheinbarer Zeitgenosse gewesen zu sein«, sagte er, »sofern überhaupt jemand etwas über ihn sagen konnte, die meisten dort in der Gegend kennen ihre Nachbarn kaum. Jedenfalls, er hatte mit niemandem Krach, aber auch mit niemandem näheren Kontakt. Allgemein wird er als nett und freundlich geschildert.«

»Wird vom Cello aus dem Quartett bestätigt, ebenso von den anderen Musikern des Orchesters, bei dem er vor seiner Pensionierung war«, warf Dirk ein. »Ich habe rumtelefoniert. Die Bratsche habe ich allerdings noch nicht erreicht, der Kerl ist wie vom Erdboden verschwunden und geht auch nicht an sein Handy.«

»Brauchen wir eine Fahndung?«, fragte Theresa.

Dirk schüttelte den Kopf. »Mit welcher Begründung? Wenn er seit drei Wochen verschwunden wäre vielleicht. Ist er aber nicht, der liebe Dirk hat sich natürlich erkundigt. Die Bratsche hat ein paar Tage frei und hat sich wohl eine Auszeit genommen. Übermorgen hat er wieder Dienst.«

»Trotzdem ist das eigenartig.« Theresa blieb hartnäckig. »Kaum haben wir den Toten identifiziert, verschwindet die Bratsche.«

Grock sah Theresa neugierig an. »Interessante These. Aber woher hat die Bratsche ... wie heißt er noch gleich?«

»Robert Fellner«, sagte Dirk.

»Woher hat dieser Fellner davon erfahren?«

»Von Carla Overmann vielleicht.«

»Die kennt außer Ramsauer niemanden aus dem Quartett.«

»Sagt sie.«

Grock nickte. »Sagt sie. Das werden wir überprüfen.«

»Bevor ihr eurer Fantasie weiter freien Lauf lasst ...«, warf jetzt Dirk ein. »Ramsauer hat Wasner angerufen, nachdem Stefan bei ihm war, er wird auch Fellner informiert haben.«

»Das lässt sich herausfinden«, sagte Grock und sah Theresa herausfordernd an. Die griff zum Telefon und erreichte Ramsauer tatsächlich.

»Ha!«, sagte sie triumphierend. »Ramsauer hat auch Fellner angerufen. Doch eine Spur!«

»Wir warten bis übermorgen«, entschied Grock. »Wenn Fellner dann noch nicht wieder aufgetaucht ist, sehen wir weiter. Übrigens scheint Felix Ramsauer noch den besten Kontakt zu Loose gehabt zu haben. Aber auch der war eher oberflächlicher Art. Und noch etwas, er hat ihn als unbedarft bezeichnet.«

»Tja«, sagte Toni, »da haben wir einen netten älteren Herrn, der niemand etwas zuleide tut, der zurückgezogen lebt, der nicht reich ist, der offenbar keine abgründigeren Leidenschaften hat als Musik – warum wird so einer umgebracht?«

»Und wir haben nichts, wo wir einhaken könnten«, sagte Dirk und betrachtete intensiv seinen Zahnstocher.

»Was ist mit den Tonbändern?«, fragte Grock.

Die Tonbänder. Sie sahen sich an. Die Tonbänder? Ach ja, die Tonbänder aus Looses Musikzimmer. Sie hatten in alle kurz reingehört, überall die Selbstaufnahmen des geigenden Loose, aber ganz angehört hatte sie noch keiner.

Wer nahm das auf sich, was unweigerlich folgen musste? Sonst war Grock nicht so, aber mit seiner derzeitigen Laune ...

Dirk opferte sich, neunzig Kilo Gleichmut. »Harren noch der Auswertung«, sagte er.

»Und warum ist das noch nicht geschehen?« Grocks Ton war mühsam beherrscht, sehr mühsam.

Dirk entschied sich zur Konfrontation. Er konnte ja verstehen, wenn Grock etwas bedrückte, was immer das auch war, aber er konnte nicht dauernd seine schlechte Laune an seinen Leuten auslassen. Vielleicht half es, wenn er ihn provozierte.

»Keine klare Anweisung des Vorgesetzten«, sagte er und schaute Grock in die Augen.

»Herrgott«, fuhr Grock auf, »muss ich denn an alles selbst denken?«

»Ja«, sagte Dirk gelassen. Die anderen hielten den Atem an. In der Ferne war der erste Donner zu hören. Bei ihnen im Zimmer würde gleich der Blitz einschlagen.

Grock sagte nichts. Er trommelte mit dem Kugelschreiber auf seiner Schreibtischunterlage und starrte vor sich hin. Der Donner kam näher.

Er wirkte müde, als er aufschaute: »Einer muss die Bänder anhören.« Seine Augen suchten ein Opfer und blieben bei Theresa hängen.

»Ich mach's«, sagte Toni schnell.

Zusammen mit Theresa ging er hinaus. Dirk blieb.

»Stefan ...«, begann er.

»Ich weiß, Dirk«, sagte Grock. »Danke. Aber bitte nicht jetzt.«

Dirk zögerte. Er hatte den Eindruck, dass Grock sich nicht bloß wieder um eine Aussprache drücken wollte, sondern dass jetzt wirklich nicht der richtige Zeitpunkt war.

Die ersten Regenschauer klatschten gegen das Fenster, und auch Dirk ging.

28

Das Gewitter hatte es sich im Stuttgarter Talkessel gemütlich gemacht und schwappte zwischen den Hügeln hin und her. Grock drehte seinen Stuhl und sah hinaus. Blitze, und eins, zwei – der Donner. Wenn du jetzt denkst, dass es in dir genauso aussieht, ist das schon ein arges Klischee. War aber so.

Es war nur ein Gewitter, kein Unwetter, bei dem die Unterführungen und die Parkhäuser vollliefen und der Hagel die Weintrauben in den Vororten von den Reben fetzte, das wäre das Schlimmste.

Es gab Arbeit haufenweise, zum Beispiel waren die Unterlagen Looses noch immer nicht richtig ausgewertet worden, wie ihm plötzlich einfiel, aber er musste jetzt etwas anderes erledigen, das dringender war. Er hastete zu seinem Wagen und war pitschnass, als er einstieg, aber merkte es gar nicht.

Er fuhr in den Westen zu Lenas Atelier.

Längere Zeit saß er im Auto davor, der Regen trommelte auf das Dach, und überlegte, ob er das Richtige tat. War es richtig, dass er ohne Voranmeldung erschien? Und wenn er sie nun bei – etwas überraschte? Dann erst recht, sagte sich Grock trotzig, schließlich sind wir Mann und Frau, immer noch, und stieg aus.

Vor der Tür zögerte er abermals. Er war nicht gut bei so was. Er konnte beobachten und seine Schlüsse ziehen, er konnte geduldig fragen und sich auf Umwegen annähern, aber bei so was fand er nicht die richtigen Worte. Einerlei, das musste jetzt sein. Und klingelte.

Im gleichen Moment wusste er, dass es sinnlos war. Aus dem Atelier dröhnte Musik, da war die Klingel nicht zu hören. Er erkannte Pink Floyd. Wie früher. Er wartete auf die Pause zwischen zwei Stücken und drückte dann energisch noch einmal die Klingel.

Sie trug einen farbverschmierten Overall, ihre Augen leuchteten. Sein unerwartetes Erscheinen schien sie weder zu überraschen noch zu stören. Sie gab ihm einen raschen Kuss auf den Mund, was ihn heiß durchzuckte, ging ohne ein Wort voraus und arbeitete sogleich weiter. Pink Floyd spielten »Wish you were here«. Wenn das kein Zufall war!

Er fand einen Stuhl, räumte ihn frei und schaute ihr zu. Schaute sie an.

Sie waren gleich alt, aber die Jahre waren spurlos an ihr vorübergegangen, wie er fand. Nein, das stimmte nicht. Die Ecken und Kanten ihrer Persönlichkeit waren noch schärfer geworden, ebenso ihr Schwung, der ihn schon immer mitgerissen hatte. Alles, was er an ihr geliebt hatte. Hatte? Noch immer liebte?

Sie war schlanker geworden, es erschreckte ihn, dass er das jetzt erst bemerkte. Geblieben waren ihre schwarzen Locken, die nicht zu bändigen waren. Ihr knackiger Hintern, selbst unter dem schlabberigen Overall, oder war das nur die Erinnerung? Und das Feuer in ihren Augen, das Temperament, wie sie mit wildem Schwung die Leinwand bearbeitete? War das verschüttet gewesen? Oder hatte er es nur nicht mehr bemerkt, weil es so alltäglich geworden war?

Voller Schuld stellte er fest, dass er sie seit Langem nicht mehr so intensiv betrachtet hatte. Und so wohlgefällig. Er sah eine faszinierend attraktive Frau von dreiundfünfzig Jahren. Seine Frau.

Das Bild war so groß wie sie. Was es darstellen sollte, erschloss sich ihm nicht. Er sah nur wilde Farben und wilde Formen. Lena arbeitete konzentriert mit schnellen Bewegungen und ohne nachzudenken.

Eine Zeitlang sah er zu, dann ging er zu der Anlage in der Ecke und schaltete die Musik ab. Sie arbeitete weiter und sagte, ohne sich umzudrehen: »Stört dich die Musik?«

»Wir müssen reden«, sagte Grock.

Lena hielt in ihrer Bewegung inne, seufzte und wandte sich ihm zu: »Muss das jetzt sein?«

»Irgendwann muss es mal sein«, erwiderte Grock.

Lena holte sich einen Stuhl und setzte sich darauf, den Pinsel noch in der Hand.

Grock wusste nicht, wie anfangen. Was er sich zurechtgelegt hatte, all die Vorhaltungen und Kritikpunkte, erschien ihm plötzlich kindisch.

Er hatte einen Kloß im Hals, wie beim ersten Mal, und räusperte sich. Sie sah ihn nur an und spielte mit dem Pinsel.

»Zwischen uns stimmt etwas nicht«, sagte er schließlich, hilflos.

»Allerdings.«

»Wir sind uns fremd geworden.«

»Ja.«

»Gibt es noch Rettung für uns?«

»Möglich.«

»Was hat uns auseinandergebracht?«

»Vielleicht finden wir es heraus.«

Sie machte es ihm nicht leicht mit ihren einsilbigen Antworten. Aber er spürte, dass sie ihn damit nicht abweisen wollte. Es war nur in der Vergangenheit so viel geredet und nichts gesagt worden.

»Du hast dich hier eingerichtet.«

»So gut es geht.«

»Kommst du zurück?«

»Zurück wohin?«

»Nach Hause.«

»Das hier ist mein Zuhause.«

Er schwieg. Sie spielte mit dem Pinsel.

»Dann sind wir also jetzt getrennt?« Es sollte eine Frage sein, aber selbst in seinen eigenen Ohren klang es wie eine Feststellung.

»Jeder lebt in seiner Welt.«

»Und zwischen diesen Welten gibt es keine Verbindung?«

»Das muss nicht sein. Wir müssen sehen, wie es weitergeht.«

»Was habe ich falsch gemacht?«
»Nichts. Keiner von uns. Es ist einfach so geworden, wie es jetzt ist.«
Er wusste nicht mehr weiter.
Sie sah ihn an, voller Zärtlichkeit, wie er sich einbildete, und sagte: »Damit du nicht auf falsche Gedanken kommst: Nein, ich habe keinen anderen, und nein, ich will auch keinen. Ich will dich. Aber wir sind uns entglitten. Was du willst, musst du selbst wissen.«
»Das ist nicht das Ende, oder?«
»Vielleicht ist es ein neuer Anfang.«
Es gab noch so viel zu sagen, aber in seinem Kopf wirbelte es nur.
»Dann geh ich wohl mal.«
»Du bist hier immer willkommen. Jederzeit.«
Sollte er ihr jetzt wie ein artiger Schuljunge die Hand geben? Das wäre albern. Aber wie verabschiedet man sich von einer Frau, von der man sich getrennt hat, oder auch nicht? Sie enthob ihn der Entscheidung und nahm ihn in den Arm. Am liebsten hätte er sie gedrückt und geknutscht wie früher, doch er traute sich nicht.
Leise schloss er die Tür hinter sich und wartete, bis sie die Musik wieder angeschaltet hatte. Eine Weile lauschte er noch. »Shine on you crazy diamond«.
Das Gewitter war vorbei. Er saß im Auto und rauchte und dachte nach. Eigentlich war jetzt nichts klarer als vorher, und trotzdem fühlte er sich besser.

29

Grock fuhr ins Präsidium zurück. Sein Team hatte sich in den Feierabend verabschiedet, und er war dankbar dafür. Er wollte niemanden um sich haben, wollte nicht diskutieren, erklären, spekulieren.

Looses Unterlagen warteten geduldig darauf, dass sich ihrer jemand erbarmte. Wenn aber auch ständig etwas dazwischenkam!

Mit einem Seufzer voller Selbstmitleid zog er aus dem Haufen ungeordneten Materials die Kontoauszüge heraus und sortierte sie chronologisch. Sie reichten gut drei Wochen vor seinen Tod zurück. Die Kontenbewegungen waren spärlich, eine Barabhebung über eintausend Euro fand er nicht. Möglich, dass Loose das Geld angesammelt hatte, aber wenig wahrscheinlich. Warum sollte jemand so viel Geld ungenutzt herumliegen lassen? Ein Mysterium mehr, das es zu klären galt.

Loose hatte keinen Computer gehabt, was einerseits schade war, weil sich unter dem Datenmüll meist irgendein Hinweis fand, andererseits gut, weil es ätzend und langwierig war, diesen Müll zu sichten. Grock hatte dafür ohnehin keine Geduld und war geradezu dankbar, dass er sich durch altmodisches Papier blättern konnte.

Was sich so ansammelte im Laufe eines Lebens. Allerdings fand er nichts, was ihn einen Schritt weitergebracht hätte. Man musste das alles noch einmal systematisch durchgehen, wozu er jedoch im Moment nicht die geringste Lust verspürte.

Loose musste in der Tat ein Pedant gewesen sein. Rechnungen über Noten und CDs waren in einem eigenen Ordner säuberlich abgeheftet, gekauft durchweg in einer Musikalienhandlung Rüdiger Muggler in der Hirschstraße. Grock musste da mal vorbeischauen, vielleicht konnte er seinem Bild von Loose eine weitere Facette hinzufügen. Ihre Konzerte hatte Loose penibel in einer Liste erfasst, mit Datum und Honorar und den Stücken, die sie gespielt hatten. Interessant, in den letzten Monaten waren sie häufig bei den Kapfenbergers aufgetreten.

Er hatte schon Ramsauers Nummer gewählt, als er einen Blick auf die Uhr warf. Eigentlich sollte man um diese Zeit niemanden belästigen, wenn es um nichts Lebenswichtiges ging, aber da klingelte es bereits am anderen Ende, und sofort wurde abgehoben, als hätte der Geiger auf den Anruf gewartet. Grock entschuldigte sich für die späte Uhrzeit.

»Kein Problem«, sagte Ramsauer. »Ich bin sowieso eher eine Nachteule, das bringt der Beruf so mit sich.«

Die Auftritte bei den Kapfenbergers? Die seien über Loose zustande gekommen, er habe wohl Frau Kapfenberger gekannt, er habe die beiden oft miteinander reden sehen. Ein guter Job, tolles Buffet.

Loose und die Kapfenbergers. Wirklich interessant. Wenigstens wusste er jetzt, was er morgen zu tun hatte.

Er ging durch die stillen Flure und strebte am Pförtner vorbei ins Freie, als sich in seinem Hirn etwas langsam nach vorne drängte. Er starrte den Pförtner an, der sich wegduckte, als erwarte er ... Ach ja.

»Wegen neulich. War nicht so gemeint«, sagte Grock.

Für Grock'sche Verhältnisse konnte das durchaus als Entschuldigung durchgehen. Der Pförtner nickte erleichtert.

30

Die Kapfenbergers also. Eine Größe im wirtschaftlichen und gesellschaftlichen Leben der Stadt. Auch wer sich nicht für sie interessierte, entkam ihnen nicht, sie schienen einen festen Platz in den Lokalblättern gebucht zu haben. Er machte irgendwas mit Maschinen und ließ ständig neue Erfolge bejubeln, sie machte eine gute Figur.

»Neureiche Kotzbrocken«, hatte Lena gelästert, als wieder einmal Bilder von den Kapfenbergers in der Zeitung gewesen waren. »Viel Geld, wenig Hirn. Und beides stellen sie ausgiebig zur Schau.«

Das war nun allerdings im Schwabenland, gelinde gesagt, ein Affront. Das wahre, das alte Geld zeigte sich nicht, es blühte im Verborgenen, vermehrte sich heimlich und hatte für die Emporkömmlinge nur ein Naserümpfen übrig.

Er sei ein großer Kunstsammler, las Grock vor.

»Ach was!«, sagte Lena. »Der sammelt nicht, der hortet nur.«

»Na und?«, entgegnete Grock. »Vielleicht hortet er auch mal Bilder von dir.«

»Ganz bestimmt nicht. Der kauft nur die ganz großen Namen, die ihm jemand einflüstert. Der kann doch einen Mondrian nicht von einem Bill unterscheiden.«

Grock auch nicht, um ehrlich zu sein. Ihm sagten nicht einmal die Namen etwas.

Legendär in gewissen Kreisen waren die Abendgesellschaften, die die Kapfenbergers regelmäßig gaben und bei denen auch Peter Loose mit seinem Quartett gespielt hatte. Die Einladungen waren handverlesen und heiß begehrt, sie glichen der Aufnahme in einen illustren Orden und garantierten mediale Aufmerksamkeit. Auch die lokalen Couturiers liebten sie, denn es war undenkbar, dass eine der Damen zweimal dasselbe Kleid trug. Wer dazugehören wollte, musste sich das leisten können. Oder wenigstens so tun.

Grock erinnerte sich, was Lena gesagt hatte: nur die großen Namen. Das Loose-Quartett mochte gut gewesen sein, aber ein großer Name war es gewiss nicht. Das hatte seine Neugierde geweckt.

Eine Frau Kapfenberger bekam man nicht so einfach an den Apparat, sofern man nicht über ihre private und höchst geheime Durchwahl verfügte. Nach einigem Hin und Her, bei dem Grock auch einmal barsch wurde, meldete sich die Dame des Hauses schließlich, deutlich unwirsch über die lästige Störung.

Grock nannte brav seinen Namen und dass er von der Kripo Stuttgart sei, unterschlug allerdings die Mordkommission. Umständlich und ausgesucht höflich erklärte er, dass er im Rahmen derzeit laufender Ermittlungen einige Fragen an sie habe und ob er nicht vorbeikommen …

»In welcher Angelegenheit?«, unterbrach sie ihn.

»In einer Angelegenheit, die man nicht am Telefon erörtern kann.«

»Hören Sie mal, Herr ...Wie war doch gleich der Name? ... Ah so, Grock! Also, Herr Grock, Sie erwarten doch nicht allen Ernstes von mir, dass ich ...«

Nun war es Grock, der unterbrach. »Sie brauchen sich keine Umstände zu machen. Wir haben auch einen Fahrdienst. Ich lasse Sie gerne von einem Streifenwagen abholen und zur Befragung aufs Präsidium bringen.«

Das wirkte meistens, besonders in Kreisen, wo das Vermögen nicht immer nur mit ehrlicher Arbeit zustande gekommen war und man nichts mehr fürchtete, als den Ruf zu verlieren, den man sich mühsam erarbeitet hatte. Grock meinte, das Zähneknirschen zu hören.

»Nun gut«, sagte sie, merklich eingeschnappt. »Dann will ich mal schauen ... Übermorgen, da hätte ich Zeit für Sie.«

»Heute. Jetzt«, entgegnete Grock.

»Aber das geht nicht! Ich habe einen Friseurtermin!«

»Es wird sicher kein Problem sein, den zu verschieben, nicht wahr?«

Ohne ein weiteres Wort legte Frau Kapfenberger auf, und Grock lächelte still in sich hinein. Es tat manchmal gut, das bisschen Macht auszukosten, das ihm sein Beruf bescherte. Wenn Frau Kapfenberger jetzt allerdings auf die Idee verfiel, sich beim Rat zu beschweren, wer weiß, ob man sich nicht kannte, bekam er schwer eins auf den Deckel. Doch dann fiel ihm ein, dass Frau Rat dem alten Geld entstammte. Keine Gefahr also, dass sich die Kreise überschnitten.

31

Man residierte stilvoll in teuerster Halbhöhenlage, Gänsheide, mit unverbaubarem Blick auf den Stuttgarter Talkessel und die Höhenzüge ringsum. Eine sorgsam gepflegte alte

Villa, was Grock überraschte, er hätte eher auf einen protzigen Neubau getippt. Die Villa war umgeben von einem riesigen, genauso gepflegten Garten. Kein Garten, korrigierte Grock sich, ein Park. Er sah einen Gärtner werkeln. Ob er sich den mal für ein paar Stunden ausleihen könnte?

Auf sein Klingeln öffnete eine junge Frau, eine hübsche Person. Er nannte seinen Namen, zeigte seinen Ausweis.

»Die gnädige Frau lässt bitten«, sagte das Dienstmädchen oder was immer es war. Sie sagte tatsächlich »gnädige Frau«, und mit ihrem gutturalen osteuropäischen Akzent klang das beeindruckend vornehm.

Er folgte ihr in einen Raum, den man vermutlich den Salon nannte. Hier hatte sich ein Innenausstatter austoben dürfen, offensichtlich ohne jegliche finanzielle Beschränkung. Die hypermodernen Möbel waren nicht nach Grocks Geschmack, aber man sah ihnen an, dass sie teuer gewesen waren. An den Wänden hing viel Kunst. Lena hätte ihm sagen können, welche großen Namen hier versammelt waren, nein, gehortet wurden.

Die gnädige Frau erwartete ihn in einem sesselartigen Gebilde, das schrecklich unbequem aussah, und wies huldvoll und stumm auf ein ähnliches Stück. Es war unbequem. Grock verstand nicht, weshalb man sich freiwillig solchen Qualen aussetzte und dafür auch noch viel Geld hinblätterte.

Man taxierte sich mit raschen Blicken.

Anita Kapfenberger war unstreitig eine schöne Frau, aber es war eine künstlich erhaltene Schönheit. Abzüglich dessen dürfte sie um die fünfzig sein. Fast sein Alter, aber ganz gewiss nicht seine Kragenweite. Sie war Ehefrau Nummer zwei, eingetauscht, als Nummer eins in die Jahre gekommen war. Und nun war sie selbst nicht mehr jugendfrisch, was alle Bemühungen nicht verschleiern konnten. Sie trug ein Flatterdings von luftigem Kleid, das aus mehreren Schichten zu bestehen schien.

Ihre Frisur übrigens war ohne Fehl und Tadel, Grock wusste nicht, was ein Friseurbesuch daran hätte verbessern können. Aber Frisuren waren ohnehin ein Mysterium, das ein Mann nie würde ergründen können, zu schweigen von Schuhen und dem Wesen Frau überhaupt, aber das waren Gedanken, die jetzt nichts zur Sache taten.

Was Frau Kapfenberger in ihm sah, dem Mann mit Pferdeschwanz und verschwitztem Polohemd, wollte Grock lieber nicht wissen.

»Jetzt bin ich aber mal gespannt, was die Polizei so Dringendes von mir wissen will«, sagte sie schließlich. Ihre Stimme war erstaunlicherweise tiefer und melodiöser als am Telefon.

»Sie geben gelegentlich Abendgesellschaften«, begann Grock.

»Unsere Soireen sind weithin bekannt. Was ist damit? Hat sich jemand beschwert? Ein Nachbar?«

»In letzter Zeit hat bei Ihnen häufig ein Streichquartett gespielt.«

»Und?«

»Sind Sie ein Klassikfan?«

»Man muss seinen Gästen Abwechslung bieten.«

»Abwechslung, aha. Dieses Quartett hat in letzter Zeit oft bei Ihnen gespielt. Wie oft noch gleich?«

»Das weiß ich nun wirklich nicht auswendig, da müsste ich nachschauen.«

»Die letzten sechs Male.«

»Sie wollen jetzt aber nicht mit mir über unsere Programmgestaltung diskutieren, oder?«

»Wie kommt es, dass dieses Quartett überhaupt bei Ihnen gespielt hat?«

»Ich habe sie bei einer Einladung gehört, fand sie gut und habe sie engagiert, ganz einfach. Aber verraten Sie mir nun endlich, was diese Fragerei soll?«

»Es geht um einen der Geiger. Peter Loose.«

»Loose? Loose … Warten Sie, ist das dieser ältere Herr mit den längeren Haaren? Was ist mit ihm?«

»Kannten Sie ihn näher?«

»Ich kannte ihn überhaupt nicht. Natürlich wechselt man ein paar belanglose Worte miteinander, aber kennen – nein, ganz bestimmt nicht. Es waren ja nur die Musiker.«

Nur die Musiker. Nicht besser als das Personal. Grock hatte Frau Kapfenberger genau beobachtet und meinte, eine mühsam unterdrückte Nervosität zu spüren.

»Er ist tot.«

»Tatsächlich? Wie tragisch! Aber ich verstehe immer noch nicht, weshalb Sie damit zu mir kommen.«

»Loose wurde ermordet.«

»Gott, wie schrecklich! Wer macht denn so was?« Sie machte große Augen und schlug sich die Hand vor den Mund, eine theatralische Pose wie einstudiert.

»Wir sind dabei, das herauszufinden.«

»Aber was habe ich damit zu tun?«

»Haben Sie denn etwas damit zu tun?«

»Natürlich nicht, wo denken Sie hin!«

»Wir gehen Looses Unterlagen durch und haben darin Bemerkungen zu den Konzerten bei Ihnen gefunden.« Nun ja, eine bloße Auflistung konnte man durchaus auch so bezeichnen.

Frau Kapfenberger sprang auf und ging zu einem Beistelltisch. »Entschuldigung, ich bin eine schlechte Gastgeberin. Was darf ich Ihnen zu trinken anbieten? Wir haben so ziemlich alles.«

»Auch Whisky?«

»Glenmorangie, Macallan, Writers Tears ...«

»Ein Glas Wasser ist zu dieser Tageszeit vielleicht besser.« Das Bedauern war in seiner Stimme hoffentlich nicht zu hören.

Er bekam sein Glas Wasser, und Frau Kapfenberger setzte sich wieder. »Welche Bemerkungen haben Sie denn gefunden?«

Grock ging darauf nicht ein. »Wir befragen alle, die mit ihm Kontakt hatten.«

»Tut mir leid, wenn ich Ihnen nicht weiterhelfen kann. Aber wie gesagt, wir kannten uns ja eigentlich gar nicht.«

»Könnte sein, dass Sie zu den letzten gehören, die ihn lebend gesehen haben. Bei Ihrem Konzert.«
»Wenn man sich das vorstellt!«
»Wo waren Sie übrigens am 16. Juni, abends und in der Nacht?«
»Das ist jetzt nicht Ihr Ernst, oder?«
»Reine Routinefrage.«
»Zuhause.«
»Was Ihr Personal natürlich bestätigen kann.«
»Das Personal hat abends frei, sofern wir keine Veranstaltung haben.«
»Und Ihr Mann?«
»War auf Dienstreise.« Sie lachte. »Kein überzeugendes Alibi, nicht wahr?«

Grock stand auf. Jetzt erst bemerkte er, dass neben einem Flügel ein Cello stand.

»Sie spielen?«
»Gott bewahre, nein! Ich verstehe nichts von Musik. Ein Sammlerstück. Alt und wertvoll. Habe ich meinem Mann zum Geburtstag geschenkt. Schön, nicht wahr?«

Für Grock sah es aus wie eben ein altes Cello. Sie strich fast zärtlich über das Holz. »Herr Loose hat es mir vermittelt. Jetzt ist es sozusagen ein letztes Andenken an ihn.«

Sie gab Grock einen laschen Händedruck. »Wann ist denn die Beerdigung? Ich werde Blumen schicken lassen, ich glaube, das sind wir dem armen Herrn Loose schuldig.«

»Ich werde es Sie wissen lassen. Vielleicht habe ich auch noch einige Fragen an Sie. Bemühen Sie sich nicht, ich finde allein hinaus.«

Vor dem Salon verhielt Grock seinen Schritt, er hoffte auf ein aufgeregtes, vielleicht verräterisches Telefonat, etwas in der Art. Doch wie aus dem Nichts erschien das aparte Dienstmädchen und geleitete ihn mit stoischer Miene zur Tür.

Einer plötzlichen Eingebung folgend holt er das Foto von Loose hervor. »Erinnern Sie sich an diesen Mann?«

Sie blickte nur flüchtig darauf. »Nein.«

»Er hat bei der letzten Abendgesellschaft in dem Streichquartett gespielt.«

Sie zuckte mit den Schultern. »Weiß ich nicht.«

»Ist Ihnen an diesem Abend irgendetwas aufgefallen? Hat sich Frau Kapfenberger mit diesem Mann unterhalten? Gab es Streit?«

»Weiß ich nicht. Muss ich mich um Gäste kümmern.«

Eine loyale Angestellte. Hoffentlich so loyal, dass sie ihrer Chefin von den eigenartigen Fragen des Kommissars berichtete. Einiges war seltsam hier. In Frau Kapfenberger tobten widerstreitende Gefühle, das war zu merken. Sie hatte Loose eigentlich gar nicht gekannt? Aber er hatte ihr ein altes und wertvolles Instrument vermittelt. Sie hatte keine Ahnung von Musik? Aber sie hatte das Quartett gehört und für gut befunden und eingeladen, und das gleich sechsmal hintereinander, obschon es keine großen Namen waren. Und sie hatte auf Anhieb gewusst, wo sie an einem bestimmten Abend vor ungefähr drei Wochen gewesen war.

Die gnädige Frau Kapfenberger hatte ihm viel verschwiegen, dessen war er sicher. Er hatte nur keine Ahnung, was das war.

32

Bevor Grock in sein aufgeheiztes Auto stieg, rief er Dirk an. »Was ist mit dem vierten Mann aus dem Quartett? Hast du ihn endlich erreicht? Wenn er da ist, kann ich gleich bei ihm vorbeifahren. Liegt ja fast auf dem Weg.«

»Bleib dran«, sagte Dirk. »Ich versuche es noch einmal.«

Grock wartete und beobachtete, wie sich der Gärtner im hochherrschaftlichen Park zu schaffen machte. Er schnippelte an einem Rosenstrauch herum. So viel Arbeit für ein paar Blüten. Der verrückte Hans hatte recht. Der ließ wachsen, was wachsen wollte, und scherte sich nicht drum, was die Nachbarn sagten.

»Stefan?«, hörte er Dirks Stimme aus seinem Handy.

»Die Bratsche ist da. Hat zwar keine Zeit und noch weniger Lust, ist aber gnädigerweise bereit, dich zu empfangen. Wenn du dich beeilst.«

»Hast du ihm gesagt, was er mich kann?«

»Das ist Chefsache.«

Die Bratsche hieß Robert Fellner und wohnte in Botnang, was bei diesem Wetter noch ein ganz schönes Schwitzen mehr bedeutete. Und dann sogar vierter Stock und kein Aufzug.

Die Bratsche hatte eine spitze Nase, war griesgrämig und sah aus, als hätte sie Magenschmerzen. Grock schätzte den Mann auf Ende vierzig. Die Wohnung wirkte, als sei er eben erst eingezogen. Unwirtlich. Unbewohnt. Es war stickig.

»Ich kann Ihnen zu Loose gar nichts sagen«, erklärte Fellner gleich.

»Sie haben doch zusammen gespielt«, wandte Grock ein.

»In unserem Quartett, ja. Aber sonst nicht. Er war ja im Sinfonieorchester, ich bin bei der Oper.«

»Wie würden Sie ihn beschreiben?«

»Er war ein Wichtigtuer. Hat dauernd rumgenörgelt an unserem Spiel. Und hat sich mit seiner Geige wichtiggemacht.«

»Mit seiner Geige?«

»Soll angeblich ein besonders wertvolles Stück gewesen sein. Wer's glaubt! Kann sich unsereiner doch gar nicht leisten. War nur Angabe. Ein Wichtigtuer, wie gesagt.«

»Sie konnten ihn nicht leiden, stimmt's?«, fragte Grock.

»Ehrlich gesagt, nein. Ich habe schon lange darauf gedrängt, dass wir uns einen anderen Geiger holen. Loose hat sich überschätzt, er war lang nicht so gut, wie er glaubte. Aber die anderen wollten nicht, Solidarität unter alten Kollegen und so. Na ja, das Problem hat sich ja nun erledigt.«

Grock sah ihn schräg an.

»Aber nicht, dass Sie jetzt auf falsche Gedanken kommen«, fügte Fellner hastig hinzu. »Mit seinem Tod habe ich nichts zu tun!«

Grock schwieg.

Fellner lachte gezwungen. »So weit geht's nun auch nicht, dass ich einen Geiger erschlage, bloß weil ich einen anderen haben will.«

Es sind schon Menschen aus viel nichtigeren Gründen umgebracht worden, dachte Grock, sagte aber nichts. »Wie ist das Verhältnis zu den beiden anderen aus Ihrem Quartett?«, fragte er stattdessen.

Fellner schnaubte. »Ramsauer ist durchaus begabt, ja, aber er ist zu faul. Hat keinen Ehrgeiz. Satt und selbstzufrieden. Damit kann man sich vielleicht im Sinfonieorchester halten, aber bei uns an der Oper hätte er keine Chance. Und Wasner ist immer fahrig und unkonzentriert und übermüdet, so kann man doch keine Musik machen!«

»Er hat ein kleines Kind.«

»Na und? Ist das ein Grund?«

»Sie haben keine Kinder?«

Fellner lachte, und es klang schrill. »Ich habe nicht mal eine Frau, und ich bin froh drum.«

»Warum haben Sie überhaupt zusammen gespielt, wenn Sie so unzufrieden waren mit Ihren Kollegen?«

»Den kleinen Nebenverdienst kann jeder von uns gebrauchen, und man kann sich seine Kollegen nicht immer aussuchen.«

Wahrscheinlich waren die drei die Einzigen, die es mit Fellner ausgehalten hatten, dachte Grock. »Bei den Kapfenbergers waren Sie ja gut im Geschäft. Fast ein ständiges Engagement.«

»Ich sag Ihnen was: Wenn die nicht so gut bezahlt hätten, wäre damit schon lange Schluss gewesen. Widerliche Leute. Wir schaffen uns krumm, und die schlürfen ihren Champagner und begrapschen die Kellnerinnen. Glauben Sie, da hört uns auch nur einer zu? Egal, das ist jetzt sowieso Geschichte.«

»Wieso? Sie werden doch für Loose einen Ersatz finden.«
»Es hat sich ausgespielt bei den feinen Herrschaften. Das vor Kurzem war unser letzter Auftritt, man hat uns sozusagen gekündigt. Auch recht. Diese Banausen haben uns gar nicht verdient. Aber das Buffet war allererste Sahne.«
»Das müssen Sie mir jetzt näher erklären.«
Nach ihrem Auftritt waren Ramsauer und Wasner schnell verschwunden, der eine, weil er am nächsten Tag früh aus den Federn musste, der andere, weil es ihn zu Frau und Kind zog. Wo Loose war, wusste er nicht. Er selbst, Fellner, hatte sich über das Buffet hergemacht und sich danach auf die Suche nach einer Toilette begeben. Wie er einräumte, war er dabei absichtlich in die Irre gegangen, obschon man sich in der weitläufigen Villa durchaus auch verlaufen konnte, er wollte sich einfach im Haus »dieser feinen Pinkel« umschauen.

Aus einem Zimmer, dessen Tür nicht ganz geschlossen war, hörte er Stimmen. Die eine erkannte er als die von Frau Kapfenberger und wunderte sich. Sollte die nicht bei ihren Gästen sein? Vielleicht, dachte er, hatte sich die Dame des Hauses zu einem schnellen Schäferstündchen zurückgezogen. Neugierig trat er näher und linste durch den Türspalt.

Was er sah, war allerdings kein Liebespaar – oder höchstens eines, das gerade dabei war, sich im Streit zu trennen, so jedenfalls wirkte es auf ihn. Zu seiner Überraschung erkannte er Peter Loose. Die Unterhaltung wurde im Flüsterton geführt, weshalb er nur Wortfetzen verstand – mein Mann ... nicht so laut ... das muss ein Ende haben ...

Er war eben im Begriff, sich abzuwenden, weil ihn das alles nichts anging, und was interessierten ihn schon die Liebeshändel anderer, als er sah, wie Frau Kapfenberger Loose etwas in die Hand drückte und aus dem Zimmer stürmte, an ihm, Fellner, vorbei und ohne ihn zu beachten. Loose brüllte: »Das wird Folgen haben!« und wollte ihr hinterher, als er

Fellner bemerkte und sich bremste. Was denn los sei, habe er Loose gefragt. »Diese Schnalle hat alle weiteren Auftritte gestrichen«, war die Antwort. Und dann war ein saumäßig wütender Loose gegangen, und auch er habe sich vom Acker gemacht, er wollte nicht in weitere Querelen hineingezogen werden.

»Und Sie glauben wirklich, dass Loose ein Verhältnis mit der Kapfenberger hatte?«, fragte Grock.

»Was denn sonst?«

»Das passt nicht zu dem Bild, das ich von Loose habe. Und von Frau Kapfenberger auch nicht«

»Dann malen Sie sich ein neues. Ich weiß, der Loose wirkte durch und durch bieder, war er wahrscheinlich auch. Aber in Wahrheit war er ein richtig fieses Arschloch. Ich habe mir einmal erlaubt, an seinem Spiel etwas zu kritisieren, da ist er ausgeflippt und mit dem Geigenbogen auf mich los. Ich sage Ihnen, der wusste genau, dass er als Musiker nur Mittelmaß war und als Mensch auch, und das hat ihn mächtig gewurmt.«

»Es heißt ja, diese Auftritte bei den Kapfenbergers habe Loose eingefädelt.«

»Da haben Sie's! Aber davon weiß ich nichts, und das interessiert mich auch nicht. Ich komme zu den Konzerten, und fertig.«

»Was genau hat die Kapfenberger Loose eigentlich zugesteckt?«

»Hab ich nicht so genau gesehen, und er hat's auch gleich in seine Tasche gesteckt. Fotos von ihren heißen Nächten zur ewigen Erinnerung, was weiß ich.«

»Haben Sie es Ihren Kollegen gesagt, dass es mit den Kapfenberger-Auftritten vorbei war?«

»Ich? Wie komme ich denn dazu? Ich kann doch nicht alles machen! Das war Looses Baustelle.«

»Kennen Sie Freunde von Peter Loose? Bekannte?«, fragte er.

»Nein. Hat mich auch nicht interessiert.«

Es ging noch eine Weile so, heraus kam nichts weiter. Diesmal vergaß es Grock nicht und fragte nach dem Alibi.

Fellner schaute ihn misstrauisch an. »Was soll diese Frage?«

»Reine Routine, Sie kennen das doch aus dem Fernsehen«, antwortete Grock gleichmütig. Wie oft hatte er das schon gesagt in seinem Leben?

»Ich schaue keine Krimis, dazu habe ich keine Zeit«, sagte die griesgrämige Bratsche. »Wann hatten Sie gesagt? 16. Juni? Ist ja schon eine Weile her. Wissen Sie, was Sie am 16. Juni getan haben?«

»Ja«, erwiderte Grock wider besseres Wissen.

Fellner war offensichtlich aus dem Konzept gebracht, die Magenschmerzen nahmen zu, wie es aussah, er guckte noch leidender. Er ging zu seinem Schreibtisch. »Mein Terminkalender. Da haben wir's. 16. Juni. Da hatte ich Dienst. Zauberflöte.«

»Zauberflöte. Kenn ich«, nickte Grock.

»Aber auch in dieser Inszenierung?«

Grock schüttelte den Kopf. Er ging nicht in die Oper, das war ihm zu steif und zu unverständlich, was die Sänger vor sich hin jodelten. Aber wer kannte die Zauberflöte nicht, zumindest dem Namen nach.

»Tun Sie sich das nicht an, absolut grauenhaft!«, sagte Fellner und ereiferte sich. »Der Regisseur ist ein Idiot und der Dirigent ein Stümper, und wir Musiker müssen es ausbaden. Grässlich! Manchem Dirigenten wünschte man auch ...« Er verstummte.

»Sie können wohl niemanden leiden, was?«, fragte Grock.

Fellner schaute den Kommissar an, als komme er vom Mars und spreche Klingonisch.

»Sie halten sich bitte zu unserer Verfügung, ja?«, sagte Grock. »Zumindest diesen Spruch kennen auch Sie.«

33

Grock musste nachdenken, und das ging am besten, wenn er allein war. Allein unter Menschen, die ihn nicht ansprachen und keine Anweisungen von ihm erwarteten. Für die er nur ein Gesicht in der Menge war. Überdies galt es, ein Ritual nachzuholen. Er fuhr in die Innenstadt und fand mit Mühe einen Parkplatz.

Das Ritual war ein Eisbecher. Einmal im Jahr gönnte er sich einen, mit viel Sahne, und danach war ihm so grottenschlecht, dass er für den Rest des Sommers gegen alle Versuchungen gefeit war. Lena hatte sich immer amüsiert darüber. Weniger über den doppelten Schnaps, den er danach nötig hatte.

Er ging durch die Hirschstraße Richtung Marktplatz und blieb plötzlich stehen, so abrupt, dass der Mann hinter ihm gegen ihn prallte. Klassischer Auffahrunfall, bei dem man über die Verteilung der Schuld wunderbar streiten konnte. Grock grummelte eine Entschuldigung, der Mann etwas, das nicht sehr freundlich klang.

Irgendetwas hatte er wahrgenommen, das sein Unterbewusstsein dann nach vorne geschaufelt hatte. Er drehte sich um und musterte die Menschen, die Geschäfte.

Das war es. Musikalienhandlung Rüdiger Muggler, wo Loose seine Noten gekauft hatte, wie Grock dank seines Aktenstudiums wusste. Dort hatte er ohnehin vorsprechen wollen, um sein Bild von Loose zu vervollständigen.

Die Musikalienhandlung Rüdiger Muggler wirkte auf den ersten Blick genauso altmodisch wie ihr Name. Sogar die Tür musste man noch selbst aufmachen. Grock wartete auf das Bimmeln der Ladenglocke, aber das blieb aus. Schade, dachte er, das hätte dazu gepasst.

»Kann ich Ihnen helfen?«

Der Mann, der auf Grock zukam, mochte Anfang fünfzig sein, sah vielleicht auch nur so aus. Kurzgeschorenes Haar, farbloses Hellbraun, die kahlen Stellen schimmerten. Ein Bart in ebensolcher Länge. Die Nase spitz. Die Augen wanderten unruhig hin und her. Nervöses Zucken links. Eine Lesebrille baumelte vor dem weißen kurzärmeligen Hemd. Schwarze Hose und schwarze Schuhe.

Der Mann hatte etwas Gehetztes an sich und war Grock auf den ersten Blick unsympathisch. Der ideale Kandidat für Platz eins auf der Liste der Verdächtigen.

Das war lächerlich, und wäre ihm Theresa damit gekommen, hätte er sie heruntergeputzt. Aber ein unbestimmtes Gefühl hielt ihn davon ab, den wahren Grund seines Besuchs zu nennen. Stattdessen sagte er: »Ich möchte mich nur umsehen.«

»Wenn Sie Hilfe brauchen, melden Sie sich.« Eine überraschend angenehme Stimme.

Die üblichen unverbindlichen Rituale des Kundengesprächs. Nur dass es Grock ernst war mit seiner Bemerkung. Er wollte sich tatsächlich erst einmal umsehen, ehe er sich zu erkennen gab. Die Wahrheit war freilich, dass er im Moment keine Fragen hatte. Oder zu viele. Das Bild von Loose war mittlerweile wieder unscharf geworden, er musste es erst wieder fokussieren.

Er schlenderte durch den Laden. Die Einrichtung mochte vor langer Zeit mal modern gewesen sein, jetzt wirkte sie abgegriffen und schäbig. Die Musikalienhandlung war nicht altmodisch, korrigierte sich Grock, worunter er eine bewusst bewahrte Tradition verstand, sie war nur alt. Verbraucht. Hatte Muggler das nicht nötig, weil er ohnehin nur Stammkundschaft hatte? Konnte er sich nichts anderes leisten? Oder war es Absicht? Retroschick hätte Lena das genannt. Seltsamerweise fühlte er sich wohl in diesem Laden und er beschloss, diesen Muggler fortan etwas weniger unsympathisch zu finden.

In einer Ecke standen und hingen einige Instrumente, Blasinstrumente, mehrere Geigen, ein Cello, eine Gitarre. Auch Bongos und ein Congapaar.

Grock blieb stehen. Alles, was mit Rhythmus zu tun hatte, hatte ihn schon immer fasziniert. Er hätte gerne Schlagzeug gespielt, in seinen Tagträumen sah er sich als der Charlie Watts oder, noch besser, der Joe Morello von Luginsland. Aber Schlagzeug in einem Reihenhaus, das ging nun gar nicht. Oder nur mit Hürden, die ihm unüberwindlich schienen. Mittlerweile gab es ja auch diese elektronischen Drumsets, Zimmerlautstärke, Kopfhörer dazu, aber das war ihm zu aseptisch, seelenlos. Unerheblich. Seine finanziellen Möglichkeiten ließen das eine wie das andere ohnehin nicht zu.

Aber man könnte ja auch klein anfangen, mit einer Conga beispielsweise. Er strich über das Fell, traute sich sogar, mit seinem Finger ganz leise ein paar Mal zu klopfen, und schaute auf das Preisschild. Er rechnete aus, auf wie viele Flaschen Trollinger er dafür verzichten müsste. Viele. Trotzdem, es wäre machbar. Vielleicht. Er musste sich das mal durch den Kopf gehen lassen. Wenn die Rente die Nase über den Horizont streckte, war es an der Zeit, über ein paar unerfüllte Jugendträume nachzudenken.

In den Regalen, von denen das weiße Resopal blätterte, stapelten sich Noten, vornehmlich Klassik. Die CDs, nur Klassik, waren mit handbeschrifteten Pappen unterteilt nach Komponisten.

Grock klapperte sich durch die CDs. Er konnte nicht beurteilen, wie umfassend, aktuell oder auch individuell die Sammlung war, sie war auf alle Fälle kleiner als das, was er von anderen Geschäften kannte.

Grock beobachtete den Mann, der vermutlich Rüdiger Muggler war. Er machte sich hinter dem Kassentisch an irgendwelchen Papieren zu schaffen und hatte scheinbar kein Auge für Grock.

Grock wartete darauf, dass ein anderer Kunde den Laden betrat, um einen besseren Eindruck von Muggler zu bekommen, wenn der sich mit dem Kunden unterhielt, aber niemand kam.

Aufs Geratewohl griff er sich ein Violinkonzert von Bach, Opus 61. Nigel Kennedy, den Namen hatte er immerhin schon gehört, Lena hatte eine Zeitlang für ihn geschwärmt. Eine ältere Aufnahme, von 1992, Neueres gab es in diesem Laden wohl nicht. Er legte die CD auf den Kassentisch.

»Interessante Aufnahme«, sagte Muggler.

»Auch schön?«, fragte Grock.

Muggler lächelte, zumindest ließ sich die Veränderung seiner Gesichtszüge so interpretieren.

»Das ist Geschmackssache«, erwiderte er. »Viele bevorzugen die konventionellen Interpretationen eines Oistrach oder Menuhin.«

Grock versuchte Konversation zu machen.

»Ihr Laden ist ja eine Oase der Ruhe, Herr …?«

»Muggler. Manchmal etwas zu ruhig.«

»Es wird nicht mehr viel selbst Musik gemacht.«

»Leider. Es wird immer weniger.«

»Das ist dann auch nicht einfach für einen Laden wie den Ihrigen.«

Muggler lächelte wieder dieses seltsame Lächeln. »Noch gibt es genügend Musikliebhaber.«

Grock ging hinüber zu den Instrumenten und deutete auf die Geigen: »Schöne Instrumente.«

Muggler kam hinter seinem Kassentisch hervor und nahm eine der Geigen von der Wand.

»Sie spielen selbst?«, fragte er.

»Leider nein«, bedauerte Grock, »aber ich mag Violinkonzerte. Und ich bewundere diese schöne Maserung des Holzes.« Dabei deutete er auf die Geige, die Muggler in Händen hielt.

»Ja, ein schönes Stück.«

»Alt?«

»Gebraucht, aber nicht antik, wenn Sie das meinen.«

»Wertvoll?«

»Der Wert einer Geige bemisst sich nicht allein am Preis. Eine Geige hat eine Seele. Und eine wirklich alte

Geige hat auch eine Geschichte. Beides zusammen macht sie teuer.«

»Verkaufen Sie auch solche wirklich alten Geigen?«

»Ich habe sie natürlich nicht auf Lager. Aber wenn ein Kunde das wünscht, kann ich sie besorgen, ja.«

»Wer kauft so was? Musiker?«

»Die vor allem. Es gibt aber auch Menschen, die einfach an der Schönheit eines Instrumentes Gefallen haben.«

Grock bezahlte und verließ den Laden. Gar nicht mal so unsympathisch, dieser Muggler. Etwas eigen vielleicht, aber das musste ihm ja nicht zum Nachteil gereichen.

Er strebte dem Marktplatz zu und blieb fassungslos stehen. Was war denn hier geschehen? Bisher war hier das *Café Scholz* gewesen, seit gefühlten Urzeiten, mit seinen Bistrotischen und Liegestühlen. Und jetzt? Weg.

Wenn er mit Lena gemeinsam in der Stadt gewesen war, wollte sie immer im *Café Scholz* Pause machen, selbst wenn sie auf einen der raren Plätze warten mussten, und er tat ihr den Gefallen, auch wenn die latteschlürfenden Schnattergänse um sie herum nicht sein Fall waren. Aber Lena liebte diese Atmosphäre.

Und jetzt? Aus und vorbei. Grock betrachtete das als persönlichen Angriff, er fühlte sich seiner Erinnerungen beraubt. Das hatte ihm gerade noch gefehlt. Sein Leben war durcheinander genug, er hatte doch ein Anrecht darauf, dass wenigstens einige Konstanten blieben. Vielleicht war das ja auch ein Zeichen? Dass er Abstand nehmen musste von der Vergangenheit?

Er grummelte und begann im Stillen, über die Verödung der Innenstädte zu philosophieren. Brillen, Handys, Modeschmuck, schundige Fetzen, die sich Mode nannten. So öde wie austauschbar. Die habgierigen Vermieter, die sich lieber die nächste Kette von irgendwas ins Haus holten anstatt für Leben in der Stadt zu sorgen. Und dazu gehörte nun mal, dass man sich hinhocken und bei einem Viertele brüten konnte.

Wahrscheinlich war er nicht allein mit diesen Gedanken, doch was änderte es?

Er stapfte hinüber zum Schillerplatz. In der *Alten Kanzlei* sah er einen freien Tisch und sprintete darauf los. Glück gehabt, ein junges Pärchen war langsamer und hatte das Nachsehen.

Er hatte das Denkmal des lorbeerbekränzten Dichterfürsten im Blick. Sogar die Plagegeister zollten ihm Respekt, kein Taubenschiss auf der Patina. Dahinter die Stiftskirche. Die war wenigstens schöner als das Rathaus.

Auf das Eisbecher-Ritual hatte er jetzt keine Lust mehr, er bestellte einen Weißen, der sich als annehmbar erwies, zündete sich eine Schwarze an und dachte nach. Nicht über das Leben diesmal, sondern über seinen Fall.

Es gab ja nun mittlerweile ein paar Ansatzpunkte, aber noch nichts wirklich Konkretes, sondern nur neue Fragen, zu denen ihm die passenden Antworten fehlten. Nun gut, die würden sich finden, solange der Rat ihn in Ruhe ließ. Niemand lief ihm davon, und nachdem ohnehin schon so viel Zeit verstrichen war, gab es auch keine Spuren mehr, die erkalten würden, höchstens einen Täter, der sich in Sicherheit wiegen mochte, weil man ihm bislang noch nicht auf die Schliche gekommen war.

Konnte man Fellners Einlassungen zu Loose Glauben schenken? Dass sich unter der Oberfläche des biederen Geigers ein brodelnder Vulkan befand? Oder steuerte Fellners Griesgrämigkeit, die Tendenz, überall nur das Schlechteste zu sehen, seine Wahrnehmungen?

Loose eine Affäre mit der Kapfenberger zu unterstellen, war reichlich kühn. Vielleicht nicht aus seiner Sicht, aus ihrer schon. Warum sollte eine Frau wie Anita Kapfenberger den einen alten Mann gegen einen anderen alten eintauschen? Einen reichen Alten gegen einen mittellosen Alten? Absurd. Aber vielleicht hatte Loose in dieser Hinsicht Fähigkeiten aufzuweisen, die man bei ihm nicht vermuten würde? Lächerlich, diese Vorstellung.

Andererseits hatte Frau Kapfenberger merklich nervös auf den Namen Loose reagiert. Und laut Fellner hatte sie mit Loose Streit und dem etwas zugesteckt, einen Umschlag vielleicht. Und bei Looses Unterlagen befand sich ein Umschlag mit tausend Euro. Lohn für geleistete Dienste, welcher Art auch immer?

Ein Abgleich der Fingerabdrücke würde Gewissheit verschaffen, aber er hatte nicht genügend in der Hand, um sie dazu zwingen zu können, und freiwillig würde er sie gewiss nicht bekommen.

Es war nicht anzunehmen, dass ein weiteres Glas Weißer ihn der Lösung näher brachte. Also verzichtete er darauf.

34

Grock aß in Untertürkheim in der *Alten Kelter* einen Teller geschmälzte Maultaschen. Seit zu Hause nicht mehr gekocht wurde, ging das Essen ganz schön ins Geld. Ob er es doch einmal selbst mit dem Kochen versuchen sollte? Er traute sich in dieser Hinsicht nicht viel zu.

Wenigstens traf er ein paar Bekannte, mit denen er reden konnte. Was sie wohl in die Wirtschaft trieb, so allein? Früher hatte er sich darüber nie Gedanken gemacht, sie waren einfach da, wie er, warum auch immer. Aber eigentlich wollte er es so genau lieber nicht wissen.

Daheim setzte er sich mit einem fränkischen Silvaner in den Vorgarten. Vor-Garten. Er begriff das nicht als örtliche Zuschreibung, sondern als Entwicklungsstadium. Sein Garten hatte entschieden noch eine lange Entwicklung vor sich. Die Sträucher wucherten genauso wie das Gras, die Nachbarn von rechts waren von den missbilligenden Blicken zum ersten Stadium verbaler Attacken übergegangen, was sich in spitzen Bemerkungen manifestierte. Sollten sie doch, diese Bachel. Er konnte sich nicht auch noch darum kümmern.

Mit denen war er noch nie ausgekommen. Herr und Frau Kanngießer, pensioniertes Lehrerehepaar, kinderlos, die nichts anderes zu tun hatten, als den Rasen mit der Nagelschere zu schneiden und jeden Tag die Fenster zu putzen. Neugierig. Intolerant. Entaklemmer. Was hatte es immer Ärger gegeben, als die Kinder noch klein gewesen waren!

Da waren die Nachbarn links doch ganz anders. Ein junges Paar, noch keine Kinder, erst kürzlich zugezogen, was den Altersdurchschnitt in der Straße rapide gesenkt hatte. Sie grüßten freundlich, und die Frau lief gern im Bikini umher, was ein erfreulicher Anblick war. Auch Lena war ein erfreulicher Anblick. Aber Lena war nicht da. Irgendwie abhanden gekommen.

Was für ein Sommer! Man sollte Urlaub haben und den ganzen Tag im Garten liegen. Freilich, so allein machte das auch keinen rechten Spaß, und man konnte ja nicht den ganzen Tag die junge Frau im Bikini beglotzen, in welchen Ruf käme man denn da, und außerdem ging sie arbeiten.

Was Herr und Frau Kanngießer wohl über die Familie Grock dachten? Er sollte sich mal in der Straße umhören, da würde er mehr erfahren, als er selbst wusste.

Dieser Silvaner war der richtige Wein für einen solchen Abend, wo man noch in der Dämmerung schwitzte und der Geruch von Gegrilltem über der Siedlung hing. Leider wurden die Flaschen auch immer schneller leer. Habe fertig, Flasche leer.

Fertig womit? So eine Beziehung konnte doch nicht einfach fertig sein, man war schließlich dreiundzwanzig Jahre verheiratet gewesen und hatte allerhand erlebt miteinander. Haben fertig, Beziehung leer.

Wie sollte es weitergehen? Jedenfalls nicht, indem man noch einen Silvaner öffnete, oder?

35

Der verrückte Hans kurvte auf seinem klapprigen Fahrrad mit Hilfsmotor durch die Straßen, in lila Latzhose und Taucherbrille, eine lederne Cabriohaube auf dem Kopf, die Ohrenschützer flatterten im Wind. Sein Outfit zeichnete sich durch Beständigkeit aus.

Er hielt bei Grock und winkte fröhlich zu den Nachbarn rechts.

»Keinen Wein mehr zu Hause?«, fragte Grock.

»Doch. Aber deiner ist besser.«

Grock schenkte ein.

»Ha! Ertappt!«, sagte der verrückte Hans. »Du gehst fremd. Ein fränkischer Wein, kein Württemberger.«

»Silvaner können die Franken besser.«

»Stimmt, kein Läpperwasser. Schön mineralisch, kräftige Säure. Das kriegen die Württemberger nicht hin.«

»Liegt am Boden.«

»Eh klar.«

Sie schwiegen und tranken.

»O Gott! Das Leben ist doch schön«, sagte der verrückte Hans. »Schiller.«

»Der Schillers Fritz! Was hat der schon gewusst!«

»Was isch das Läben ohne Liebesglanz! Auch Schiller.«

»Warum redest du immer in Zitaten?«

»Warum soll ich nochmals denken, was andere schon gedacht haben? Zeitverschwendung! Mir Schwaben schaffet zwar gern, aber nicht umsonst.«

»Was ist? Packen wir noch eine Flasche?«

»Eh klar.«

Ein Abend wie im tiefen Süden. Warm wie sonst am Tag. Schlafen würde man nicht können, also hockte man besser draußen hin und schlürfte seinen Wein. Auch aus den anderen Gärten waren Stimmen zu hören, dabei ging es schon auf Mitternacht zu. Die Produktivität der Region

Stuttgart würde morgen einen merklichen Einbruch erleiden.

»So lässt sich's leben!« Der verrückte Hans schmatzte genüsslich. »Die ganze Nacht durchsaufen!«

»Und tags?«

»Genauso.«

»Wenn man nix schafft, kommt man bloß auf dumme Gedanken.«

»Sei bloß froh, dass deine Lena nicht da ist. Sonst könnten wir nicht so dahocken. Hol nomal a Flasch!«, verlangte der verrückte Hans.

»'s dät eigentlich lange jetzt.«

»Du willsch mi doch net verdurschte lasse?«

Grock ergab sich in sein Schicksal. Vom Silvaner war nichts mehr da, aber er fand einen Riesling aus Stetten.

Der verrückte Hans merkte es gleich. »Auch net schlecht«, kommentierte er. »A schöns Bodagfährtle.«

Sie tranken, stierten vor sich hin, schwiegen. Nur ab und zu gab der verrückte Hans seine wilden Kommentare von sich.

»Die größte Errungenschaft der jüngsten Zeit ist die Rechtschreibreform. Das ist die staatlich legitimierte Anarchie: Jeder darf machen, was er will. Bloß die Schüler nicht, die sind angeschissen, weil sie's überall anders lesen. Das ist der wahre Grund, weshalb es bei uns keine Kinder mehr gibt. Die Eltern wollen das ihren Kindern nicht zumuten.«

»Schwätz kein Bapp«, brummte Grock.

»Und die Stuttgarter glauben, sie seien Weltstadt, bloß weil sie … ach, ich weiß auch nicht, warum sie das glauben. Das wissen sie selbst nicht.«

»Hans, ich glaub, du hast genug jetzt.«

»No lang net.«

Mit unsicheren Beinen stand Grock auf.

»Bleib hocke, Kerle!«, sagte der verrückte Hans.

»Ich kann nicht mehr. Muss ins Bett.« Grock stapfte ins Haus.

Der verrückte Hans schüttelte den Kopf. Die jungen Leute heute hatten auch keine Kondition mehr.

36

Anderntags im Büro. Grock war unausgeschlafen und knatschig, was nun mittlerweile fast der Normalzustand war bei ihm. Das machte es auch nicht besser, wenn man es heute auch mühelos der Hitze der Nacht zuschreiben könnte. Im Ausflüchtesuchen war er gut.

Er versuchte es bei Felix Ramsauer, aber der meldete sich nicht. Er hinterließ seine Handy-Nummer und bat um einen Rückruf, dringend. Er hatte noch einige Fragen zu den Kapfenberger-Konzerten, was er allerdings nicht sagte.

Dirk kam ins Zimmer, schweißgebadet schon am frühen Morgen, den Panama auf dem Kopf. Natürlich, einer wie der dicke Dirk schwitzte noch mehr als andere.

»Hättest du was dagegen, wenn ich mich wieder in den Norden versetzen lasse, wo es wenigstens ein kühles Meer gibt?«, fragte er.

»Und ob! Antrag abgelehnt«, antwortete Grock.

»Gut, ich schwitze weiter, aber nur, wenn du mir endlich sagst, was los ist mit dir.«

Grock ging in Abwehrhaltung. Dass gar nichts los sei, konnte er schlechterdings nicht behaupten. Aber Privates war Privates.

»Und wenn du meinst, dass das deine Privatsache ist, das betrifft uns alle.« Als könne Dirk Gedanken lesen. War Grock momentan so leicht zu durchschauen?

»Ich weiß, ich war etwas unleidlich in letzter Zeit«, sagte er lahm.

»Unleidlich?«, polterte Dirk. »Du warst ein ausgemachter Kotzbrocken! Du machst deine Leute nieder, du bist nicht bei der Sache. Mensch, Stefan, weißt du, dass wir uns Sorgen machen?«

Grock wusste, dass Dirk recht hatte, und ließ es über sich ergehen.

»Lena?«, fragte Dirk.

Grock nickte. »Sie ist ausgezogen.«

Endlich war es heraus. Verblüfft konstatierte Grock, dass er sich das bisher selbst noch nicht so deutlich eingestanden hatte.

»Endgültig?«

»Ich weiß es nicht.«

»Was heißt das: Ich weiß es nicht?«

»Die Situation ist etwas unklar.«

»Dann solltest du sie klären.«

»Wenn das so einfach wäre.«

»Wenn du bei Lena genauso mauerst, ist es natürlich schwer.«

Was er sich heute anhören musste! Er erwog einen pflichtgemäßen Protest, aber dummerweise hatte Dirk so unrecht nicht. War das überhaupt ihr Problem?

»Glaubst du, dass es in einer Ehe den Punkt gibt, an dem man sich einfach nichts mehr zu sagen hat?«, fragte er.

»Immerhin besser, als eine Bratpfanne sprechen zu lassen.«

Dirk brachte wenigstens noch etwas Sarkasmus auf. Die Fälle mit der Bratpfanne und ähnlichen Geräten waren ihr täglich Brot, wo die Gefühle außer Kontrolle gerieten und sich Wut, Enttäuschung, Erniedrigung entluden. Ach ja, und nebenbei gab es da noch einen toten Geiger. Und einen toten Penner.

»Irgendwie haben wir uns auseinandergelebt«, brütete Grock vor sich hin. Es waren Phrasen, gewiss, aber Dirk erkannte, dass sie für Grock notwendig waren.

»Soll vorkommen«, sagte er trocken.

»Erst waren die Kinder da, und jetzt sind die Kinder weg...«

»Ihr braucht eine neue Basis.«

»Dirk, was soll ich tun?«

Dirk Petersen, der Eheberater? Vielleicht sollten sie das Gespräch lieber abends bei einem Bier fortsetzen? Vielleicht aber war es besser, diese leidige Sache hier im Büro nur anzutippen, statt sie endlos zu vertiefen. Ja, Dirk, was sollte er tun?

»Finde heraus, was du selbst willst. Alles Weitere ergibt sich dann.«

»Und was will Lena?«

»Sprich mit ihr darüber.«

Grock zog ein Gesicht, als hätte er Zahnschmerzen, und Dirk hob abwehrend die Hände. »Komm jetzt bloß nicht auf die Idee, dass ich mit Lena reden soll.«

Tatsächlich hatte Grock diesen Gedanken kurz gehabt.

»Nee, mein Lieber, das müsst ihr schon unter euch ausmachen.«

»Tut mir leid, dass ihr unter mir so leiden müsst«, sagte Grock.

»Vielleicht wären ein paar Entschuldigungen angebracht.«

»Schon gut, ja.«

»Nicht bei mir, ich halte das aus, und Toni auch. Aber bei Theresa. Das hat das Mädchen nicht verdient.«

Grocks Miene verdüsterte sich, und er begann sich wieder zu verschließen. Dirk beobachtete ihn und merkte es wohl, ließ es aber in Grock arbeiten.

»Theresa erinnert mich an Lena«, sagte Grock leise.

»Vielleicht auch in der Art, wie du sie behandelst?«

Grock seufzte. »Raus jetzt«, sagte er, aber es klang nicht wütend.

Dirk ging und lächelte vor sich hin. Wird schon wieder mit dem Grock.

Bei dem ging das Telefon. Der Rat zitierte ihn zum Rapport.

37

Unter dem hämischen Grinsen von Waltraud zog Grock Schuhe und Strümpfe aus. Wenigstens prüfte er seine Socken jetzt jeden Morgen genau. Er hätte nicht gedacht, dass der Rat jemals erzieherischen Einfluss auf ihn nehmen könnte. Mit kribbelnder Vorfreude begab er sich in den Olymp.
Der Rat erwartete ihn schon. »Gehen wir spazieren.« Schweigend glitten sie dahin wie Schlittschuhläufer.
»Nun?«, fragte der Rat schließlich. »Wie weit sind Sie? Dem Staatsanwalt ist langweilig, er will Ergebnisse sehen.«
»Er wird sich gedulden müssen.«
»Geduld gehört nicht zu den Fähigkeiten, die man dem Herrn Staatsanwalt nachsagen kann.«
»Loose hat erstaunlich oft bei den Gesellschaften der Kapfenbergers gespielt.«
»Dafür sind die Kapfenbergers berüchtigt, für diese Gesellschaften.«
»Aber auch dafür, dass sie sich nur mit großen Namen umgeben.«
»Und dazu zählte dieses Quartett nicht?«
»Ganz bestimmt nicht.«
»Immerhin war dieser Loose mal Erster Geiger.«
»Ein Erster Geiger ist kein Star. Waren Sie auch mal bei diesen Gesellschaften?«
»Da kennen Sie meine Frau schlecht. Die hat andere Vorstellungen von Gesellschaft. Sie ahnen ja nicht, mit welchem Genuss sie die Einladungen zurückgewiesen hat.«
»Was spricht man über die Kapfenbergers?«
»Schreckliche Leute. Emporkömmlinge. Nur Geld, kein Stil. Er ist zu laut, sie zu aufgespritzt. Ihre Brüste haben in den letzten Jahren an Umfang gewonnen.«
»Man kennt sich also doch näher.«
»Von Gelegenheiten, wo es kein Entrinnen gibt. Gelegentlich muss man sich auch einem aufreizenden Dekolleté

stellen. Den Chirurgen kann man übrigens weiterempfehlen, gute Arbeit.«

»Was hört man über die Ehe?«

»Den Gerüchten zufolge hat er keiner Versuchung widerstanden, aber das dürfte wohl Vergangenheit sein, der Mann ist Anfang siebzig. Von ihr weiß man nichts Konkretes. Entweder ist sie vorsichtig oder treu.«

»Könnten Sie nicht eine Einladung zur nächsten Gesellschaft arrangieren? Ich gehe an Ihrer Stelle.«

»Was versprechen Sie sich davon?«

»Frau Kapfenberger wird überrascht sein, wenn ich bei ihrer geheiligten Soiree auftauche. Und vielleicht nervös werden.«

»Sie wird noch mehr überrascht sein, wenn Sie mit einem Haftbefehl kommen.«

»Ich habe nichts gegen sie in der Hand außer vielen ungeklärten Fragen.«

»Dann suchen Sie nach den Antworten, Grock. Und glauben Sie mir: Sie überreden leichter den Staatsanwalt zu einem Haftbefehl als meine Frau dazu, eine Einladung der Kapfenbergers anzunehmen. Nein, schlagen Sie sich das aus dem Kopf. Und gehen Sie behutsam vor. Kapfenberger hat einigen Einfluss.«

Grock nickte. Behutsam vorzugehen war ja genau sein Ding.

»Ach, was anderes, Grock«, sagte der Rat. »Was glauben Sie, wie … ich weiß nicht, wie ich mich ausdrücken soll … also wenn man nicht nur mit nackten Füßen auf dem Teppich …«

»Fragen Sie Waltraud.«

»Waltraud, ja.«

Im Hinausgehen versuchte sich Grock vorzustellen, wie sich der Rat und Waltraud auf dem Teppich wälzten. Das überstieg seine Fantasie.

38

Diesmal wurde Grock gleich zur gnädigen Frau durchgestellt, doch die zierte sich erwartungsgemäß und sah nicht ein, weshalb sie ihn schon wieder empfangen sollte.

»Ich habe Ihnen doch schon alle Fragen beantwortet«, protestierte sie.

»Es gibt neue Erkenntnisse und deshalb auch neue Fragen«, entgegnete Grock. »Wir können gern auch einen Termin finden, der Ihrem Gatten genehm ist.«

Der Kommissar durfte kommen. Allerdings bekam er keine Gelegenheit, das Urteil des Rats über die Kompetenz des Schönheitschirurgen zu verifizieren, Frau Kapfenberger war sehr verschlossen, und das nicht nur kleidungsmäßig. Sie trug eine engsitzende weiße Sommerhose und eine locker fallende, cremefarbene Bluse, die nach Seide aussah.

Grock hatte keine Lust, lange um den heißen Brei herumzureden, egal, wie hochgestellt die Verbindungen Kapfenbergers sein mochten.

»Hatten Sie eine Affäre mit Peter Loose?«

Frau Kapfenberger fuhr auf. »Eine Unverschämtheit!«

»Jedenfalls kannten Sie ihn besser, als Sie mir weismachen wollten. Dafür gibt es Zeugen. Wie gut?«

Sie schwieg.

»Warum haben Sie mir nicht gesagt, dass Sie die Engagements des Quartetts beendet haben?«

»Weil es nichts zur Sache tut.«

»Das zu beurteilen müssen Sie schon mir überlassen. Vielleicht tut es ja doch etwas zur Sache. Loose war nämlich sehr aufgebracht deswegen. Genauer gesagt, war er stinksauer und hat Sie bedroht.«

»Was wollen Sie mir damit sagen? Dass ich mit dem Mordfall etwas zu tun habe? Dann müsste ja ich die Leiche sein, wenn er mich bedroht hat. Und wenn er so sauer auf mich war.«

»Man kann auch einer Bedrohung zuvorkommen.«
»Lächerlich!«

Grock zog den Geldumschlag, den sie bei Loose gefunden hatten, aus der Tasche seiner Jacke, die er extra dieses kleinen Coups wegen angezogen hatte. Allerdings lief er in den gut gekühlten Räumen der Villa Kapfenberger nicht Gefahr, darin zu verschmachten.

»Tausend Euro in einem Briefumschlag. Kann es sein, dass die Fingerabdrücke, die wir darauf gefunden haben, die Ihrigen sind?«

Sie schwieg.

»Am besten, Sie kommen jetzt mit mir aufs Präsidium, wir nehmen Ihnen die Fingerabdrücke und klären das. Ein Streifenwagen wird Sie dann wieder nach Hause bringen.«

»Dazu können Sie mich nicht zwingen!«

»Doch, das kann ich.«

Sie stand auf. Jetzt beschäftigt sie sich wieder mit den Getränken, dachte Grock, bis sie sich überlegt hat, was sie antworten soll. Aber als er sich umdrehte, stand sie am Fenster und sah in den Park hinaus. Grock wusste nicht, ob sich der Doktor auch an ihrem Hinterteil zu schaffen gemacht hatte, wenn, dann war das auf alle Fälle ebenso gute Arbeit.

Ohne sich umzudrehen, fragte sie: »Gibt es bei einem Polizeiverhör auch so etwas wie Verschwiegenheitspflicht?«

»Wenn es nichts mit der Sache zu tun hat, wird niemand etwas davon erfahren. Aber Sie haben natürlich das Recht, einen Anwalt hinzuziehen.«

»Dass mein Mann garantiert davon erfährt? Das darf auf keinen Fall geschehen, hören Sie?«

»Ich kann es Ihnen nicht garantieren.«

Sie ging zu dem Tisch mit den Flaschen und goss ein. Für Grock ein Wasser, für sich selbst einen Cognac, wie er sah. Mit beiden Gläsern in der Hand kam sie zurück und setzte sich wieder ihm gegenüber. Sie nippte an ihrem Glas und sagte nichts. Grock ließ ihr Zeit. Ein falsches Wort jetzt könnte alles verderben.

»Es stimmt«, sagte sie schließlich, »auf dem Umschlag werden vermutlich meine Fingerabdrücke sein. Und es stimmt auch, dass ich eine Affäre hatte, aber nicht mit diesem fiesen, schmierigen Loose, diese Unterstellung ist ja fast eine Beleidigung. Aber Loose hat es herausgefunden.«
»Wie?«
»Eine Unachtsamkeit von uns. Bei einer Veranstaltung, zu der wir eingeladen waren und Loose gespielt hat. Er hat uns sozusagen erwischt.«
»In flagranti?«
»Das nicht gerade, aber in einer eindeutigen Situation. Und er hat mich erpresst.«
»Ich kann Ihnen nicht ganz folgen. Wenn eine Affäre bekannt wird, ist das sicher unangenehm, aber das macht Sie noch lange nicht erpressbar.« Oder galt das nur für Könige und Präsidenten?
»Wir haben einen Ehevertrag. Im Falle einer Scheidung aus einem solchen Grund bekomme ich nichts. Mein Mann ist extrem eifersüchtig. Er nimmt sich zwar alle Freiheiten heraus, aber mich betrachtet er als sein persönliches Eigentum.«
Oder als eine Puppe, die man hübsch ausstaffiert und gelegentlich einer Generalüberholung unterzieht, dachte Grock.
»Sie sind unglücklich«, entfuhr es Grock, und er hätte sich ohrfeigen können dafür.
»Ich? Unglücklich?« Sie lachte, aber es klang gar nicht lustig. »Schauen Sie sich doch um! Ich habe alles, was ich brauche, ach was, ich habe mehr, als ich jemals brauchen werde. Aus der kleinen Kosmetikerin ist eine Frau geworden, die von allen umschmeichelt wird, weil sie von ihr eingeladen werden wollen. Wie sollte ich da unglücklich sein? Schon mal was vom goldenen Käfig gehört?«
Sie stürzte den restlichen Cognac hinunter, stand auf und goss nach. Wieder zeigte sie ihm ihre Rückansicht und sah zum Fenster hinaus.

»Wenn man jung und verliebt ist«, fuhr sie fort, »sieht man das natürlich nicht. Da sieht man nur die unendlichen Möglichkeiten, das Geld, den Glamour. Man denkt, die Wolke sieben bleibt für immer. Und man kommt schon gar nicht auf die Idee, dass der reiche Mann, der einen so charmant umworben hat, sich vielleicht nur einen straffen Körper eingekauft hat. Und dass dieser Körper nicht ewig straff bleiben wird. Eine Affäre anzufangen war natürlich ein Riesenblödsinn, aber manchmal geschieht etwas, gegen das man sich nicht wehren kann. Eine plötzliche Aufwallung von Gefühlen, die man nicht unter Kontrolle hat.«

Sie drehte sich um, in ihren Augen standen Tränen. »Sie sind ein guter Zuhörer, wissen Sie das?«

Grock konnte nicht entscheiden, ob er gerade einen ungewollten Gefühlsausbruch erlebte oder Zeuge einer kalt geplanten Inszenierung wurde. Sein professionelles Misstrauen riet ihm zur Inszenierung.

Ihr Glas war leer, sie füllte nach.

»Sie sollten nicht so viel trinken«, sagte Grock leise. »Es hilft nicht.«

Sie sah ihn an, als hätte er ihr ein unsittliches Angebot gemacht, und griff dann doch zum Cognac.

»Loose hat von Ihrer Situation gewusst?«, fragte Grock.

»Ganz sicher nicht. Aber er hat wohl die richtigen Schlüsse gezogen. Ich habe etwas panisch reagiert.«

»Wie hat er sie erpresst? Was wollte er?«

»Ob Sie's glauben oder nicht, er wollte Sex. Dieser alte Sack! Das habe ich ihm ausreden können. Stattdessen habe ich ihm Auftritte bei unseren Gesellschaften angeboten, und das war ihm offenbar noch wichtiger. Auftritte bei den Kapfenbergers, das war für sein armseliges Quartett wie ein Ritterschlag.«

»Und weiter?«

»Es war ziemlich mühsam, meinen Mann davon zu überzeugen, er duldet sonst nur große Namen bei unseren Gesellschaften. Irgendwer muss dann auch mal eine Bemerkung gemacht haben, und damit war es vorbei mit dem Loose-Quartett, ich hatte keine Chance, meinen Mann umzustimmen. Das habe ich Loose an jenem Abend gesagt und ihm die tausend Euro gegeben. Gewissermaßen als Entschädigung. Übrigens hatte ich die Affäre zu diesem Zeitpunkt schon beendet. Die Vernunft hatte gesiegt.«

»Erpressungen hören normalerweise nie auf, es sei denn, man bringt den Erpresser zum Schweigen.«

»Ich weiß, was Sie damit sagen wollen, aber ich habe mit Looses Tod nichts zu tun. Wie gesagt, die Sache war vorbei, Loose hatte keinen Ansatzpunkt mehr.«

Und trotzdem hätte Loose ihr das Leben schwer machen können, und das wusste Frau Kapfenberger genau. Grock stand vor einer schweren Entscheidung. Das schrie nach der ganz großen Oper, die Spurensicherung durchs Haus jagen, die Nachbarn befragen, das volle Programm, doch das wäre nur eine hämische Demonstration der Macht. Er war sich sicher, dass sie nichts finden würden. Sollte Anita Kapfenberger Loose tatsächlich umgebracht haben, dann bestimmt nicht in ihrem eigenen Haus. Mochte sie mitunter auch von ihren Gefühlen überwältigt werden, so hielt er sie doch für eine berechnende Frau. Auch, was die Wahl ihres Gatten anbelangte.

»Kann es sein, dass Sie für den Abend des 16. Juni doch ein Alibi haben? Vielleicht für die ganze Nacht?«

»Ich möchte niemanden hineinziehen.«

Grock überlegte. Er könnte sie etwas drangsalieren, aber das wäre nur billig. Die Aussage eines Partners, auch eines nur zeitweiligen, war nicht viel wert.

»Ich kann Ihnen den Gang aufs Präsidium nicht ersparen«, sagte er. »Protokoll aufnehmen, Fingerabdrücke.«

»Kann man das diskret handhaben?«

»Sofern Sie sich nicht klammheimlich absetzen – ja.«

»Dann glauben Sie mir also?«

»Noch nicht«, sagte Grock.

39

Grock hatte von Frau Kapfenberger und deren Eskapaden berichtet, in etwas gereinigter Form, ohne die Erfolge des Schönheitschirurgen, und skeptische Blicke geerntet.

»Für mich sieht das nach der ersten richtigen Spur aus, die wir haben«, sagte Toni. »Du hättest sie härter anfassen sollen. Verhör im Präsidium, das ganze Brimborium.«

Theresa pflichtete ihm bei. »Die Kapfenberger hat alles zu verlieren. Für sie ist der Zug abgefahren. In ihrem Alter findet sie keinen reichen Ehemann mehr.«

»Das müsst doch mindestens für eine Hausdurchsuchung reichen«, sagte Toni.

Dirk mischte sich ein. »Das kriegen wir nicht durch. Zu hoher Promifaktor.«

»Der Staatsanwalt ist ehrgeizig.«

»Aber nur, solange er sich garantiert nicht die Finger verbrennt. Der hat doch panische Angst, sich zu blamieren.«

Grock sagte: »Toni hat recht, das ist die erste brauchbare Spur, aber mir ist sie zu vage. Wir dürfen uns nicht an einen Strohhalm klammern, nur weil wir bisher nichts anderes haben.«

»Also, an die Arbeit, Kollegen«, sagte Toni und stand auf. Die anderen folgten ihm.

Grock drehte seinen Stuhl und schaute aus dem Fenster. Die Sonne knallte, aber es zogen Wolken auf. Wird wieder schwül werden heute.

Grock dachte an alles Mögliche, nur nicht an Peter Loose und die Kapfenberger oder sonst wen, als Toni hereinstürmte. Grock wollte unwirsch auffahren, besann sich aber eines Besseren. Dirk hatte ihm den Kopf gründlich genug gewaschen, dass es einige Zeit anhielt.

Er versuchte ein gelassenes Lächeln, das freilich etwas krampfhaft geriet.

»Stefan, du musst kommen. Ich habe was entdeckt. Auf den Tonbändern.«

Sie alle trafen sich in einem Nebenraum, wohin sie Toni mit den Tonbändern verbannt hatten. Stundenlang Geigenspiel, das war schwer zu ertragen.

»Also«, berichtete Toni, »ich habe mir jetzt ungefähr zehn Stunden lang angehört, wie ein Geiger übt, und für die nächsten zehn Jahre bin ich für Geigenkonzerte verdorben. Wenn ihr mich ärgern wollt, schenkt mir eine CD von André Rieu zum Geburtstag.«

»Toni, ich stehe in deiner Schuld«, sagte Grock.

Dirk horchte auf. Das war schon fast wieder der alte Grock, wenn er auch noch etwas angestrengt wirkte. An Tonis Miene sah er, dass der das auch registriert hatte.

»Auf neun Bändern ist tatsächlich nur Looses Geigenspiel«, fuhr Toni fort. »Interessant ist das letzte Band, das noch im Kassettendeck war. Am Anfang ist auch nur die Geige, und dann hört euch das mal an.«

Sie hörten Looses Geige, dann eine Türklingel. Das Spiel brach ab, Schritte. In der Ferne gedämpfte Stimmen. Eine Uhr schlug. Sie zählten unwillkürlich mit: zehn Mal. Dann ein Geräusch, das man als das Zuschlagen einer Tür interpretieren konnte. Dann Stille.

»Ich sehe das so: Jemand klingelt an Looses Tür, Loose macht auf ...«

Theresa unterbrach Toni: »Wieso kann er die Türklingel hören? Sein Musikzimmer ist isoliert.«

»Guter Einwand, Frau Wimmer«, sagte Grock. Heute Morgen überschüttete er sie alle ja geradezu mit Lob.

»Eine zweite Klingel im Zimmer«, vermutete Dirk. »Das müssen wir überprüfen.«

»Gut, Loose macht also auf und geht mit dem Besucher weg«, fuhr Toni fort. »Woraus wir schließen, dass er erstens den Besucher kannte, denn mit einem Fremden würde er wohl kaum weggehen, und dass es zweitens ein ziemlich überstürzter Aufbruch gewesen sein muss, denn er hat das

Tonband nicht abgestellt. Es lief durch bis zum Ende, bis es sich von selbst abgestellt hat. So habt ihr's doch gefunden, nicht wahr, Stefan?«

Grock nickte. »Ja, ich habe es dann zurückgespult und mir den Anfang angehört.«

»Ist gar nichts mehr drauf, nachdem Loose weggegangen war?«, fragte Theresa.

»Ganz leise atmosphärische Geräusche und üblicher Stadtlärm, auch ganz leise. Außerdem schlägt die Uhr noch Viertel und Halb«, sagte Toni. »Die Tür zu Looses Musikzimmer muss offen gewesen sein. War sie offen?«

Toni schaute Grock und Theresa an, Grock blickte fragend zu Theresa. Die überlegte. »Ich glaube ja. Aber ich könnte es nicht beschwören.«

»Sie war offen«, sagte Grock.

»Deine zweite Schlussfolgerung mit dem überstürzten Aufbruch teile ich«, sagte Dirk. »Dass der Besucher ein Bekannter war, ist naheliegend, muss aber nicht so sein.«

»Was sonst könnte Loose zu einem überstürzten Aufbruch veranlasst haben?«, entgegnete Toni.

»Angenommen, vor deiner Tür steht einer, sagt, er ist ein Arbeitskollege deines Vaters und dein Vater hat einen Arbeitsunfall gehabt – was machst du?«

»Einverstanden, das wäre eine Möglichkeit«, gab Toni zu. »Hinterher würde ich mich vielleicht wundern, warum nicht jemand angerufen hat oder so, aber in dem Moment würde ich wahrscheinlich nur losrennen.«

»Halten wir also fest: Jemand lockt Loose aus seiner Wohnung«, fasste Grock zusammen. »Gehen wir als Arbeitshypothese mal davon aus, dass es ein Bekannter war. Die andere Möglichkeit sollten wir aber trotzdem im Auge behalten. Und wir wissen, wann das war, nämlich um zehn Uhr.«

»Morgens oder abends?«, fragte Dirk.

Tja, die Antwort darauf ließ sich aus den Glockenschlägen nicht ableiten.

»Was ist mit der Geige?«, fragte Theresa.

Alle sahen sie an.

»Welche Geige?«, fragte Toni.

»Loose hat gespielt, als es klingelte«, erläuterte Theresa. »Er muss Geige und Bogen irgendwo hingelegt haben, entweder schon, als er zur Tür ging, spätestens aber, als er die Wohnung verließ. Ich glaube kaum, dass er mit der Geige in der Hand auf die Straße ging. Er kann sie aber auch nicht in einen Geigenkasten gelegt haben, denn das hätten wir auf dem Tonband gehört. Also hätte die Geige irgendwo in der Wohnung liegen müssen, es lag aber keine da.«

Alle schauten sich gegenseitig an. Verblüfft.

»Na, die Kleine zeigt's uns«, grinste Toni. »Ich ziehe den Hut, Theresa!«

»In der Tat«, meinte Grock, und Dirk nickte.

Eigentlich hätte sich Theresa über das allgemeine Lob freuen müssen, aber die Kleine nahm sie Toni übel. Sie musste diesem italienischen Macho mal gründlich die Leviten lesen.

»Also muss später jemand in der Wohnung gewesen sein, der die Geige entweder aufgeräumt oder mitgenommen hat. Möglicherweise der Mörder«, sagte Dirk.

»Die Schwiegertochter?«, fragte Toni.

»Kaum anzunehmen«, antwortete Theresa. »So, wie ihre Wohnung aussieht, ist sie kein großer Ordnungsfanatiker. Weshalb sollte sie dann ausgerechnet in der Wohnung ihres Schwiegervaters aufräumen?«

»Nur mal fürs Protokoll«, warf Grock ein. »Loose selbst könnte zurückgekommen sein und die Geige weggeräumt haben. Wir wissen nicht mit Sicherheit, wann die Aufnahme gemacht worden ist. Sie könnte genauso gut Tage vor dem Mord entstanden sein.«

»Fürs Protokoll angenommen, aber wenig wahrscheinlich«, konterte Dirk. »Wie ihr Loose geschildert habt, war er von seiner Musik besessen und ein Perfektionist. Er hat bestimmt jede Minute geübt. Schließlich stand ein Konzert bevor.«

»War die Stereoanlage noch angeschaltet?«, fragte Toni. Grock nickte. »Definitiv ja.«

»Dann ist Loose nicht mehr zurückgekommen. Und mit hoher Wahrscheinlichkeit ist derjenige, der ihn abgeholt hat, sein Mörder«, sagte Toni.

»Vielleicht kann die Technik was aus dem Band herausholen«, überlegte Grock.

»Schon passiert«, sagte Toni. »Zwei männliche Stimmen, mehr kann man nicht sagen. Zu gedämpft. Es ist unmöglich, herauszufinden, was gesagt wurde. Sie fummeln weiter dran herum, haben aber wenig Hoffnung. Vielleicht reicht es zu einem Stimmenabgleich, wenn wir Vergleichsmaterial haben.«

»Wenn es zwei männliche Stimmen sind«, sagte Theresa, »dann scheiden sowohl die Overmann wie auch die Kapfenberger aus.«

»Zumindest waren es nicht sie, mit denen Loose gesprochen hat«, entgegnete Toni. »Sie könnten trotzdem dabei gewesen sein. Wenn eine von den beiden Frauen Loose umgebracht hat, dann hatte sie bestimmt einen Helfer. Eine Leiche aus- und wieder anzuziehen und durch die Gegend zu schleppen erfordert einigen Kraftaufwand.«

»Die Overmann sieht recht kräftig aus«, sagte Theresa. »Die könnte das packen.«

»Und die Kapfenberger? Die hält sich doch garantiert im Sportstudio fit. Welchen Eindruck hat sie auf dich gemacht, Stefan?«

»Ich habe sie nicht im Bikini gesehen«, sagte Grock.

Toni grinste. »Zu deinem allergrößten Bedauern, nehme ich an.«

Theresa verdrehte die Augen. Männer! Grock warf Toni einen bösen Blick zu und sagte: »Gehen wir mal von folgender These aus. Loose wird von seinem Mörder abgeholt. Der Mörder kehrt später zurück und räumt die Geige auf. Oder nimmt sie mit.«

»Warum sollte er das tun?«, fragte Theresa.

»Die Antwort darauf führt uns zum Mörder«, antwortete Grock.

Das Timing hätte nicht besser sein können: Grocks Handy klingelte. Es war Felix Ramsauer.

»Entschuldigen Sie, dass ich nicht eher zurückgerufen habe«, sagte Ramsauer. »Wir hatten gestern Abend ein Konzert, und es ist spät geworden.«

»Schon recht«, sagte Grock. Eigentlich war es ihm um die Kapfenberger-Konzerte gegangen, aber jetzt war etwas Dringlicheres in den Fokus geraten. »Sie kennen doch Looses Wohnung?«

»Ich war einige Male dort, ja.«

»Würden Sie sie bitte mit mir zusammen anschauen?«, fragte Grock.

»Warum?«

»Es gibt Gründe.«

Ramsauer sträubte sich etwas, ließ sich aber schließlich von Grock überreden.

40

Grock und Theresa warteten vor dem Haus auf Ramsauer. Theresa winkte Frau Häfele zu, die am offenen Fenster lehnte und sie ungeniert beobachtete.

Als Ramsauer kam, gingen sie gemeinsam hinauf. Grock prüfte das Siegel, es war unversehrt.

Es roch abgestanden, Theresa öffnete als Erstes die Fenster.

»Und was soll ich jetzt hier?«, fragte Ramsauer, noch nicht überzeugt von der Notwendigkeit seiner Anwesenheit.

»Schauen Sie sich einfach um«, bat Grock. »Ob Ihnen irgendetwas auffällt.«

Behutsam dirigierte Grock Ramsauer. Bad, Küche, Schlafzimmer.

»Da brauche ich gar nicht hineinzuschauen«, sagte Ramsauer. »In Looses Schlafzimmer war ich nie.«

Wohnzimmer, dann das Musikzimmer.

Ramsauer, bisher eher gelangweilt, wurde plötzlich munter. »Eine Geige fehlt«, verkündete er.

Grock und Theresa schauten sich an, Theresa mit stillem Triumph. Grock nickte ihr anerkennend zu. Gut gemacht, Mädchen, du hast die richtigen Schlüsse gezogen.

Ramsauer stürzte sich geradezu auf die zwei Geigenkästen, die an der Wand lehnten, und öffnete sie.

»Die Stradivari fehlt«, sagte er.

»Die Stradivari?« Grock war ehrlich verblüfft.

»Keine echte natürlich«, sagte Ramsauer, »wir haben sie nur so genannt, weil Peter es arg wichtig hatte mit ihr.«

Grock fiel ein, dass auch Fellner von einer wertvollen Geige gesprochen hatte. Aber Fellner hatte Loose nicht ernst genommen, weil er den für einen Angeber hielt, und Grock hatte Fellner nicht ernst genommen, weil dieser Griesgram alles madig machte.

»Wissen Sie, was das für eine Geige war?«, fragte er.

»Klar, Peter hat es uns oft genug gesagt. Eine Pietro Guarneri, Venedig, 18. Jahrhundert.«

»Wertvoll?«

»Schon. Peter hat 40 000 Euro dafür bezahlt.«

»Ziemlich viel Geld für einen Orchestermusiker«, sagte Grock.

»Peter hat die Lebensversicherung seiner Frau dafür verwendet. Es war ein Traum von ihm, mal eine alte Geige von einem renommierten Geigenbauer zu haben.«

»Nur zu haben oder auch zu spielen?«

»Im Orchester hat er sie nie benutzt, aber in unserem Quartett immer. Und er hat auch zu Hause fast nur mit ihr gespielt, soweit ich weiß.«

»Ist dieser Guarneri ein berühmter Geigenbauer?«

»Es gibt berühmtere, aber die haben natürlich ihren Preis. Eine Stradivari ist drei Millionen wert oder noch mehr. Und die Geigen von Guarneri del Gesù, dem Bruder von Pietro, stehen einer Stradivari in nichts nach. Paganini hat eine Guarneri del Gesù gespielt.«

Theresa hatte in der Zwischenzeit ihr Smartphone aus der Handtasche gezogen und darauf herumgewischt. »Wikipedia. Pietro Guarneri, 1695 bis 1762. Der letzte bedeutende Geigenbauer aus der Familie Guarneri.« Jetzt wusste Grock endlich, dass dieses komische Gerät, das Theresa dauernd mit sich herumschleppte, auch einen Sinn haben konnte.

»War Looses Geige ihr Geld wert?«, fragte er.

»Wie will man das beurteilen? Alte Geigen sind ein Mythos, und dieser Mythos macht vor allem ihren Wert aus und ihren Preis. Guarneri beispielsweise war seinerzeit keineswegs eine so berühmte Werkstatt wie heute. Das hat sich erst geändert, als Paganini eine ihrer Geigen gespielt hat.«

»Alte Geigen sollen besser klingen, sagt man.«

»Aber tun sie das wirklich? Sie klingen anders, ja. Holz verändert sich im Lauf der Jahrhunderte, es verliert an Elastizität, dadurch ändern sich die Schwingungen, dadurch ändert sich der Ton.«

Ramsauer griff sich eine der Geigen und fing an zu spielen. Grock erkannte das Mozart-Quartett, dessen Noten noch auf dem Notenständer in Looses Zimmer standen. Zufall, dass er gerade dieses Stück spielte?

»Ob eine alte Geige besser klingt als eine neue, ist auch eine Geschmacksfrage«, sagte Ramsauer. »Alte Geigen werden von vielen als süßlich empfunden, und nicht jeder mag das. Und außerdem ist es ein Unterschied, was der Musiker hört und was das Publikum. Der Musiker hat die Geige direkt am Ohr, da klingt sie anders als in der Entfernung. Erst kürzlich gab es eine Studie, da haben renommierte Solisten verschiedene Geigen gespielt, darunter Stradivaris und neue Geigen. In einem Blindtest, keiner wusste also, welche Instrumente er hatte. Das Ergebnis war ziemlich eindeutig: Die meisten Kollegen zogen eine neue einer alten Geige vor.«

Theresa, die bisher zugehört und beobachtet hatte, mischte sich ein. »Gibt es nicht auch Einspielungen mit historischen Instrumenten?«, fragte sie.

»Gibt es, ja«, antwortete Ramsauer. »Aber was wollen Sie damit bezwecken? Damit wird vorgegaukelt, dass es klingt wie anno dazumal, als Vivaldi das Stück geschrieben und Paganini es gespielt hat. Humbug! Bedenken Sie, dass Paganinis Guarneri damals ein neues Instrument war.«

»Sie haben wohl was gegen alte Geigen?«, fragte Theresa.

»Das ist nur der Neid der Besitzlosen«, lachte Ramsauer. »Nein, im Ernst, natürlich sind solche historischen Instrumente zunächst einfach mal schön. Und das Bewusstsein, dass eine Geige in einer berühmten Werkstatt entstanden ist, dass vielleicht einer der Großen der Zunft darauf gespielt hat, das hat schon was. Das ist eben genau der Mythos, der eine Stradivari wertvoll macht. Aber man sollte auf dem Teppich bleiben und historische Instrumente nicht zu hoch hängen. Und vergessen Sie eines nicht: Eine Stradivari heute ist längst keine originale Stradivari mehr. Die ist im Laufe der Zeit so oft repariert worden, dass vom Original nicht mehr viel übrig ist.«

Theresa blieb hartnäckig: »Warum schwärmen die großen Geiger dann so von ihren Stradivaris?«

»Was würden Sie sagen, wenn Sie Hunderttausende oder gar Millionen für Ihre Geige bezahlt haben? Alles nur Schrott? Außerdem haben die Besitzer natürlich ein ureigenes Interesse daran, den Preis ihrer Geige hochzuhalten, schließlich haben sie viel Geld dafür bezahlt.«

»Alles nur Täuschung also?«, fragte Theresa.

»Alte Geigen sind ein Spekulationsmarkt wie Kunstobjekte«, antwortete Ramsauer, »mit bemerkenswerten Renditen übrigens, wenn Sie hoch genug einsteigen und viel riskieren.«

»Sie kennen sich ja gut aus«, sagte Theresa.

»In Musikerkreisen wird über so etwas natürlich geredet. Schon deshalb, weil man den Stars ihre teuren Instrumente neidet. Und weil es ein paar Traumtänzer gibt, die tatsächlich glauben, sie könnten genauso gut spielen, wenn sie nur die richtige Geige hätten. Ich habe mich mit dem Thema etwas intensiver beschäftigt, als Peter uns seine Geige präsentierte. Reine Neugier.«

»Ist es eigentlich schwer, an eine alte Geige zu kommen?«

»Kommt drauf an, wie alt und welche. Es gibt nun mal nur eine endliche Zahl von Amatis oder Stradivaris, also muss man auf die Geigenbauer in der zweiten oder dritten Reihe ausweichen und die hochjubeln und wertvoll machen. Und dann ist natürlich immer noch die Frage, ob es sich tatsächlich um eine echte Antiquität handelt oder nur um eine Kopie.«

Nun mischte sich Grock wieder ein: »War Looses Geige echt?«

Ramsauer zuckte die Schultern. »Wer kann das schon so genau wissen? Sie hatte einen Zettel und ein Gutachten, aber was besagt das schon? Auf dem Geigenmarkt fliegen immer mal wieder Fälschungen auf.«

»Was ist ein Zettel?«

»Die Geigenbauer kleben in ihre Instrumente Zettel mit Namen und Datum. Wenn es nur nach dem Zettel ginge, gäbe es tausende von Stradivaris. Da haben sich halt Geigenbauer mit dem berühmten Namen geschmückt oder wollten darauf hinweisen, dass ihre Geige einem Stradivari-Modell nachempfunden ist. Der Zettel allein ist also noch kein Echtheitsbeweis.«

»Und ein Gutachten?«

»Es gibt da eine Geschichte von Geigenbauern aus England, die Brüder Voller. Die haben eine Stradivari nachgebaut und sie ausdrücklich als Kopie verkauft. Und eines Tages taucht nun genau diese Geige wieder auf als echte Stradivari. Mit Gutachten von namhaften Experten. So viel zu den Gutachten. Nicht jeder Experte ist auch einer, und für einen Händler mit genügend krimineller Energie ist es kein Problem, eine Kopie zum Original zu machen.«

»Diese Fälschung ist aber aufgeflogen.«
»Ist auch ziemlich dumm, so was mit einer Stradivari zu versuchen. Die noch erhaltenen Stradivaris sind seit gut hundertfünfzig Jahren registriert, da ist genau festgehalten, wer die Besitzer waren und wo die Geigen hingegangen sind. Aber das ist die Champions League. In der Klasse von Looses Geige ist das nicht so einfach. Die Geigen sind von Hand zu Hand gegangen, das lässt sich meist nicht mehr eindeutig zurückverfolgen.«
»War Loose überzeugt davon, dass seine Geige echt war?«
Ramsauer nickte. »Ich denke schon. Aber ich glaube, ihm sind Zweifel gekommen, ob das wirklich so eine gute Geldanlage war.«
»Woraus schließen Sie das?«
»Er hat natürlich seine Guarneri immer in den höchsten Tönen gelobt. Aber in der letzten Zeit ließ er hin und wieder mal Bemerkungen fallen, die nicht mehr so euphorisch klangen. Vielleicht hat er sich von der Geige mehr versprochen, als sie dann tatsächlich gehalten hat. So genau hat er sich nicht ausgedrückt. Wie ich vorhin schon sagte, man will ja nicht zugeben, dass die Rieseninvestition ein Fehler war.«
»Wo kauft man alte Geigen?«
»Die ganz großen Kaliber sind ein geschlossener Markt, es gibt nur wenige Händler, die damit zu tun haben. Höchstens, dass mal eine bei Sotheby's auftaucht. Und die anderen? Spezialisierte Händler, Auktionen.«
»Woher hatte Loose seine?«
»Von Muggler.«
»Dem Musikalienhändler?«
»Richtig, der hat sie ihm besorgt. Aber woher der sie nun hatte, weiß ich nicht. Vielleicht von einem anderen Händler oder bei einer Auktion ersteigert.«
»Tja«, sagte Theresa, »und nun ist sie weg.«
Ramsauer seufzte. »Schade. Er wollte sie mir vererben.« Dann ging ihm auf, was er gesagt hatte. Erschrocken sagte

er: »O Gott, das war jetzt eine dumme Bemerkung. Bin ich jetzt ein Tatverdächtiger?«

Grock lächelte. »Deswegen nicht. Aber da Sie's schon mal angesprochen haben: Haben Sie die Geige gestohlen? Haben Sie Loose umgebracht?«

Ramsauer hob abwehrend die Hände. »Um Himmels willen, nein, weder noch. Warum hätte ich das tun sollen?«

»Weil es um eine wertvolle Geige geht. Um einen Mythos.«

»Hören Sie, Peter war ja nun nicht gerade ein intimer Freund von mir, aber wegen so etwas bringe ich doch keinen Kollegen um. Und meinen Ausführungen haben Sie vielleicht entnehmen können, dass ich alten Geigen etwas skeptisch gegenüberstehe. Eine neue in der Preisklasse wäre mir lieber.«

»Hätten Sie sich leisten können, wenn Sie Looses Schmuckstück verkauft hätten.«

Ramsauer kam ins Schwitzen. »Glauben Sie mir, selbst wenn ich das Geld hätte, würde ich mir keine so teure Geige kaufen. Wozu? Deswegen spiele ich auch nicht besser.«

»Weshalb kaufen sich manche einen Maserati, obwohl sie mit einem Golf genauso von A nach B kommen?«

»Ich wüsste mit dem Geld etwas Besseres anzufangen.« Er stutzte. »Jetzt habe ich schon wieder was Dummes gesagt, oder?«

Grock lächelte. »Da wir gerade dabei sind – habe ich Sie eigentlich schon gefragt, was Sie am 16. Juni gemacht haben.«

»War das der Tag, an dem Peter …?«

Grock nickte.

»Das weiß ich auswendig nicht, da müsste ich nachschauen.«

»Am Abend zuvor hatten Sie einen Auftritt bei den Kapfenbergers, wenn das Ihrem Gedächtnis auf die Sprünge hilft.«

»Tut es in der Tat. Am 16. Juni hatten wir ein Konzert in der Liederhalle. Das weiß ich deshalb so genau, weil es dabei … Ach, das ist ja jetzt egal. Zweitausend Zeugen also.«

Bis vielleicht gegen 22 Uhr, dachte Grock. Und danach? »Warum haben Sie mir nicht gesagt, dass dies Ihr letzter Auftritt bei den Kapfenbergers gewesen ist?«, fragte er stattdessen.

»Die nächsten zwei sind fest gebucht, Termine habe ich jetzt nicht im Kopf.«

»Alle weiteren Termine sind gestrichen.«

»Wer sagt das?«

»Fellner. Und dem hat es Loose gesagt, dem das wiederum nach Ihrem Auftritt mitgeteilt wurde.«

»Jetzt bin ich aber überrascht. Davon wusste ich gar nichts. Aber warum denn? Hat einer von uns silberne Löffel geklaut? Gut, da kann man nichts machen. Schade nur um das Buffet.«

»Loose hat Sie nicht informiert?«

»Nein. Vielleicht hat er mich nicht erreicht, bevor er … Obwohl ich eigentlich den ganzen Tag zu Hause war.«

»Wusste eigentlich die Schwiegertochter von der Geige?«

»Ich denke schon«, sagte Ramsauer, »Sie war ja sein ein und alles. Er hat jedem davon erzählt.«

Theresa deutete auf die Geige, die Ramsauer immer noch in Händen hielt. »Was kostet eine ganz normale Geige wie diese?«, fragte sie.

»Es ist die Frage, was Sie unter ganz normal verstehen. Es gibt auch heute renommierte Geigenbauer, die für ein Exemplar 20 000 Euro verlangen, und das ist dann bestimmt besser als so manche alte Violine. Aber diese hier? Vielleicht 5000.«

»Darf ich mal?«, fragte Grock und klemmte sich die Geige unter das Kinn. Mit dem Bogen strich er über die Saiten. Entsetzliche Geräusche.

Er versuchte es noch einmal, hielt den Bogen anders. Gar nicht so einfach, aus der Geige einen Ton herauszubringen.

Ramsauer lachte. »Bis zum Ersten Geiger haben Sie noch einen langen Weg vor sich.«

Er nahm sich die andere Geige und zeigte Grock, wie man den Bogen hielt. Ein klarer, heller Ton schwang durch das

Zimmer. Grock nahm noch einmal einen Anlauf, seine Geige krächzte.

Ramsauer fing an zu spielen.

»Schön«, sagte Grock, als Ramsauer geendet hatte.

»Wenn Sie wollen, gebe ich Ihnen Unterricht«, sagte Ramsauer.

Grock hob abwehrend die Hände.

Obwohl, warum eigentlich nicht? Wenn er schon dabei war, sein Leben neu zu ordnen, warum dann nicht auch Geige lernen? Darüber musste er mal nachdenken.

41

Als sie wieder vor dem Haus standen und sich von Ramsauer verabschiedet hatten, fragte Theresa: »Was machen wir jetzt?«

Frau Häfele äugte immer noch und war sicher maßlos enttäuscht, dass sich nichts Spektakuläres ereignet hatte.

Theresa winkte ihr abermals freundlich zu, zögerlich winkte Frau Häfele zurück.

»Mittagessen«, entschied Grock.

Theresa wurde mulmig bei der Aussicht, mit ihrem griesgrämigen Chef Konversation machen zu müssen, obschon er heute etwas zugänglicher schien. Sie überlegte, ob sie eine Diät oder eine Magenverstimmung vortäuschen sollte, doch das wäre zu durchsichtig gewesen, und sie wollte Grock nicht unnötig provozieren. Also ergab sie sich in ihr Schicksal.

Da Grock hier kein Lokal kannte und auf Experimente mit ungewissem Ausgang nicht erpicht war, fuhren sie hinüber nach Bad Cannstatt und gingen zum *Zaiß* beim Erbsenbrunnen.

Sie setzten sich an einen der Tische.

»Schon mal hier gewesen?«, fragte Grock.

Theresa verneinte.

»Traditionsweinstube, mit eigenem Wein natürlich.«

Grock bestellte einen Rostbraten und einen Trollinger vom Fass, Theresa begnügte sich mit einem Salat und einem Apfelsaft. Das Mädle musste das Genießen noch lernen, dachte Grock.

Sie machten Konversation, bis die Getränke kamen. Das Gespräch war zäh und mühevoll, wie es Theresa befürchtet hatte.

Grock schlürfte einen Schluck Trollinger. Jetzt sah die Welt doch gleich anders aus. Noch ein Schluck, er musste sich Mut machen. So ganz fühlte er sich noch nicht gewappnet, also ein weiterer Schluck.

Grock druckste herum: »Also ... Theresa ... Frau Wimmer ... ich muss Ihnen was sagen ... ich möchte mich entschuldigen.«

Nun war es heraus, nach langem Anlauf. Er wusste nicht, ob das richtig war, was er jetzt tat, aber egal, es konnte nicht mehr so weitergehen, das war ihm klar geworden. Ich lasse es einfach mal laufen.

Theresa war baff. Sie hatte alles Mögliche erwartet, aber nicht das. Sie sagte nichts.

»Ich war in letzter Zeit unmöglich zu Ihnen. Ich habe Sie ungerecht behandelt, ich habe sie ungerechtfertigt angefahren, ich war ...«

Er brach ab und starrte in seinen Trollinger. Es fiel ihm schwer. Theresa schaute ihn an.

Ein Schluck, nächster Anlauf.

»Es hat nichts mit Ihnen zu tun. Sie sind schon in Ordnung. Sie machen Ihre Arbeit gut, und auch sonst ...«

Theresa sagte immer noch nichts.

Ein Schluck Trollinger, nächste Etappe.

»Wie gesagt, es liegt nicht an Ihnen. Ich habe ... private Probleme, und ...«

Was sollte das jetzt werden? Die große Tränennummer?

»Also nochmals, Entschuldigung ...«

Theresa wusste nicht, was sie sagen sollte.

»Herrgott, nun sagen Sie doch auch mal was«, grummelte Grock.

Schwierige Situation jetzt. Wie sollte sie reagieren? Konnte sein, dass alles, was sie sagte, das Falsche war. Sie hatte noch nicht gelernt, mit Grock umzugehen, aber erinnerte sich an einiges, was Toni über ihn gesagt hatte.

»Ego te absolvo«, versuchte sie es.

Das war offenbar der richtige Ton. Grock, obschon nicht katholisch aufgewachsen, verstand. Und grinste. So war's recht. Kein langes Drumherumreden, keine abgelutschten Phrasen, sondern ein bisschen Ironie.

»Also dann! Und Danke«, sagte er. Sie stießen an, Trollinger mit Apfelsaft. »Und außerdem, ich bin der Stefan.«

Theresa wusste nicht, wie ihr geschah. »Theresa«, sagte sie automatisch. »Aber das ist ja wohl bekannt«, fügte sie hinzu.

Grock grinste schon wieder, auf eine spitzbübische Weise. Theresa war dabei, ihren Chef von einer ganz anderen Seite kennen zu lernen.

»Jetzt müssen wir noch einmal anstoßen«, sagte Grock, »aber das geht nicht mit Apfelsaft.« Und bestellte ihr ebenfalls einen Trollinger.

Theresa wollte abwehren. »Kein Alkohol während der Dienstzeit«, protestierte sie schwach.

Grock wischte das beiseite. »Trollinger ist in Schwaben kein Alkohol, das ist ein Grundnahrungsmittel.«

Als ihr Wein kam: »So, und jetzt noch einmal ganz offiziell.«

»Richtig mit Küsschen und so?«, fragte Theresa etwas kokett.

Grock lachte. »Das will ich dir nicht antun. Du hast schon genug aushalten müssen mit mir.«

Nun war Theresa also in den Kreis aufgenommen. In ihr schwappten die Gefühle hoch, sie war stolz auf sich, als habe sie eine Eroberung gemacht. Sie genoss sogar den ungewohnten Wein am Mittag, es war, als schwebte sie über den Niederungen des Alltags.

»Und jetzt kein Wort mehr über das alles«, sagte sie in ihrem Hochgefühl.

»Mir recht«, erwiderte Grock. Nachdem diese Klippe überwunden war, konnte er sich ruhig noch ein weiteres Viertele gönnen.

Grock fand es an der Zeit, persönliches Interesse zu zeigen. »Wie hast du dich eingelebt in Stuttgart? Abgesehen von mir, meine ich.«

»Geht so«, antwortete Theresa. »Die Stadt gefällt mir eigentlich ganz gut.« Das stimmte so zwar nicht ganz, doch sie wollte jetzt nicht mit einem Einheimischen darüber diskutieren. Schon gar nicht mit diesem, das hätte nur die Stimmung verdorben. »Aber es ist schwer, Kontakte zu kriegen. Und ich suche immer noch nach einer vernünftigen Wohnung.«

»Wenn ich helfen kann …«, sagte Grock.

»Gerne. Wenn du was hörst.«

Eigentlich war in seinem einsamen Haus ja genügend Platz. Aber das war Blödsinn, den Gedanken verwarf er sogleich wieder. Und wenn's nur wäre, um Lena zu ärgern? Wahrscheinlich würde es sie nicht im Mindesten beeindrucken. Möglicherweise fände sie es ja sogar gut, weil dann die Fronten klar wären? Welche Ideen er nur hatte! Vielleicht hätte er es doch bei einem Viertele belassen sollen. Er wechselte rasch die Gedanken.

»Und?«, fragte er. »Was sagt meine scharfsinnige junge Kollegin zur Entwicklung der Dinge?«

»Diese verschwundene Geige ist ein interessanter Aspekt«, sagte sie vorsichtig.

»Sehe ich auch so. Was könnte mit ihr passiert sein? Gehen wir mal alle Möglichkeiten durch.«

»Also gut. Der Mörder hat sie mitgenommen, weil er Loose genau deswegen umgebracht hat.«

»Und das wäre wer?«

»Die heißeste Favoritin ist natürlich Carla Overmann. Sie weiß von der Geige und hat einen Schlüssel zur Wohnung, kann sich also jederzeit Zugang verschaffen, ohne dass es auffällt.«

»Das kann Ramsauer auch. Dass er bei Loose auftaucht, ist nicht ungewöhnlich. Er muss allerdings klingeln. Und es hat geklingelt. Und es war eine Männerstimme.«

»Das schließt dann die Overmann aus.«

»Oder sie hatte männliche Begleitung. Vielleicht auch, weil sie die Möglichkeit nicht ausschließen konnte, dass das Tonband mitläuft. Aber lassen wir solche Details mal außen vor. Was ist mit Ramsauer, Theresa?«

»Er gibt immer so Sachen von sich, die ein astreines Tatmotiv wären. Deshalb würde ich ihn ausschließen. Weshalb sollte er sich andauernd selbst belasten?«

»Das kann auch Absicht sein, um genau diese Meinung zu provozieren.«

»Das gilt dann aber auch für Fellner, der diese angeblich wertvolle Geige nicht glauben wollte.«

»Gut. Beschränken wir uns auf die naheliegenden Möglichkeiten, das ist schon kompliziert genug.«

»Was ist mit Frau Kapfenberger?«

»Theresa, die hat es nicht nötig, eine Geige zu klauen, die kauft sich so was aus der Portokasse.«

»Vielleicht wollte sie sich eine kleine Rücklage verschaffen, für den Fall, dass der Ehemann seine untreue Gemahlin hinauswirft.«

»Die könnte noch ein weit gewichtigeres Motiv gehabt haben, schließlich hat Loose sie erpresst, ihr ganzes schönes Leben war in Gefahr. Ich finde es übrigens eigenartig, dass Loose Ramsauer nicht darüber informiert hat, dass sie bei den Kapfenbergers rausgeflogen sind. Vielleicht hat er sich noch einmal mit Anita Kapfenberger in Verbindung gesetzt, um ihr Daumenschrauben anzulegen, und das ist ihm zum Verhängnis geworden.«

»So viele Möglichkeiten!«

»Und die allereinfachste haben wir noch gar nicht erwähnt.«

Theresa sah ihn fragend an.

»Loose hat die Geige selbst wieder verkauft. Laut Ramsauer ist seine Freude an dem teuren Stück verflogen«

»Das hätten die Musikerkollegen sicher bemerkt, die haben ja am Tag zuvor noch miteinander gespielt.«

»Er hat sie am Tag seines Todes verkauft.«

»An wen?«

»Gute Frage. Die kann man ausweiten. Angenommen, du hättest so ein Stück und möchtest es zu Geld machen, an wen würdest du dich wenden?«

»Keine Ahnung. Ich kenne mich in dieser Szene nicht aus.«

»Möglicherweise geht es unserem Dieb und/oder Mörder genauso.«

»Dann gehe ich dorthin, wo die Geige herkommt. Nämlich zu Muggler.«

»Gut, Theresa! Du hast dann nur ein Problem: Muggler wird die Geige garantiert erkennen. Da musst du dir schon eine verdammt gute Erklärung einfallen lassen, dass der nicht gleich zur Polizei rennt. Oder …«

»… oder Muggler stellt sich dumm und kassiert einen Anteil.«

»Ist doch ganz einfach, oder? Es kann natürlich auch sein, dass Mörder und Dieb zwei Personen sind. Dann wäre die Kapfenberger als Mörderin wieder ganz oben auf der Liste.«

Theresa stöhnte. »Mir schwirrt der Kopf!«

Grock lächelte. »Das ist nur der Wein.«

»Wie gehen wir weiter vor?«, fragte Theresa.

»Wir brauchen Informationen über Muggler«, sagte Grock. »Darum soll sich Toni kümmern, der ist da gut drin. Da fällt mir übrigens ein, bei den Kapfenbergers steht auch so ein altes Instrument in der Ecke. Loose hat das vermittelt, sagt Frau Kapfenberger.«

»Auch Muggler?«

»Ich habe nicht nachgefragt, zu dem Zeitpunkt waren alte Geigen und dergleichen noch nicht ins Spiel gekommen. Aber das wird ja einfach herauszufinden sein. Wir statten jetzt erst einmal Carla Overmann einen Besuch ab.«

»Die ist doch sicher bei der Arbeit«, wandte Theresa ein.

»Eben«, sagte Grock. »Wir machen etwas Druck. Und bei der Gelegenheit kannst du dich ein bisschen unter ihren Kollegen umhören.«

Grock bezahlte, und sie verließen die Weinstube. Grock deutete auf den Erbsenbrunnen: »Schon mal probiert?«

Theresa war verwundert: »Ist das Trinkwasser?«

»Besser«, sagte Grock. »Mineralwasser. Sauerwasser, wie wir Cannstatter sagen.«

Theresa probierte und verzog das Gesicht. Es schmeckte tatsächlich mineralisch. Und ein wenig faulig. Ganz anders als das im Leuze, und das war doch auch Mineralwasser, hatten ihre schlauen Stadtführer behauptet.

Grock dozierte mit Lokalstolz: »Wir haben nach Budapest die ergiebigsten Mineralquellen Europas. 22 Millionen Liter täglich.«

Der Brunnen war von einem nackten kleinen Bub gekrönt.

»Was glaubst du, wer das ist?«

Theresa sah ihn nur fragend an. Jetzt musste sie sich die Geschichte anhören, die jeder zu hören bekam, der das Pech hatte, mit einem Eingeweihten vor dem Cannstatter Erbsenbrünnele zu stehen.

»Die Figur hat der Bildhauer Fritz von Graevenitz erschaffen. Und das Modell war angeblich sein Neffe, Richard von Weizsäcker.«

»Unser ehemaliger Bundespräsident?«

Grock nickte.

Theresa kicherte. »Jetzt kenne ich den Schniedel eines Bundespräsidenten.«

Trollinger zur Mittagszeit, das verlangte wirklich Gewöhnung.

42

Sie fuhren in die Stadt hinein. Theresa war es tatsächlich leicht durmelig nach dem Wein. Im Atrium des Breuninger gab es eine Champagnerbar und eine Suppenbar, wo man sich niederlassen konnte. Nach Champagner war ihnen weiß Gott nicht zumute, also wählten sie die Suppenbar. Ohne Suppe, aber es gab auch Kaffee, um den Kopf zu lüften. Selbstbedienung. Theresa stellte sich brav in die Schlange, während Grock sich schon hinhockte. Das vormalige Bistro war gemütlicher gewesen, Grock sehnte sich gar nach der tranigen Arroganz der Kellner. Manches vermisst man erst, wenn man es nicht mehr hat.

Der Breuninger war Stuttgarts größtes Kaufhaus, ein altes Familienunternehmen seit 1881. Die Stammklientel war ihm genauso lange in Treue fest verbunden, über die Generationen hinweg. Wann immer Grock hierherkam, erinnerte er sich daran, wie hier für ihn seinerzeit in einer langwierigen Prozedur der passende Konfirmationsanzug ausgewählt worden war. Er war stolz gewesen auf seinen ersten Anzug, wenn er auch kniff und kratzte.

Später trug er seine Anzüge, die er aus Tradition immer noch beim Breuninger kaufte, mit resignierter Einsicht in die Notwendigkeit, ganz gewiss nicht mit Stolz. Er fand sie lästig und unbequem, glaubte sie aber seiner Position schuldig zu sein. Bis er sich dann erst vom Würgegriff der Krawatten befreite und schließlich auch vom Korsett der Anzüge. Die scheelen Blicke wechselnder Vorgesetzter ertrug er mit stoischem Gleichmut und gelindem Trotz.

Davon erzählte er Theresa nichts, als sie ihren Cappuccino trank, er einen Espresso. Erinnerungen, manche schön, andere nicht.

Theresa sah Grock an, wie er in sich versunken vor sich hin grübelte. Sie hätte gerne gewusst, worüber er sinnierte. Tat ihm der Ansturm von Vertraulichkeit zwischen ihnen schon wieder leid? Aber wieso Vertraulichkeit? War es nicht eher Normalität? Oder sollte es zumindest sein?

Während sich die leichten Nebel in ihrem Kopf langsam verflüchtigten, beobachtete sie die Menschen um sich. Goldbehängte Unternehmergattinnen mit sorgfältigen Föhnfrisuren, die sich in geziertem Honoratiorenschwäbisch über polnische Putzfrauen, absolut wirkungsvolle Diäten und neidvoll registrierte Affären irgendwelcher Bekannter unterhielten und deren Ansammlung von Einkaufstüten mindestens das Dreifache ihres Monatsgehalts enthielten. Rentnerehepaare in jahrelang eingeübtem Schweigen, die sich erfolgreich durch die Ramschaktionen gekämpft hatten. Teenie-Mädchen mit zu viel Taschengeld, hochgepressten vollen Brüsten und gut sichtbaren Tattoos über der Leistengegend, in einen ernsthaften Diskurs über die Vor- und Nachteile der verschiedenen Modelabels vertieft.

Theresa holte sich noch einen Cappuccino, da Grock immer noch grübelte. Wahrscheinlich würde sie bald zu zittern anfangen, zu viel Alkohol, zu viel Koffein.

Das Atrium war der Durchgangsweg zwischen Markt- und Sporerstraße. Eine Frau, sichtlich eingezwängt in ein Business-Kostüm, zog einen Trolley hinter sich her. Ein Punkmädchen, schwarzes Haar mit roten Strähnen, kunstvoll zerrissene schwarze Jeans. Ein älterer Herr, mit farblosem schütteren Haar und Gesundheitssandalen, der eine beeindruckende Bauchkugel vor sich hertrug, in bemüht aufrechter Haltung, damit er das Gleichgewicht behielt. Eine abgekämpfte Mutter mit zwei unzufriedenen Kindern. Eine alte Frau, vornübergebeugt und mit krummen Beinen, von einem Dackel gezogen.

So starrten sie vor sich hin.

»Sollen wir?«, fragte Grock endlich. Sie standen auf, beide schwer. Jeder wäre am liebsten geblieben, in Gedanken oder Beobachtungen versunken. Doch man hatte schließlich auch noch Pflichten.

In früheren Zeiten, Jugenderinnerungen, war der Breuninger ein Labyrinth von verschiedenen Häusern und Ebenen gewesen. Mittlerweile war alles heller, klarer und durchschaubarer geworden, und so fanden sie rasch zu Carla Overmanns Abteilung. Hochhaus, erster Stock. Damenoberbekleidung für den besser gefüllten Geldbeutel.

Carla Overmann bediente eine Kundin. Die Kundin wirkte genervt, Carla Overmann gelangweilt. Würde wohl nichts werden aus dem Geschäft.

Sie warteten und hielten sich bedeckt. Theresa stöberte derweil in den Ständern, Grock hatte die Overmann im Blick und taxierte die anderen einkaufenden Frauen. Er fiel nicht weiter auf, wahrscheinlich ein geplagter Ehemann, der wartete, bis seine Frau fertig war und er die Kreditkarte zücken durfte.

Die Hitze hatte bei den Frauen Beine, Bäuche und Busen freigelegt, Grock sah es mit Wohlgefallen. Er beobachtete eine junge Blondine, schlank, mit schwingendem weichen Rock und eng anliegendem Top. Das Top umschmiegte die kleinen, festen Brüste, die Nippel stachen hervor. Eine Dunkelhaarige, bronzen gebräunt wie angemalt. Sie trug ein kurzes weißes Häkelkleid, eine raffinierte Kreation, die durchbrochenen Muster gewährten allenthalben Einblicke auf die braune Haut. Es schien, als trüge sie nichts darunter, was ja durchaus möglich war. Völlig nackt, dachte Grock, wäre wahrscheinlich weniger auffallend, aber lange nicht so reizvoll.

Grock, der Voyeur, hatte sich ablenken lassen. Theresa knuffte ihn in die Seite. Carla Overmann war frei und sortierte die Kleider wieder ein. Offenbar waren sie von ihr noch nicht bemerkt worden.

Grock trat auf sie zu. »Grüß Gott, Frau Overmann«, sagte er freundlich.

Wenn sie überrascht war, ließ sie sich nichts anmerken.

»Wir haben noch ein paar Fragen an Sie«, sagte Grock.

»Muss das jetzt sein?«, erwiderte sie ungehalten.

»Ja«, beschied Grock knapp.

»Hat das nicht noch Zeit? Ich habe in einer Stunde sowieso Schluss.«

»Nein«, sagte Grock.

Sie schaute ihn unwillig an. »Na gut.« Sie ging und besprach sich mit einer Kollegin. Die warf neugierige Blicke zu Grock und Theresa.

»Warum pressiert's uns so?«, fragte Theresa leise.

Grock blieb die Antwort schuldig, Carla Overmann kam zurück. Schweigend gingen sie durch das Atrium hinaus auf den Marktplatz und setzten sich auf eine Bank im Baumschatten.

Carla Overmann zündete sich eine Zigarette an. Automatisch griff auch Grock nach seinen Schwarzen, ließ es dann aber sein. Das hier sollte nicht den Anschein einer gemütlichen Plauderstunde erwecken.

»Um was geht's?«, fragte sie. Es klang nicht nervös oder ungehalten, eher gelangweilt.

»Sie waren doch regelmäßig in der Wohnung Ihres Schwiegervaters«, begann Grock.

»Hin und wieder, ja. Warum?«

Grock ging auf ihre Frage nicht ein. »Wie regelmäßig?«

»Hin und wieder eben. Wie sich's so ergab.«

»Eine Zeit lang ergab es sich jeden Sonntag«, sagte Grock.

Carla Overmann schwieg.

»Warum diese regelmäßigen Besuche?«, fragte Grock.

Die Overmann zuckte mit den Schultern. »Mein Gott, der alte Herr war einsam und brauchte einen Zuhörer.«

»Für sein Geigenspiel?«

»Das auch. Aber mehr zum Reden.«

»Aber er hat Ihnen auch vorgespielt?«

»Manchmal, ja.«

»Dann kennen Sie also seine Geigen?«

»Was soll mit den Geigen sein?«

»Er hatte doch mehrere Geigen, nicht wahr?«

»Sicher.«

»Wie viele?«

»Keine Ahnung.«

»Eine soll recht wertvoll gewesen sein.«

»Möglich. Aber davon weiß ich nichts.«

Recht einsilbige Antworten, die Carla Overmann gab. Und keine ehrlichen Antworten. Kaum vorstellbar, dass Peter Loose mit seinem Prachtstück nicht auch vor der Schwiegertochter geprotzt hatte, da hatte Ramsauer recht. Doch Grock ritt nicht darauf herum.

»Warum haben Sie die regelmäßigen Besuche bei Ihrem Schwiegervater eingestellt?«

»Wir haben uns verkracht.«

»Weswegen?«

»Nichts Besonderes. So halt. Außerdem ging er mir auf die Nerven.«

»Wann war das?«

»Weiß ich nicht mehr genau. Vor ein paar Wochen oder so.«

»Danach hatten Sie keinen Kontakt mehr zu Loose?«

»Nur noch selten.«

»Danke, Frau Overmann, dass Sie sich die Zeit genommen haben«, sagte Grock und stand auf.

Theresa schaute demonstrativ auf ihre Uhr.

»Wunderbar«, sagte sie. »Ich habe jetzt Feierabend und gehe noch ein bisschen shoppen.« Und zu Carla Overmann: »Sie beraten mich, nicht wahr?«

Die Overmann wirkte nicht sehr erfreut, aber sagte nichts. Gemeinsam gingen sie wieder zurück in das Kaufhaus.

Theresa versuchte Konversation zu machen, aber Carla Overmann blieb kurz angebunden und blieb es auch, als sie sich durch die Ständer wühlte.

Theresa probierte ausgiebig an, ließ sich immer wieder anderes reichen und dehnte die Zeit bis zu Carla Overmanns Dienstschluss. Um den Schein zu wahren, erstand sie einen leichten Rock und ein T-Shirt, beides nicht gerade ihrem Geschmack entsprechend. Ob sich das wohl als Spesen abrechnen ließe?

Sie hatte es sorgsam vermieden, das Gespräch auf den toten Peter Loose zu bringen, doch sie konnte Carla Overmann nichts Persönliches entlocken. Der Schwenk von der Kriminalbeamtin zur privaten Kundin hatte nicht funktioniert. Eigentlich hätte sie sich das denken können.

Sie solle sich unter den Kolleginnen der Overmann umhören, hatte Grock ihr auf den Weg gegeben. Das sagte sich so leicht. Auch die Kolleginnen wussten offensichtlich, wer sie war. Sie hoffte auf den Klatsch, aber erfuhr nichts, was ihr Carla Overmann näher gebracht hätte. Wie Grock das wohl angestellt hätte? Ob er mehr Erfolg gehabt hätte?

Enttäuscht verließ sie das Kaufhaus, in der Hand einen Rock, den sie nicht brauchte, und ein T-Shirt, das ihr nicht gefiel, und dürre Informationen, die nichts brachten und die bei genauerem Hinsehen nicht einmal Informationen waren, sondern: nichts.

Draußen empfing sie der Sommer, und wieder stand ein Abend bevor, wie man ihn sich zu dieser Zeit nur wünschen konnte. Da sollte man in einem Biergarten hocken oder sich ins Freibad legen oder einen Spaziergang machen oder auf einer Terrasse ein schönes Essen genießen, aber allein machte das alles keinen Spaß.

Warum nur hatte es ausgerechnet Stuttgart sein müssen? Diese Provinzhauptstadt, wo sie niemanden kannte und niemandem begegnete, den sie kennenlernen wollte.

Und Grock ließ sie hier in der Sonne stehen mit ihrer Breuninger-Tüte, also musste sie wohl oder übel die U-Bahn nehmen bis zum Pragsattel und hinüberlaufen zum Präsidium, wo ihr Wagen stand. Ob sie noch einmal hinaufschauen sollte zu den Kollegen?

Sie stieg in ihr heißes Auto und fuhr nach Hause.

43

Grock war die paar Schritte hinübergegangen zu Mugglers Musikalienhandlung. Er überlegte, ob er die Scharade vom interessierten Kunden aufrechterhalten sollte oder ob es nicht an der Zeit wäre, die Karten auf den Tisch zu legen.

Die Ladenglocke bimmelte immer noch nicht, und er wusste immer noch nicht, was er tun sollte.

Muggler kam auf ihn zu und erkannte ihn offenbar.

»Na, haben Sie sich's überlegt? Doch Interesse an einer alten Geige?«

Grock empfand Mugglers Lächeln als schmierig. Aber er sollte nichts hineinlegen, nur weil der Mensch ihm unsympathisch war.

»Durchaus möglich«, antwortete er.

»Wie viel möchten Sie denn anlegen?«

»Wie wäre es mit einer Pietro Guarneri?«, erwiderte Grock.

»Ah, der Herr ist ein Kenner!«, sagte Muggler. Sein Blick bekam etwas Lauerndes. Oder wollte Grock das nur so sehen?

Er machte eine unbestimmte Handbewegung. »Nein, nein, ich bin absolut kein Kenner. Ich habe nur mal etwas gelesen darüber. Sollen schöne Geigen sein.«

Muggler nickte. »In der Tat, das sind schöne Geigen. Aber nicht billig.«

»Was müsste ich dafür bezahlen?«

Muggler schien zu überlegen. »Ich fürchte, unter 50 000 werden Sie keine kriegen.«

Aha, dachte Grock, Loose hatte 40 000 bezahlt. So viel Wertzuwachs in wenigen Jahren?

»Ist sie denn ihr Geld wert?«, fragte er.

»Absolut!«, erwiderte Muggler. »Die Guarneris waren eine der berühmtesten Geigenbauerfamilien. Paganini hat eine Guarneri gespielt, und das Publikum lag ihm zu Füßen.«

Nur dass Paganinis Guarneri nicht von Pietro war, sondern von Gesù, wie Grock jetzt wusste, aber solche Kleinigkeiten spielten wohl keine Rolle, wenn man einen interessierten Kunden vor sich hatte, der offenbar von Tuten und Blasen keine Ahnung hatte und von Geigen sowieso nicht und nur auf einen berühmten Namen abfuhr.

»Können Sie eine Guarneri besorgen?«, fragte Grock.

Muggler wiegte bedenklich den Kopf hin und her. »Das ist schwierig, aber nicht unmöglich. Wissen Sie, es sind nicht mehr viele Guarneris im Umlauf, und das treibt natürlich den Preis in die Höhe.«

Ein geschickter Verkäufer war Muggler durchaus, er bereitete Grock schon mal schonend darauf vor, dass er wohl doch mehr als die avisierten 50 000 auf den Tisch legen müsste.

»Ich werde mich mal umhören«, sagte Muggler. »Wenn Sie mir Ihre Telefonnummer geben, sage ich Ihnen Bescheid, wenn ich etwas weiß.«

Grock wiegelte ab. »Ich schaue wieder vorbei.« Und verließ, freundlich grüßend, den Laden.

Also war es doch bei der Scharade geblieben. So ganz einwandfrei war das vielleicht nicht mehr, aber wer wollte ihm einen Strick daraus drehen?

Er machte sich mit schnellen Schritten auf den Weg zum Parkhaus, wo sein Wagen stand, und hielt plötzlich inne. Wozu diese Hast, nach Hause zu kommen? Alte Gewohnheit, die bekam man nicht so schnell los. Niemand mehr da, der auf ihn mit dem Abendessen wartete.

Er hatte keine Lust auf einen weiteren einsamen Abend.

Was hatte Lena gesagt? Er sei immer willkommen.

Das wollte er doch mal testen.

Er bezahlte, ging ins Parkhaus und fuhr zu Lenas Atelier.

44

Vor dem Haus zögerte er wieder, wie beim letzten Mal. War es richtig, was er da tat? Gerade war er dabei, sich von ihr zu lösen, so, wie sie sich offenbar schon von ihm gelöst hatte, und nun rannte er ihr hinterher.

Er klingelte. Keine Musik zu hören diesmal. Arbeitete sie etwa nicht? Hatte sie vielleicht Besuch? Er wartete. Es dauerte eine Weile.

Lena öffnete. Sie trug einen alten Bademantel. Musste er sich an den erinnern?

»Störe ich?«, fragte Grock.

»Überhaupt nicht. Komm rein.«

Er folgte ihr. Offenbar arbeitete sie immer noch am selben Bild wie neulich. Er konnte immer noch nicht erkennen, was es darstellen sollte.

»Arbeitest du?« Er kam sich linkisch vor, wusste aber nicht, was sagen. Die gewohnte Vertrautheit war weg, eine neue noch nicht gefunden.

»Ja.«

»Im Bademantel?«

»Mit gar nichts. Zu heiß.«

Sie zögerte, dann warf sie den Bademantel ab. Auf ihrem nackten Körper Farbspritzer. Sie nahm einen breiten Pinsel, tauchte ihn in einen Topf mit blauer Farbe und begann, mit weit ausholenden Bewegungen zu malen.

Sie sah wunderbar aus. Je seltener er sie sah, desto schöner erschien sie ihm. Und begehrenswerter. Er beobachtete das Spiel ihrer Muskeln an Rücken und Po. Ein knackiger Hintern. Ihre Brüste hüpften. Sie beugte sich hinab, malte unten weiter, und er blickte zwischen ihre Schenkel.

Er räusperte sich. »Willst du mich verführen?«

Sie drehte sich zu ihm um. »Wäre dir das unangenehm?«

»Nein.«

»Du wirst voller Farbe. Ich muss erst duschen.«

»Nein.«
»So eilig?«
»Ja.«
»Worauf wartest du dann noch?«
Und sie liebten sich auf einem kratzigen Teppich, erst unbeholfen, als sei es das erste Mal, und es war ja auch das erste Mal nach ewig langer Zeit, dann mit einer Intensität, die sie beide lange Zeit nicht mehr erfahren hatten.

Erschöpft und schweißnass lagen sie nebeneinander. Die Farben auf Lenas Körper hatten sich vermischt und auf Grock übertragen. Lena setzte sich auf und sah auf ihn hinab.

»Ich müsste dich nur noch signieren.«

Sie stand auf, griff sich einen Pinsel und begann, auf Grocks Bauch herumzumalen. Er wollte protestieren, ließ sie dann aber gewähren. Es kitzelte.

Später, frisch geduscht, malte Lena weiter, mit neuer Energie. Grock saß da, trank einen kühlen Weißwein, und sah zu. Gerne hätte er eine Zigarette geraucht, aber dazu hätte er sich erst anziehen und vor die Tür gehen müssen. Das Rauchen war schon immer ein Streitthema gewesen zwischen ihnen. Wie so vieles.

»Ich habe es gern, wenn du mir beim Arbeiten zuschaust.«

»Früher war das anders.«

»Früher war alles anders. Wir waren anders.«

»Was hat sich geändert?«

»Menschen ändern sich eben. Auch Ehepaare. Wir müssen sehen, wie das noch zusammenpasst.«

»Und was war dann das vorhin?«

»Vielleicht eine schöne Erinnerung.«

»Oder ein Neuanfang?«

»Wer weiß.«

Oder gar ein Abschied?

45

Am nächsten Tag im Büro. Es war heiß wie immer, aber man hatte sich daran gewöhnt mittlerweile, das tägliche Stöhnen wurde langweilig.

Dirk und Toni kamen in Grocks Zimmer.

»Wir sind da auf ein paar Dinge gestoßen«, sagte Dirk. »Ich weiß nicht, ob sie was zu bedeuten haben, aber sie sind wenigstens auffällig.«

Der bedächtige Dirk hatte sich Looses Finanzen noch einmal vorgenommen und war weit zurückgegangen. Dirk mochte Zahlen und entwarf komplizierte Tabellen auf seinem Computer. Und Toni hatte sich durch die anderen Unterlagen gewühlt.

Vor drei Jahren, nach dem Tod von Looses Frau, war die Lebensversicherung ausbezahlt worden, rund 60 000 Euro. Wenig später hatte Loose 40 000 Euro abgehoben.

»Die Geige«, mutmaßte Grock.

»Wohl«, sagte Dirk. »Aber warum in bar? Warum keine Überweisung?«

»Wäre interessant, mal einen Blick in Mugglers Bücher werfen zu können«, warf Toni ein. »Wetten, dass der Betrag dort nicht auftaucht? Ich habe keine Rechnung über die Geige gefunden, und das ist eigenartig, weil Loose immer alles penibel abgeheftet hat. Also gab es wohl auch keine.«

»Wir sind nicht die Steuerfahndung«, winkte Grock ab.

»Meine These ist«, sagte Toni, »dass mit dieser Geige etwas faul ist. Vielleicht stammt sie aus einer dubiosen Quelle, vom Lastwagen gefallen sozusagen. Vielleicht ist sie gefälscht. Deshalb keine Rechnung.«

»Warum sollte sich Loose auf ein zweifelhaftes Geschäft einlassen?«

»Eine solche Geige war sein Lebenstraum. Mit der Lebensversicherung kann er ihn sich endlich erfüllen, und da setzt dann schon mal der Verstand aus. Wie bei den gut situierten Herrschaften, die den Hals nicht vollkriegen können und auf windige Anlagen hereinfallen.«

»Folgendes Szenario«, sagte Dirk. »Muggler und Loose reden über alte Geigen, Loose sagt ihm, dass er ganz wild auf so ein Ding ist, es fehlt ihm nur das nötige Geld. Plötzlich ist das Geld da und, wie's der Zufall so will, auch eine Geige. Und Loose ist blind für alles und schlägt zu. Deshalb keine Rechnung. Was Muggler dabei mauschelt, ist dem Loose egal.«

»Wir sollten uns diesen Muggler auf alle Fälle mal genauer anschauen«, sagte Grock, schuldbewusst. Genau darauf hatte er Toni gestern noch ansetzen wollen, aber dann war wieder mal zu viel Privates dazwischengekommen.

»Schon geschehen«, erwiderte Toni.

Das mochte Grock an Toni. Der Junge war manchmal vorlaut, auch vorschnell, aber er dachte mit und wartete nicht erst auf Anweisungen, ehe er tätig wurde. Grock wusste, dass das Image des lässigen Italo-Lovers nur gespielt war. Toni war ein harter Arbeiter, der sich in eine Sache verbeißen konnte. Und er war empfindsamer, als seine schnoddrige Art vermuten ließ.

»Und?«, fragte Grock.

»Muggler hatte mal ein Verfahren am Hals, und was glaubst du, weswegen?«

»Sag's mir!«

»Gefälschtes Instrument, deswegen vorhin meine Überlegung, dass mit Looses Geige möglicherweise etwas nicht stimmt. Es war zwar keine Geige, sondern ein Kontrabass, aber das ist egal. Jedenfalls hatte der Kunde erhebliche Zweifel an der Herkunft seines teuren Instruments und war der Meinung, dass Muggler ihn beschissen hat.«

»Wie ging die Sache aus?«

»Im Zweifel für den Angeklagten. Es gab zwei Gutachten über die Echtheit des Basses, aber die widersprachen sich. Und Muggler war nicht eindeutig nachzuweisen, dass er da was getürkt hat. Er hat sich darauf hinausgeredet, dass, wenn der Brummer tatsächlich nicht echt war, er selbst getäuscht worden ist von einem der anderen Händler, durch deren Hände der Bass gegangen ist. Woher er nun genau stammte, ließ sich nicht mehr nachweisen, und der Kläger hatte dann mittlerweile die Lust verloren. Ende der Vorstellung. Aber wenn ich die Urteilsbegründung richtig interpretiere, war das Gericht von der Schuld Mugglers überzeugt, konnte ihm nur nichts nachweisen. Wenigstens hatte er prompt das Finanzamt am Hals, er hatte die Einnahmen nicht versteuert.«

»Gute Arbeit, Toni«, lobte Grock. »Wann war das?«
»Im April.«
»Hast du schon mit dem Kläger gesprochen?«
»Mache ich heute.«
»Schau mal, ob du auch andere Kunden auftreiben kannst. Frag auch bei Mugglers Konkurrenz nach, wie die ihn einschätzen. Das Verfahren dürfte seinen Ruf ziemlich angekratzt haben.«

Toni nickte.

»Da ist noch etwas«, fing Dirk an. »In finanzieller Hinsicht verlief Looses Leben in sehr geordneten Bahnen. Die üblichen monatlichen Belastungen liefen alle über Lastschrift, und er hat regelmäßig ungefähr die gleichen Beträge in bar abgehoben. Kaum Schwankungen nach oben oder unten. Keine Extravaganzen, von der Geige mal abgesehen.« Dirk machte eine Pause und wischte sich den Schweiß von der Stirn. »Und jetzt kommt's«, fuhr er fort. »Etwa ein halbes Jahr nach seiner Pensionierung, also vor eineinhalb Jahren, sind die Barabhebungen sprunghaft angestiegen. Er hat ungefähr 800 Euro mehr geholt als üblich, und das ebenfalls mit schöner Regelmäßigkeit Monat für Monat. Bis vor etwa drei Monaten. Da hörte es plötzlich auf, und er war wieder auf seinem üblichen Level. Ist dir das nicht auch aufgefallen, Stefan? Du hast die Kontoauszüge doch angeschaut.«

»Nur die letzten paar Wochen, die noch nicht abgeheftet waren, wegen der tausend Euro in dem Umschlag.«

»Für Noten oder sonstiges Zeugs hat er das Geld übrigens nicht ausgegeben«, ergänzte Toni. »Oder er hat ein Jahr lang vergessen, die Belege abzuheften, wie er es sonst immer getan hat. Ich habe das gecheckt.«

»Was schließt ihr daraus?«, fragte Grock.

»Unser Stehgeiger hat sich mehr als ein Jahr lang ein teures Hobby geleistet«, sagte Toni.

»Teuer für seine Verhältnisse jedenfalls«, ergänzte Dirk. »Da blieb am Monatsende nicht mehr viel übrig von seiner Rente.«

»Was könnte das gewesen sein?«, überlegte Grock.

»Teure Kleider jedenfalls nicht«, sagte Toni. »Ich habe seinen Kleiderschrank gesehen. Alles Standardware von der Stange.«

Wenn Toni das sagte, war es auch so. Er war der Experte für Markenkleider, man brauchte ihn nur anzuschauen mit seiner weißen Leinenhose, dem Polohemd in der aktuellsten Farbe, von der Grock nicht einmal wusste, wie er sie benennen sollte, und dann die feinen Slipper, in denen er barfuß war.

»Es könnte alles mögliche gewesen sein«, sagte Dirk und zählte auf: »Teures Essen, teure Weine, Spielcasino ...«

»Weiber«, warf Toni ein.

»In dem Alter?«, zweifelte Dirk.

»Wenn ich da mal einen berühmten Experten zitieren darf«, sagte Toni. »Wie schreibt der alte Günter Grass doch in einem Gedicht so schön: ›Er steht mir noch, aber nicht so oft‹.«

»Solch einen Schweinkram liest du?«, fragte Grock erstaunt.

»Niemand ist vollkommen.«

»So abwegig ist das vielleicht nicht«, überlegte Grock. »Von der Kapfenberger wollte Loose ja auch erst in der Richtung bedient werden. Man müsste mal den Ramsauer fragen, der hat ihn am besten gekannt.«

»Schon erledigt«, sagte Dirk und grinste. »Während du dir kleine Mädchen mit Alkohol gefügig machst, haben wir nämlich gearbeitet.«

Aha, Theresa hatte also geplaudert. Wo war sie überhaupt?

»Theresa lässt sich übrigens entschuldigen«, sagte Toni. »Kommt etwas später, muss sich eine Wohnung anschauen.«

Grock nickte. War schon okay.

»Ramsauer weiß von nichts«, sagte Dirk. »Ihm ist nichts aufgefallen, und Loose hat nichts erzählt. Die anderen zwei aus dem Quartett brauche ich gar nicht erst zu fragen, die haben sowieso keine Ahnung.«

Grock zog das Resümee: »Es sieht also so aus, als sei das langweilige Leben des Peter Loose zumindest in einem gewissen Zeitraum nicht ganz so langweilig gewesen. Wir wissen nicht, womit er sich vergnügt hat, und deshalb wissen wir auch nicht, ob das für unseren Fall relevant ist. Also müssen wir's herausfinden.«

Toni stöhnte übertrieben theatralisch. »Schon wieder Klinkenputzen! Und das bei dieser Hitze!«

»Was hast du denn«, flachste Dirk. »Für dich als Halbsizilianer müssen das doch Wohlfühltemperaturen sein.«

»Vollsizilianer, wenn ich bitten darf«, entgegnete Toni. »Und außerdem, auf Sizilien machen wir uns nicht selbst die Hände schmutzig, dafür haben wir die Mafia.«

Die beiden standen auf.

»Lasst mir aber vorerst die Carla Overmann aus dem Spiel«, gab Grock ihnen mit auf den Weg.

Dirk sah ihn erstaunt an. »Weißt du etwas, was wir nicht wissen?«

Grock machte eine unbestimmte Handbewegung. »Nur so ein Gefühl.«

Grock und seine Gefühle. Manchmal lag er damit ja auch richtig.

46

Die Einzige, die sich nicht an Grocks Bannkreis um Carla Overmann hielt, war Theresa, aus dem einfachen Grund, weil sie davon nichts wusste.

Sie war auf eigene Faust losgezogen, mit einer brillanten Idee im Kopf, die ihr freilich mittlerweile nicht mehr ganz so genial erschien. Schweißtreibend war sie auf alle Fälle.

Sie hatten bisher vermieden, offiziell im Umkreis von Carla Overmann zu ermitteln. Noch nicht, hatte Grock entschieden, nicht die Pferde scheu machen.

Aber wie sonst sollte man mehr über die Overmann erfahren? Man konnte doch nicht einfach so von Tür zu Tür ziehen in der Nachbarschaft und ganz unschuldig nach der Dame fragen. Konnte man doch, entschied Theresa, wenn man es nur geschickt anstellte.

Die Idee war ihr gestern Abend gekommen, als sie zwischen ihren unausgepackten Kisten gesessen und ihre Einsamkeit in einem billigen Soave aus dem Supermarkt ertränkt hatte. So konnte sie vielleicht zwei Fliegen mit einer Klappe schlagen.

Carla Overmanns Arbeitstag begann um zehn Uhr, Frühschicht, wie sie wusste. So lange hatte sie gewartet und dann gleich rotzfrech beim nächsten Nachbarn auf dem Flur geklingelt.

Eine Frau öffnete, Mitte vierzig, im Kittelschurz, mit Gummihandschuhen und verschwitzt. Eine schwäbische Hausfrau bei der Arbeit.

Theresa hatte sich ihr Sprüchlein zurechtgelegt.

»Entschuldigen Sie, dass ich störe, ich bin eine Bekannte von der Carla, also der Frau Overmann …«

»Die wird bei der Arbeit sein«, unterbrach die Frau, keine schwäbische, sondern eine sächsische Hausfrau, wie nicht zu überhören war.

»Ja, ich weiß, beim Breuninger«, sagte Theresa. »Das ist es ja gerade, ich habe sie verpasst, und wissen Sie, die Carla wollte mir helfen, ich suche nämlich eine Wohnung, ich bin neu hier. Wissen Sie nicht zufällig, ob hier im Haus oder in der Nähe eine Wohnung zu vermieten ist?«

Die Frau dachte tatsächlich kurz nach. »Nein, nicht dass ich wüsste.«

»Das ist jetzt aber zu schade, wo es doch so schwierig ist, eine Wohnung zu finden, und bei mir ist es doch so dringend. Wann kommt die Carla denn wieder nach Hause?«

»Weiß ich nicht. Das ist unterschiedlich. Mal früher, mal später.«

»Hm, was mache ich denn jetzt nur? Hat die Carla denn nicht einen Freund?«

Jetzt guckte die Frau aber misstrauisch. »Sagten Sie nicht, dass die Frau Overmann eine Bekannte von Ihnen ist?«

»Na ja, eine flüchtige Bekannte eher, wir haben uns mal im Urlaub kennengelernt und ich habe sie halt angerufen, jetzt, wo ich nach Stuttgart ziehen muss. Wie ist das nun mit ihrem Freund? Wenn es noch derselbe ist wie damals.« Theresa lachte gekünstelt.

Die Frau war vorsichtig. »Ja, einen Freund hat sie wohl schon.«

»Ist das so ein Blonder, so groß wie ich etwa, mit Brille?«

»Nein, der hat dunkle Haare.«

»Aha. Dann ist es wohl ein neuer. Sie wissen nicht zufällig, wie er heißt und wo ich ihn erreichen kann?«

»Keine Ahnung.«

Theresa raufte sich in gespielter Verzweiflung die Haare. »Was mach ich denn jetzt nur? Wer kann mir denn da weiterhelfen?«

»Weiß ich nicht. Kommen Sie heute Abend wieder, wenn die Overmann wieder da ist.« Und schlug die Tür zu.

Gar nicht so einfach, undercover zu arbeiten, dachte Theresa. Wie viel einfacher war es doch, wenn man den Ausweis zücken und ganz direkt fragen konnte.

Aber sie hatte sich nun mal etwas in den Kopf gesetzt und wollte nicht aufgeben, also klingelte sie weiter an den Türen. Das Fazit eines durchschwitzten Vormittags: sechs Mal Türenknallen, noch bevor sie richtig zu Wort gekommen war; neun Mal mühsames Geplauder ohne Inhalt; das Angebot eines ungepflegten, dicht behaarten Mannes in Netzunterhemd und geblümter Badehose, bei ihm einzuziehen, in seinem Bett sei Platz für zwei; die nicht minder eindeutige Aufforderung eines genauso schmierigen Typen, sich erst mal unter seiner Dusche zu erfrischen an diesem heißen Tag; die Einladung einer älteren Dame zu einem abscheulich dünnen Kaffee, die sie vertrauensselig hereinbat und ausdauernd von ihrem Willi erzählte, der sich als verfetteter Kater herausstellte.

Das greifbare Ergebnis ihrer Recherchen war ebenso ernüchternd. Ein Freund wurde mehrmals bestätigt, die Beschreibungen wechselten. Vielleicht wechselten auch die Freunde. Sonst wusste keiner Näheres über die Frau Nachbarin. Jeder lebte offenbar für sich, das war ihr schon in Looses Nachbarschaft aufgefallen. Theresa, die auf dem Dorf aufgewachsen war, kannte das anders.

Und nicht ein einziges Mal die Aussicht auf eine Wohnung.

Frustriert fuhr Theresa ins Präsidium und überlegte, ob sie Grock ihre Eskapaden nicht besser verschweigen sollte. Was sie dann doch nicht tat. Sie erntete eine verhaltene Anerkennung für ihre Initiative und die recht deutlich vorgetragene Bitte, ihr Vorgehen das nächste Mal doch besser mit ihm abzusprechen.

Zerknirscht setzte sich Theresa an ihren Schreibtisch und blies Trübsal.

Sie hatte immerhin eingesehen, dass sie noch einiges lernen musste.

47

Ein Samstag, und immer noch Sommer. Theresa schlief lange und schaute sich dann Wohnungen an. Sie war es leid, sich mit Dutzenden von anderen Interessenten durch muffige Räume zu schieben in der vagen Hoffnung, diesmal zu den Auserwählten zu gehören, und hatte sich an einen Makler gewandt. Sie bestand auf Einzelterminen, das war ja das Mindeste, was man für die Provision erwarten konnte, und hielt nun drei Adressen in der Hand.

Die erste Wohnung war in einem erbärmlichen Zustand, die zweite schon vergeben, als sie ankam, bei der dritten starrte ihr der Vermieter, der im Haus wohnte, so lüstern auf den Busen, dass sie sofort abwinkte.

Sie probierte ein neues Sportstudio aus, fand das Publikum aber ätzend. Die Jungs protzten mit ihren Muckis, die Mädels mit der neuesten Mode. Ein paar schienen sich zu kennen, die anderen arbeiteten verbissen vor sich hin, ohne einen Blick für die Neue. Wieder mal eine Niete.

Sie aß eine pappige Pizza und ging in einen Film, der ihr nicht gefiel. Dann suchte sie sich aufs Geratewohl eine Bar aus. Ein paar Typen versuchten sie auf dümmliche Art anzumachen, ansonsten schien ganz Stuttgart nur aus einzelnen Cliquen zu bestehen, die Reihen fest geschlossen. Verhockte Schwaben.

Dirk Petersen verbrachte einen vergnüglichen Tag mit seinen Kindern. Sie fuhren an den Max-Eyth-See, fanden mit Mühe einen freien Platz und verbrachten die Wartezeit bis zum nächsten freien Tretboot mit viel Eis. Seine Frau lief zunächst etwas orientierungslos durchs Haus, wie immer, wenn sie allein war und ungewohnter Frieden sie umgab, fand dann aber schnell zur Ruhe. Am Abend grillten sie, zum großen Ergötzen der Kinder.

Und Grock? Der bequemte sich doch endlich dazu, seinen Rasen zu mähen, ließ die Sträucher aber wuchern, wie sie wollten. Er widerstand der Versuchung, wenigstens die Sträucher zu den Nachbarn links hin zu stutzen, damit er einen besseren Blick auf die Bikini-Frau hätte. Mit einem Glas Grantschener Riesling setzte er sich in den Liegestuhl und war bald eingeschlafen.

Für den Abend war er mit Lena zum Essen verabredet. Es wurde ein halbwegs entspannter Abend, weil sie sich vorgenommen hatten, über alles zu reden, nur nicht über sich. Ganz schafften sie es freilich nicht.

»Was hat uns auseinandergebracht?«, fragte Grock.

»Das Leben. Jeder hat sich weiterentwickelt. Auf seine eigene Weise. In seiner eigenen Welt. Unsere Klammer waren die Kinder. Die Kinder sind weg. Jetzt müssen wir uns neu justieren.«

»Mögen wir uns deswegen nicht mehr?«

»Doch. Aber wir können nicht mehr zusammen leben. Wenigstens im Moment nicht. Wir müssen erst zu uns selbst finden. Jeder für sich. Wir beide brauchen jetzt unsere Freiheit. Vielleicht kommen wir dann wieder zusammen. Wie auch immer.«

Danach fuhr er nach Luginsland und sie in ihr Atelier. So sah also ihre Zukunft aus.

Toni Scarpa aber fuhr, wie er das möglichst einmal im Monat tat, ins Sophien-Heim, wo ihn Katja schon ungeduldig erwartete. Das Mädchen, mittlerweile zwölf Jahre alt, hatte das Down-Syndrom.

Durch Zufall, als er auf der Wache in Botnang zu tun gehabt hatte, war er Zeuge eines Familiendramas geworden. Die Eltern waren unter den Belastungen, die die Behinderung ihrer Tochter mit sich brachte, zusammengebrochen, so war das Kind ins Heim gekommen, dort war es am besten aufgehoben.

Spontan hatte er sie kurz darauf besucht, nur, um zu sehen, wie es ihr ging, und daraus waren regelmäßige Treffen geworden. Er liebte das Kind, als sei es sein eigenes. Sie spielten, tollten herum, gingen Eis essen und Boot fahren. Hinterher waren sie beide glücklich. Niemand wusste von diesen Treffen, nicht seine Familie, nicht seine Kollegen, es war ihr Geheimnis.

Später zog Toni noch um die Häuser, gab ein bisschen den Latin Lover, und bei der dritten Frau konnte er landen. Sie gingen zu ihm. Es war wie immer, nicht besser und nicht schlechter und ohne Folgen für die Zukunft. Manchmal war Toni diese One-Night-Stands leid. Er sehnte sich nach etwas Beständigem und nach eigenen Kindern.

Grock lag noch lange wach. Vielleicht hatte Lena recht: Sie waren jetzt frei. Fragte sich nur, was sie damit anfangen sollten. Lena ging offenbar schon ihren Weg, sie erschien ihm gelöster. Befreit. Eine Erkenntnis, die schmerzte. Ihm machte seine Freiheit noch Angst. Er musste seinen eigenen Rhythmus erst finden.

Am Sonntag wurde er schon um acht Uhr nach Wangen gerufen. Er entschied sich, das allein zu machen, sollten die jungen Kollegen den Tag genießen.

Es sah schlimm aus. Eine junge Frau aus Litauen hatte ihren Mann mit einem Küchenmesser erstochen, und sie hatte nicht nur einmal zugestochen, besonders im Genitalbereich hatte sie gewütet. Wie sie aus ihr herausbekamen, war sie von dem Mann, dreißig Jahre älter, über eine Agentur gekauft worden. Er schlug und vergewaltigte sie, nun hatte sie sich gerächt. Die Frau war verschreckt, aber gleichzeitig lag etwas Triumphierendes in ihrem Blick. Auch sie hatte sich befreit. Er wünschte ihr einen nachsichtigen Richter.

Routine, schreckliche Routine.

48

Der Sohn von Peter Loose, Reiner, war endlich aus Hannover nach Stuttgart gekommen und hatte sich bei Grock gemeldet, ein gut aussehender Mann Mitte dreißig, Diplom-Ingenieur, der einen intelligenten und sympathischen Eindruck machte.

»Wie war Ihr Vater?«, fragte Grock.

»Ein langweiliger Pedant. Klingt vielleicht hart, wenn ich das so sage, aber so war er eben.«

»Ihr Verhältnis zu ihm war nicht besonders gut?«

»Weder gut noch schlecht. Wir hatten uns einfach nichts zu sagen. Er lebte in seiner eigenen Welt, und das war nicht meine.«

»Und seine Welt?«

»War die Musik, nur die Musik. Ich glaube, er hat mal davon geträumt, ein großer Virtuose zu werden, und hat einsehen müssen, dass daraus nichts wird.«

»Was ihn frustriert hat, nehme ich an.«

»Sicher. Aber komischerweise war er deswegen nicht deprimiert, sondern noch ehrgeiziger. Er hat geübt, was das Zeug hielt. Das kann einen jungen Menschen ganz schön nerven, sage ich Ihnen.«

»Hatte er Hobbys oder besondere Vorlieben?«

»Nichts dergleichen. Für ihn gab es nichts als seine Geige.«

»Wie war die Ehe Ihrer Eltern?«

»Was hat das mit seinem Tod zu tun?«

»Ich versuche, mir ein Bild von Ihrem Vater und seinem Leben zu machen. Vielleicht ergeben sich daraus Ansatzpunkte für die Ermittlungen.«

»Na gut, wenn's den Ermittlungen dient ... Ja, wie war die Ehe? Wie die meisten Ehen so sind. Irgendwann hat man sich nichts mehr zu sagen und lebt nebeneinander her.«

Grock nahm das mit einem innerlichen Seufzen hin. Warum nur wurden ihm immer seine eigenen Probleme vor die Nase gehalten?

»Hatte Ihr Vater eine Freundin?«

Reiner Loose sah ihn verwundert an und lachte dann. »Nein, ganz bestimmt nicht. Mein Vater war ein pflichtbewusster Mann, der sehr auf Konventionen hielt. Eine Freundin? Nein.«

»Vielleicht nach dem Tod Ihrer Mutter?«

Reiner Loose dachte nach. »Ich weiß nichts davon«, sagte er schließlich, »und ich kann es mir im Grunde auch nicht vorstellen. Andererseits, warum eigentlich nicht? Vielleicht hat er seinen zweiten Frühling erlebt, nachdem er seine Ehe hinter sich hatte. Gegönnt hätte ich es ihm.«

»Sie scheinen keine sehr gute Meinung über die Ehe zu haben.«

Loose schnaubte. »Gebranntes Kind.«

»Sie haben Ihre Frau wegen einer anderen verlassen?«

»Hat Carla das so dargestellt? Ja, das kann ich mir vorstellen. In Wahrheit war's gerade andersrum. Ich habe Carla wegen ihrer Männer verlassen.«

»Ihrer Männer?«

»Carla ist wie eine läufige Hündin. Sobald sie einen Schwanz sieht, lüpft sie den Rock. Bisschen drastisch ausgedrückt, zugegeben, aber in etwa ist es schon so. Carla ist sexbesessen.«

»Sie hatte also Affären während Ihrer Ehe?«

»Das waren nicht mal Affären, da ging es nur um Sex. Ich habe lange gebraucht, bis ich das bemerkt habe, aber dann habe ich Schluss gemacht. Ungefähr zur gleichen Zeit habe ich ein gutes Angebot in Hannover bekommen, und das war's dann. In Hannover habe ich in der Tat jemanden kennengelernt.«

»Wann war das?«

»Kurz nach dem Tod meiner Mutter.«

»Zahlen Sie eigentlich Unterhalt?«

»Woher denn! Carla kann arbeiten, wir hatten ja keine Kinder. Obwohl ich mir nicht vorstellen kann, wie sie mit ihrem Gehalt zurechtkommt. Sie hatte schon immer ein lockeres Verhältnis zum Geld, Schuhe, Kleider, Reisen, Sie wissen schon, und ich glaube nicht, dass sich das geändert hat. Vielleicht reißt sie ja mal einen solventen Lover auf.«

»Wie war das Verhältnis zwischen Ihrem Vater und Ihrer Exfrau?«

»Widersprüchlich. Als Schwiegertochter hat sie ihm nicht gepasst, aber das ist ja wohl normal, für die Eltern ist wahrscheinlich kein Partner ihrer Kinder gut genug. Aber manchmal hatte ich den Eindruck, dass er von ihr als Frau fasziniert war.«

»Wie äußerte sich das?«

»Durch die Art, wie er sie anschaute. Durch ein paar Bemerkungen, die er gemacht hat. Das kann ich auch durchaus nachvollziehen. Wenn Carla will, strahlt sie so etwas – ja, wie soll ich sagen, so etwas Animalisches aus. Ich bin ja auch darauf reingefallen. Obwohl reingefallen vielleicht nicht der richtige Ausdruck ist. Man kann mit Carla viel Spaß haben, sofern man nicht auf eine altertümliche monogame Zweierbeziehung aus ist.«

»Haben Sie Ihrem Vater gesagt, warum Sie sich getrennt haben?«

»Klar.«

»Haben Sie noch Kontakt zu Ihrer Exfrau?«

»Nein, überhaupt nicht, das Kapitel ist erledigt. Sie werden es vielleicht nicht glauben, aber ich bin nicht einmal mehr sauer auf sie. Sie ist eben so, und das muss man entweder akzeptieren oder gehen. Ich konnte es nicht akzeptieren.«

»Dann wissen Sie auch nicht, ob Carla wieder eine feste Beziehung hat?«

»Nein, das weiß ich nicht, und ich weiß auch sonst nichts über ihr Leben jetzt. Und mich interessiert es auch nicht. Aber warum fragen Sie eigentlich dauernd nach Carla? Hat sie mit der Sache was zu tun?«

»Das wissen wir noch nicht. Wie schon gesagt, wir verschaffen uns ein Bild vom Umfeld Ihres Vaters. Wussten Sie übrigens, dass Carla Ihren Vater eine Zeit lang regelmäßig besucht hat, einmal in der Woche?«

»Mir hat er nichts davon erzählt. Und zu Carla habe ich, wie gesagt, keinen Kontakt mehr.«

»In ungefähr dem gleichen Zeitraum hat er ungewöhnlich viel Geld mehr bar abgehoben als sonst üblich.«

»Worauf wollen Sie hinaus?«

»Könnte es sein, dass Ihr Vater Carla Overmann finanziell unterstützt hat?«

Reiner Loose, der bisher alle Fragen freundlich beantwortet hatte, wurde auf einmal patzig. »Fragen Sie sie doch«, sagte er.

»Das werden wir auch tun«, erwiderte Grock, »aber ich möchte Ihre Meinung hören.«

»Schon möglich. Carla ist immer klamm.«

»Und warum sollte er das tun? Aus reiner Nächstenliebe?«

Reiner Loose antwortete nicht. Beide sahen sich an, und beide merkten, dass sie auf demselben Gedanken herumkauten. Ein Gedanke, der absurd schien, aber möglich war.

»Wann begann das?«, fragte Loose.

»Im Januar letzten Jahres«, antworte Grock.

»Also kurz, nachdem die Scheidung durch war«, sagte Loose leise. Er dachte nach. »Ich werde mit Carla reden«, sagte er entschlossen und stand auf.

»Nein«, versuchte Grock zu bremsen.

»Doch. Ich muss das wissen.«

»Überlassen Sie das uns. Bitte. Es geht um mehr. Es würde unsere Ermittlungen beeinträchtigen.«

Es war Reiner Loose anzusehen, dass ihm das überhaupt nicht passte. Aber er nickte widerwillig.

»Gut. Aber informieren Sie mich.«

»Selbstverständlich«, sagte Grock, der nun auch aufstand. »Übrigens, Sie sind doch der Alleinerbe, nicht wahr?«

»Ich denke schon. Aber viel zu erben gibt es da nicht. Als Orchestermusiker wird man kein reicher Mann. Ich habe die Klagen meines Vaters noch im Ohr.«

»Vergessen Sie die antike Geige nicht.«

»Ach ja, dieses alte Stück. Ich habe nie verstanden, warum man dafür so viel Geld ausgeben kann. Aber was soll's, es war sein Geld, und wenn er seinen Spaß dran hatte …«

»Die Geige ist verschwunden.«

»Wird er sie wohl wieder verkauft haben.«
»Vielleicht auch nicht.«
Reiner Loose sah Grock spöttisch an. »Tja, ein weiteres Rätsel, das Sie lösen müssen, nicht wahr?«
Grock sagte: »Nur der Form halber: Wo waren Sie am 16. Juni?«
»In Hannover«, antwortete Loose, »aber wo genau, kann ich auf Anhieb beim besten Willen nicht sagen. Ich kann nachschauen, wenn ich wieder zu Hause bin, vielleicht kann ich's rekonstruieren.«
Grock lächelte. »Bei Bedarf werde ich darauf zurückkommen.«

49

Am Abend wagte sich Grock an etwas heran, das er in seinem Leben noch nie gemacht hatte: Er kochte. Er war der Typ, von dem man sagt, dass er selbst das Wasser anbrennen lasse. Das Kochen war Lenas Aufgabe gewesen; mehr Lust als tatsächliche Aufgabe, sofern man darunter etwas quälend zu Erledigendes verstand. Was das Essen betraf, war Grock verwöhnt.

Jetzt nicht mehr. Er war das Restaurantessen leid.

Er hatte die ganze schwäbische Küche rauf und runter gegessen, Linsen mit Spätzle, Sauerkraut und Buabaspitzle, sogar Gaisburger Marsch und Saure Kartoffelrädle, was man nicht mehr häufig auf den Speisekarten fand. Und vor allem Rostbraten und Maultaschen.

Mittlerweile konnte er sich mit Fug und Recht als erprobten Maultaschenexperten für so ziemlich alle Lokalitäten in den Neckarvororten bezeichnen. Abgründe taten sich auf und nur wenige Lichtblicke, und für den Kartoffelsalat galt das Gleiche, mal war er zu schmierig und meist nur widerwärtig geschmacklos, in den meisten Maultaschen war zu viel Schweinebrät, und das hatte in einer echten Maultasche nun gar nichts zu suchen, manche schmeckten in verschiedenen Lokalen tupfengleich, das waren dann wahrscheinlich die von Bürger, und das waren übrigens nicht die schlechtesten.

Aber Maultaschen konnte er fast nicht mehr sehen, und bevor sie ihm wirklich über wurden, was für einen gestandenen Schwaben einer entsetzlichen Katastrophe gleichkäme, ging er zum Metzger und kaufte sich einen Rostbraten. Auch nicht sehr originell, aber immerhin ein Anfang.

Nun gut, er hätte auch zu etwas Vorgefertigtem greifen können, die Regale und die Tiefkühltruhen waren ja voll davon. Doch die Bilder vornedrauf machten ihn misstrauisch. So sah das Essen nicht einmal in den Restaurants aus, die er kannte. Und ein Stück Fleisch zu braten sollte kein unüberwindliches Hindernis sein.

Er machte die Bratpfanne heiß und legte das Fleisch in das Fett, das sogleich heftig zu spritzen begann und sein Hemd versaute. Woher weiß man, wann das Fleisch durch ist? Wahrscheinlich, wenn es außen schön braun ist. Und wie entsteht eine Soße? Er kippte Wasser in die Pfanne. Das Wasser wurde braun, na also.

Bratkartoffeln dazu wären nicht schlecht, fiel ihm ein. Aber wie macht man Bratkartoffeln? Die Frage erübrigte sich, da ohnehin keine Kartoffeln im Hause waren. Er fand noch einen Kanten alten Brotes. Rostbraten mit Brot, das ging in Ordnung, das war Tradition in Schwaben.

Die Soße schmeckte wie braunes Wasser, der Rostbraten malträtierte zäh das Gebiss. War wohl doch nicht so einfach, das Kochen. Wenigsten der Wein schmeckte, ein Trollinger aus Uhlbach.

Er blätterte in Lenas Kochbüchern, die sie dagelassen hatte. Sah alles wunderbar aus auf den Fotos, wie auf den Tiefkühlverpackungen, und las sich ganz einfach. Aber wenn er schon bei so etwas Simplem wie einem Rostbraten versagte?

Grock sah ein ernsthaftes Problem auf sich zukommen und bekämpfte es vorerst mit einem weiteren Glas Trollinger.

50

Bei Theresa Wimmer hingegen schien sich die Lösung einiger ihrer Probleme abzuzeichnen. Sie war immer noch auf der Suche nach einer idealen Joggingstrecke, fuhr hinauf nach Degerloch, wo der Wald etwas Abkühlung versprach, und drehte ihre Runden. Dann setzte sie sich auf eine Bank, schwitzte ab und grübelte über Carla Overmann, um nicht über sich selbst nachdenken zu müssen.

Neben ihr ließ sich ein Mann nieder.

»Hi«, sagte er.

»Hi«, erwiderte sie automatisch und warf ihm einen kurzen Blick zu. Nicht unsympathisch.

»Allein oder einsam?«, fragte er.

»Was ist der Unterschied?«, erwiderte sie verblüfft. Eine neue Art von Anmache.

»Allein ist eine Entscheidung: Ich möchte für mich sein. Einsam ist ein Zustand, den du gern ändern möchtest.«

Er machte es ihr leicht, ihn abzuwimmeln, wenn sie wollte. Aber wollte sie? Sie schaute ihn an. Wohl ein paar Jahre älter als sie, durchtrainiert, was das Muskelshirt gut zur Geltung brachte, verschwitzt wie sie selbst. Sah nicht übel aus.

Ihre Antwort würde den weiteren Verlauf des Abends bestimmen und vielleicht noch mehr. Aber irgendwann musste sie ja mal anfangen, neue Bekanntschaften zu schließen.

»Einsam«, sagte sie.

»Ich auch«, antwortete er. »Wollen wir zusammen was essen?«

»Gerne.«

Sie stellten sich ganz förmlich vor, der Typ hieß Christian Kutter, und verabredeten sich für später bei einem Italiener, wo es eine schöne Terrasse geben sollte.

Theresa fand nur mit Mühen und mit ziemlicher Verspätung hin, vielleicht sollte sie sich doch mal ein Navi zulegen, im Stuttgarter Straßendschungel wäre das sicher hilfreich.

Die Terrasse war in der Tat schön, das Bier kühl, vom Essen wurde man satt, und Christian Kutter erwies sich als ausgiebiger Plauderer, wenn auch das Gespräch zunehmend einseitiger wurde. Das Thema Sport im Allgemeinen und Joggen im Besonderen war bald erschöpft, und zu getunten Autos und dem VfB Stuttgart konnte Theresa wenig beitragen.

Theresa konnte es geschickt vermeiden, über ihren Beruf zu sprechen, was üblicherweise einen hohen Abschreckungsfaktor hatte, und begann sich bald zu langweilen. War wohl wieder nichts. Das sah der Typ offenbar genauso, er unternahm keinerlei Versuche, den Abend im Bett enden zu lassen, und fragte nicht mal nach ihrer Telefonnummer.

Wenigstens hatte sie einen Abend in Gesellschaft und außerhalb ihrer Wohnung verbracht.

51

Toni Scarpa hatte sich die Finger wund telefoniert und rapportierte seine Recherchen. Das Team hing träge in den Stühlen.

»Eins steht mal fest«, sagte er, »Muggler spielt nur in der Regionalliga. Die richtigen Sammler kaufen nicht bei ihm.«

Toni, sonst so geschwätzig, machte eine Pause. Er wollte sich von den Kollegen seine Erkenntnisse aus der Nase ziehen lassen.

»Ach ja?«, sagte Theresa, nur um auch etwas beizutragen. Seit dem Aufwachen sann sie über den Abend nach und war mittlerweile richtig sauer, dass es der Kerl nicht wenigstens versucht hatte. War sie so abschreckend? Oder so langweilig?

»Der Handel mit alten Instrumenten ist eine sensible Sache«, sagte Toni. »Da ist viel Schmu im Umlauf, und weil's um viel Geld geht, muss man halbwegs sicher sein, dass es gut angelegt ist. Wer wirklich interessiert ist, geht deshalb zu einem Händler, der einen guten Ruf in der Szene hat.«

»So, so«, sagte Grock. Er war mit dem Rätsel des Rostbratens beschäftigt und sah dem Abend mit größter Sorge entgegen. Sollte er einen neuen Versuch wagen oder doch wieder in eine Kneipe gehen? Ob er mal in der Volkshochschule einen Kochkurs belegen sollte? Aber wenn er da allein auftauchte, er in seinem Alter, sah man ihm die gescheiterte Ehe gleich an, und das war ihm unangenehm.

»Und Muggler hat diesen Ruf nicht«, fuhr Toni fort.

»Aha«, sagte Dirk. Er war frustriert. Der Abend hatte sich gut angelassen, die Kinder waren bald eingeschlafen, aber irgendeine Bemerkung von ihm, an die er sich gar nicht mehr erinnern konnte, hatte erst einen Schatten geworfen und dann sehr schnell zu einem lautstarken Zerwürfnis geführt, das in beiderseitigem Groll endete. Schweigend waren sie zu Bett gegangen, schweigend heute Morgen wieder aufgestanden. Sie ignorierten einander verbissen. Fing es so an? Und endet dann wie bei Grock?

»Im Übrigen bin ich heute zum Polizeipräsidenten ernannt worden«, sagte Toni.

Keiner reagierte. Keiner sagte etwas. Jeder sah müde an ihm vorbei ins Leere.

»Verfluchte Scheiße«, polterte Toni los. »Was ist mit euch? Habt ihr alle die Nacht durchgemacht, oder was?«

Sie schreckten hoch und sahen Toni schuldbewusst an.

»Entschuldigung«, murmelten sie reihum. Es klang wie ein schlecht eingeübter Kanon.

»Muggler hat also keinen guten Ruf«, sagte Grock und bemühte sich um Konzentration.

»Hat er nicht«, sagte Toni. »Das wurde mir von verschiedenen anderen Händlern bestätigt.«

»Konkurrenzneid«, warf Dirk ein.

»Nicht unbedingt«, entgegnete Toni. »Die Händler beurteilen sich gegenseitig ziemlich differenziert. Ich habe auch einige Empfehlungen gekriegt, falls ich interessiert wäre.«

»Wer kauft dann bei Muggler?«

»Die Neureichen, die mit ihrer Erwerbung protzen wollen. Unternehmer, Ärzte. Scheint gerade schick zu sein, sich so ein altes Ding an die Wand zu hängen. Außerdem gilt's als gute Kapitalanlage.«

»Aber nur, wenn sie auch echt sind.«

»Genau das ist der springende Punkt.«

»Gibt es Hinweise in der Richtung?«

»Nicht offiziell. Es gab nur diesen Unternehmer, von dem wir wissen, dass er gegen Muggler vorgegangen ist. Und das war auch eher ein Zufall. Er hatte nämlich mal einen wirklichen Kenner zu Gast, präsentierte ihm stolz seinen alten Kontrabass und musste sich so einiges anhören. Er hat vor Wut geschäumt und Muggler angezeigt. Wenn sonst jemand Zweifel gehabt haben sollte, hat er sie für sich behalten. Wahrscheinlich wäre es peinlich für einen smarten Unternehmer, wenn herauskommt, dass er sich übers Ohr hat hauen lassen. Außerdem war es sicherlich Schwarzgeld. Aber …« Toni machte eine Kunstpause. Er hatte jetzt ihre Aufmerksamkeit, alle sahen ihn erwartungsvoll an. »Aber«, fuhr Toni fort, »von dem Unternehmer mit dem Kontrabass weiß ich zumindest von einem anderen Kunden, einem Zahnarzt, der Muggler die Hölle heiß gemacht hat, weil er Zweifel an der Echtheit seiner schönen Geige hatte. Und Muggler hat sich kulanterweise bereit erklärt, diese Geige zum Kaufpreis zurückzunehmen. Das waren immerhin 23 000.«

»Muggler wollte wohl weiteres Aufsehen vermeiden.«

»Anzunehmen. Ob ihm das auch gelungen ist, das ist noch die Frage. Viele seiner Kunden kennen sich nämlich.

Muggler wurde unter den Interessierten herumgereicht als eine Art Geheimtipp für günstige Preise.«

»Günstige Preise sollten eigentlich stutzig machen.«

»Sollte es, aber Gier oder Prunksucht haben wohl den meisten das Gehirn vernebelt. Außerdem war Mugglers Argument, dass anderswo überhöhte Preise verlangt werden. Das ist nicht mal so falsch, der Markt ist etwas hysterisch. Muggler präsentierte sich als der Mann mit den reellen Preisen.«

»Wann hat der Zahnarzt sein Geld zurückverlangt?«

»Im Mai.«

Grock überlegte. »Im April hat Muggler den Prozess, als Folge bekommt er Ärger mit dem Finanzamt, außerdem muss er ein Instrument zurückkaufen. Und das ist möglicherweise nicht das einzige. Auch Loose scheint ja Zweifel gehabt zu haben.«

»Muggler ist finanziell am Arsch«, mutmaßte Dirk.

»Grund genug, um Loose umzubringen?«

»Hat er wenigstens ein Problem weniger. Und ein bisschen Bargeld mehr, wenn er das Ding wieder verscherbelt.«

Grock stand auf. »Komm, Toni, reden wir mal mit dem Herrn.«

Dirk und Theresa sollten sich derweil noch einmal mit Looses neugieriger Nachbarin Erna Häfele unterhalten, vielleicht ließen sich Carla Overmanns Besuche doch etwas genauer fassen.

52

Grock betrat die Musikalienhandlung Muggler zunächst allein. Toni drückte sich draußen herum und wartete auf ein Zeichen.

Der bleiche Muggler wieselte auf ihn zu und begrüßte ihn überschwänglich.

Grock kam gleich zur Sache.

»Wie sieht's aus mit meiner Guarneri?«, fragte er und bemühte sich, einen gierigen Ausdruck in seine Stimme zu legen, was ihm freilich nicht so recht gelang, wie er selbstkritisch feststellen musste.

Muggler schien das nicht bemerkt zu haben. Er strahlte geradezu. »Sie ahnen ja gar nicht, welches Glück Sie haben, Herr ...«

»Grock.« Kein Grund mehr, seinen Namen zu verschweigen.

»Ja, Herr Grock, in der Tat habe ich offenbar die Möglichkeit, an eine Guarneri zu kommen. Nur fürchte ich leider, dass sie nicht billig sein wird. Ein seltenes Stück.«

»Wie viel?«, fragte Grock. So macht das ein Mann von Welt, stellte er sich vor: kurz und knapp gefragt und dann das Bündel Bares gezückt.

»Ich bin noch in Verhandlungen. 52 000 sind der aktuelle Stand. Aber wir müssen schnell zuschlagen, bevor uns jemand überbietet. Ein begehrtes Stück.«

Begehrt und selten. Muggler machte das geschickt und setzte auf die Gier des Kunden, wenn der einmal Blut geleckt hatte.

»Wann kann ich die Geige haben?«

»In wenigen Tagen schon, wenn Sie sich jetzt entscheiden.«

»Eine echte Guarneri?«

»Eine echte Guarneri, ja. Wie gesagt, man bekommt so etwas nicht oft in die Hände.«

»Es handelt sich nicht zufällig um die Guarneri von Peter Loose?«, fragte Grock scheinheilig.

Muggler schaute ihn erstaunt an. »Ich verstehe nicht ...«

Nun endlich hielt Grock ihm seinen Ausweis unter die Nase und winkte gleichzeitig Toni herein. »Grock, Kriminalpolizei«, sagte er. »Wir ermitteln im Mordfall Peter Loose.«

Muggler wurde noch eine Spur bleicher, als er ohnehin war.

»Loose ist tot?«

Wenn er nicht ein bemerkenswert guter Schauspieler war, dann war ihnen eine echte Überraschung gelungen. Die Polizei hatte die Identität des Toten zwar immer noch nicht bekannt gegeben, was Grock viel Überredungskunst beim Rat abverlangt hatte. Andererseits, zu viele Leute wussten mittlerweile davon, es konnte sich herumgesprochen haben.

»Ermordet?«, fragte er nach.

»Allerdings.«

»Entschuldigung, das erschüttert mich jetzt sehr.«

Er nahm ein Taschentuch aus der Tasche und wischte sich über die Stirn. Grock sagte nichts und schaute ihn nur an.

»Wie ist es denn passiert?« Muggler flüsterte fast.

»Peter Loose wurde erschlagen.«

Eine Zeitlang war Stille. Es war Muggler anzusehen, dass es in ihm arbeitete. Grock und Toni warteten ab.

»Und was habe ich damit zu tun?«, fragte er schließlich.

»Haben Sie denn etwas damit zu tun?«, hakte Grock sofort nach.

»Natürlich nicht. Wie kommen Sie darauf?«

Muggler hatte sich wieder gefangen. Sie standen am Tresen der Kasse, Toni hatte sein Bandgerät eingeschaltet. Dann ging er zur Ladentür und schloss sie ab. Keine zufälligen Kunden jetzt. Wenn Muggler das missfiel, sagte er nichts.

»Sie kannten Peter Loose«, sagte Grock.

»Natürlich. Er war einer meiner Stammkunden.«

»Wann haben Sie ihn das letzte Mal gesehen?«

Muggler dachte nach. Oder gab sich wenigstens den Anschein. Dann schüttelte er den Kopf. »Tut mir leid, das weiß ich beim besten Willen nicht mehr. Allerdings ist mir aufgefallen, dass er schon längere Zeit nicht mehr hier war. Jetzt weiß ich natürlich, welch tragischem Umstand das zu verdanken ist.«

Er drückt sich recht geschwollen aus, fand Grock, und mit Wendungen, die verräterisch sein könnten, wenn man sie böswillig interpretierte. War er für Looses Tod tatsächlich dankbar?

»Loose hat bei Ihnen eine alte Geige gekauft«, begann Grock, »eine Guarneri.«

Muggler nickte.

»Wann war das?«

»Vor ungefähr drei Jahren, würde ich sagen.«

»Genauer wissen Sie es nicht mehr?«

»Sie werden verstehen, das liegt schon so lange zurück, da weiß ich nicht mehr, wann genau das war.«

»Sie können ja mal in Ihren Büchern nachschauen«, stichelte Toni.

»Das könnte ich, ja«, gab Muggler zurück, merklich reserviert. Toni lag sicher richtig mit seiner Vermutung, dass der Verkauf der Geige in den Büchern nicht zu finden war.

Toni ließ ihn noch eine Weile schmoren, dann winkte er ab: »Ist nicht so wichtig im Moment.«

Grock übernahm wieder. »Jetzt nochmals ganz offiziell gefragt: Ist das dieselbe Guarneri, die Sie mir auch verkaufen wollten?«

Muggler verstand sehr wohl, was Grock damit sagen wollte, zu gut, wie Grock fand, denn er gab sich ungemein empört.

»Was wollen Sie damit andeuten? Diese Guarneri ist selbstverständlich immer noch im Besitz von Herrn Loose.«

»Sind Sie sicher?«

Nun kam Muggler aber etwas ins Stottern. »Sicher bin ich mir natürlich nicht, ich kenne mich in den Verhältnissen von Herrn Loose nicht aus. Aber ich weiß nichts davon, dass er sie verkauft hat. Und bei einem der letzten Male, als er hier war, hat er mir noch gesagt, wie glücklich er über seine Geige war.«

»Aha«, sagte Grock. »Glücklich war er. So, so.«

»Ja, ausgesprochen glücklich. Es ist ja auch ein selten schönes Stück, diese Guarneri.«

»Ist es nicht so, Herr Muggler«, sagte Grock, »dass Loose eher unglücklich war über seine Geige? Weil er sich nämlich nicht mehr sicher war, ob es wirklich eine echte Guarneri war?«

Muggler fuhr auf. »Was wollen Sie mir damit unterstellen? Dass die Geige gefälscht ist?«

»Das wäre ja nicht das erste Mal«, warf Toni ein. »Darf ich Sie an den Kontrabass von Wolf Biersack erinnern?«

»Diese Geschichte! Wenn Sie das schon wissen, dann wissen Sie auch, dass die Vorwürfe nicht bewiesen werden konnten.«

»Aber auch nicht widerlegt«, konterte Toni.

»Das ist richtig. Aber im Zweifel für den Angeklagten, ist es nicht so?«

»Aber 's bleibt halt a Gschmäckle«, sagte Grock, der Schwabe.

»Und wegen diesem Gschmäckle hat Ihnen zum Beispiel der Zahnarzt Dr. Karl Merkle die Hölle heiß gemacht, nicht wahr?« Das kam wieder von Toni. »Er war sich nicht mehr sicher, ob die Geige, die sie ihm verkauft haben, echt war.«

Und Grock: »Und dass Sie ihm so anstandslos den Kaufpreis zurückbezahlt haben, des hot scho wieder a Gschmäckle, dät i sage.«

»Auf gut Deutsch: Es stinkt zum Himmel.« Toni.

Sie nahmen ihn in die Zange, und das zeigte erste Wirkung. Muggler transpirierte. Aber er konterte mit einem Ablenkungsversuch.

»Sind Sie nun von der Mordkommission oder von der Betrugsabteilung?«

Das könnte man fast als Eingeständnis vermerken. Grock lächelte. »Was wäre Ihnen denn lieber?«

»Hören Sie, das mit dem Dr. Merkle war eine üble Sache. Ich wollte mir nicht noch mehr Ärger einhandeln und habe die Geige zurückgenommen, um die Angelegenheit aus der Welt zu schaffen.«

»So, wie Sie auch die Angelegenheit Peter Loose aus der Welt geschafft haben?«

»Sehr schön!« Muggler suchte nach Oberwasser und wurde lauter, aber der Schweiß stand ihm immer noch auf der Stirn. »Jetzt wollen Sie mir also auch noch einen Mord in die Schuhe schieben! Das ist doch lachhaft! Ich werde mich über Sie beschweren! Haben Sie irgendwelche Beweise?«

Von erschüttert über resigniert bis empört: Die Skala der Muggler'schen Gefühle war weit. Aber unverkennbar war er nervös. Freilich, wer war das nicht, wenn er mit einem Mord in Verbindung gebracht wurde?

»Wo waren Sie am 16. Juni?«, fragte Grock.

»Hier in meinem Laden, wo ich immer bin.«

»Und am Abend?«

»Vermutlich zu Hause.«

»Allein?«

»Das weiß ich nicht mehr.«

Das war das Problem, wenn ein Datum so weit zurücklag. Man konnte es niemandem übel nehmen, dass er sich nicht mehr erinnerte, was an diesem Abend gewesen war.

Muggler wurde wieder sicherer. Dumm war er ja nicht, es musste ihm klar sein, dass die beiden nichts Konkretes gegen ihn in der Hand hatten, sonst hätten sie ihn längst damit konfrontiert.

»Looses Guarneri ist verschwunden«, sagte Grock. Er lauerte auf Mugglers Reaktion.

»Was Sie nicht sagen«, sagte der schwach.

»Wir finden sie nicht zufällig hier bei Ihnen?«

»Mit Sicherheit nicht.«

Das kam so schnell und so überlegen, dass Grock sofort wusste, hier würde er sie wirklich nicht finden. Trotzdem spielte er das Spiel weiter.

»Dürfen wir uns mal umsehen?«, fragte er.

»Haben Sie einen Durchsuchungsbeschluss?«

Fast musste Grock lächeln. Muggler spielte mit. Da er sich so sicher war, konnte er sich bockig stellen.

»Nein«, sagte Toni, »den haben wir nicht. Aber wir können ihn problemlos bekommen.«

»Bitte, meine Herren!« Geradezu generös machte Muggler eine einladende Handbewegung.

Grock und Toni schauten sich kurz an. Beiden war klar, dass eine Durchsuchung reine Zeitverschwendung war, trotzdem bedeutete Grock Toni mit einer Kopfbewegung, er solle sich auf den Weg in die hinteren Räumlichkeiten machen. Sollte Muggler seine Genugtuung haben.

»Wo ist übrigens die Guarneri, die Sie mir verkaufen wollten?«, fragte Grock, während Toni sich flüchtig umsah.

»Bei einem Händlerkollegen.«

»Hat der auch einen Namen?«

»Hat er, aber warum sollte ich Ihnen den sagen?«

»Eben. Warum?«, sagte Grock.

Toni kam zurück, erwartungsgemäß mit leeren Händen.

»Ich habe Ihnen doch gesagt, dass Sie Looses Geige hier nicht finden«, sagte Muggler triumphierend.

Sollte man die Worte auf die Goldwaage legen: nicht hier, aber anderswo?

Grock und Toni wandten sich zum Gehen.

Grock drehte sich noch einmal um. »Wann schließen Sie Ihr Geschäft?«

»Um sechs Uhr«, antwortete Muggler.

»Dann kommen Sie doch bitte hinterher ins Präsidium und lassen sich Ihre Fingerabdrücke nehmen.«

Muggler verspürte Oberwasser und gab sich bockig. »Warum das denn? Gehöre ich etwa zu den Verdächtigen?«

»Reine Routine«, erwiderte Grock. »Man erwartet Sie dort um sieben Uhr.«

Toni rüttelte irritiert an der verschlossenen Tür, bis ihm einfiel, dass er selbst es war, der sie abgeschlossen hatte.

Abermals drehte Grock sich um. »Ach, übrigens, wann haben Sie Carla Overmann zuletzt gesehen?«

»Carla Overmann? Wer ist das?«

Grock sah Muggler prüfend an, der hielt dem Blick stand.
»Ich glaube, wir haben uns nicht zum letzten Mal gesprochen«, sagte Grock zum Abschied.

Muggler sah so aus, als hätte er einen Taifun mit heiler Haut überstanden. Und erwartete den nächsten.

53

Wieder draußen, auf dem Weg zurück zum Auto, sagte Toni: »Wir sollten wirklich einen Durchsuchungsbeschluss beantragen. Auch für seine Wohnung.«

»Wenn dir etwas einfällt, was den Staatsanwalt überzeugt. Wir haben nichts in der Hand gegen Muggler.«

»Außer dem Gefühl, dass hier was oberfaul ist. Der Muggler ist ein Nervenbündel.«

»Das würde unser Staatsanwalt nicht als überzeugendes Argument ansehen.«

»Mist, verfluchter«, schimpfte Toni. »Mit irgendetwas müssen wir den doch packen können! Warum nehmen wir ihn nicht mit und drehen ihn durch die Mangel? Den koch ich schon weich.«

Grock schüttelte den Kopf. »Ich habe eine andere Idee.«

»Dann lass mal hören!«

»Lass dich überraschen. Wenn's schiefgeht, weißt du von nichts.«

»Du bist der Chef, du darfst dich gerne allein blamieren, aber manchmal könntest du ruhig etwas kommunikativer sein.«

»Ich weiß schon was ich tue, Toni.«

Grock steuerte zielstrebig auf den Marktplatz zu und schwenkte ab zur Markthalle, dort konnte man auch draußen sitzen und seine Schwarze rauchen.

»Und was machen wir jetzt?«, fragte Toni.

»Wir plaudern ein bisschen mit Carla Overmann.«

»Wunderbar!«, freute sich Toni. »Dann lerne ich endlich die Wuchtbrumme kennen, die dich so beeindruckt hat.«

Grock schaute ihn schief an. Es war klar, dass sie über ihn redeten. Aber was hatte Theresa da bloß erzählt? Und vor allem: Hatte er sich tatsächlich so dackelhaft verhalten? Immerhin, dass Mädchen hatte eine scharfe Beobachtungsgabe, das hätte er nicht gedacht.

War das jetzt die offizielle Version, die im Kommissariat kursierte und seine schlechte Laune erklärte? Nun, damit konnte er leben.

Grocks Gedanken drifteten ab. Er sann über sein Verhältnis zu Frauen nach, zu Frauen ganz allgemein. War es schon als Fehlverhalten zu werten, wenn man eine begehrenswerte Frau genauer anguckte? Aber was hieß schon begehrenswert? War das nur ein Begriff? Oder musste man das Wort wörtlich nehmen? Hatte diese Frau ihn so offensichtlich beeindruckt, dass das sogar Theresa aufgefallen war? Wie hatte sie das den Kollegen erzählt? Wie stand er jetzt da? Und war das erst so, seit Lena …?

Toni knuffte ihn in die Seite. »Die Bedienung wartet.«

Grock bestellte einen Cappuccino.

»Du begehst hier gerade eine Straftat«, sagte Toni. »Kein Italiener trinkt nach elf Uhr morgens Cappuccino.«

»Ich darf das, ich bin kein Italiener. Und was trinkst du?«

Toni grinste. »Einen Cappuccino. Da siehst du mal, wie weit mich die Integration von meinen Wurzeln entfernt hat.«

»Finde heraus, wann die Overmann Feierabend hat«, sagte Grock.

»Offiziell?«

»Nein.«

Toni griff zum Handy und ließ sich mit dem Breuninger verbinden. Eigentlich hätte er die paar Schritte ja auch hinübergehen können.

»Spätschicht. Um acht Uhr. Übrigens ist die Overmann eine begehrte Frau heute. Kurz vor mir hat schon mal jemand genau das Gleiche gefragt.«

Grock horchte auf.

»Denkst du jetzt das Gleiche wie ich?«, fragte Toni.

»Und was denkst du?«

»Du könntest recht haben. Scheint so, als hätten wir Muggler aufgescheucht.«

»Wenn er es war, der angerufen hat.«

»Wer sonst? Ist doch eigentümlich. Kaum haben wir Mugglers Laden verlassen, mit einem dezenten Hinweis auf Carla Overmann zum Abschied, fragt jemand nach ihren Arbeitszeiten.«

»Es könnte jeder gewesen sein. Zum Beispiel ihr Exmann.«

»Glaubst du an den Weihnachtsmann?«

»Wir passen die Overmann um acht Uhr vor dem Personaleingang ab«, entschied Grock. »Nein, noch besser, wir gehen kurz vor acht zu ihr. Nicht, dass wir sie noch verpassen.«

»Oder uns jemand zuvorkommt.«

»Und du bringst jetzt die Aufnahme in die Technik. Ich möchte einen Stimmabgleich mit dem Band, das wir bei Loose gefunden haben. Sofort.«

Toni stöhnte. »Die werden begeistert sein. Du weißt doch, wie die immer jammern über ihre viele Arbeit.«

»Mir egal«, sagte Grock. »Lass deinen Charme spielen.«

»So viel Frauen haben wir nicht in der Technik«, murmelte Toni. Er rief jedenfalls schon mal an, um die Spezialisten vorzuwarnen. Nicht, dass die vielleicht noch ins Freibad abhauten, bevor er kam. Er legte auf. »Weißt du, was dafür wieder Überstunden anfallen? Soll ich dir ausrichten.«

Grock schaute auf die Uhr. »Bevor wir zur Overmann gehen, können wir zusammen etwas essen. Das schaffst du.«

Toni, der die Essgewohnheiten seines Chefs kannte: »Wohin gehen wir? Wie wär's mal mit Ravioli statt Maultaschen?«

Grock verzog das Gesicht. »Des isch ois wie's andre!«

»Oder zur Abwechslung Spaghetti?«
»Au net besser wie Spätzle.«
»Pizza?«
»Bappt d' Mage zsamma.«
»Sushi?«
»Rohes Floisch? Noi!«
So langsam machte es Grock Spaß, an allem etwas auszusetzen zu haben. Doch Toni fiel nichts mehr ein, und außerdem musste er los.

Sie verabredeten sich in der *Trattoria da Franco*. Toni hatte gewonnen.

54

Grock blieb noch eine Weile sitzen, dann spazierte er über den Schillerplatz hinüber zum Schloßplatz. Im Herzen der Landeshauptstadt herrschte das übliche Gewusel.

Was ist nur aus Stuttgart geworden, dachte er. Da hatten sie die Betonklötze der Fünfzigerjahre abgerissen und durch genauso einfallslose Glasklötze ersetzt. Auch das neue Kunstmuseum reihte sich in die Klotzarchitektur ein. Das Diktat des rechten Winkels. So waren sie eben, die Schwaben, immer schön geradlinig, nur nichts Extravagantes. Sonst könnte man noch denken, sie hätten Geld übrig.

Und hinter den Königsbau mit seinen schönen Arkaden hatten sie ebenfalls so einen Klotz hingestellt, wenn auch mit einem Kuppeldach aus Glas, sehr einfallsreich, und eine richtige Shoppingmall daraus gemacht. Als ob man nicht schon genug Kruschtläden in der Stadt hätte. Großstädtischer wurde Stuttgart deswegen auch nicht.

Dennoch ließ er sich im Café vor dem Kunstmuseum nieder, weil gerade ein Tisch frei war. Erste Reihe, Paradeblick auf die Menschen, die von links nach rechts und von rechts nach links vorbeikamen.

Kaum einer schlenderte, die meisten hasteten. Es hat keiner mehr Zeit heutzutage. Selbst beim Shopping pressiert's.

Grock bestellte ein Mineralwasser. Ein Wein wäre ihm lieber gewesen, aber er sah ein, dass es noch zu bald war dafür. Und außerdem würde heute noch einiges auf ihn zukommen, das spürte er.

Er schaute auf den Laufsteg vor ihm. Stuttgart wurde auch immer internationaler. Neuerdings sah man viel mehr Farbige als früher, hübsche Mädchen darunter. Wo die wohl herkamen? Welches Schicksal die mit sich schleppten? Wie die sich hier fühlten, schwarz unter Schwaben?

So viele Menschen. So viele Geschichten.

Wenn da jetzt zum Beispiel Carla Overmann vorbeikäme, was würde man sehen? Eine äußerst sinnliche Frau, groß gewachsen, gut gebaut, extravagant gekleidet. So eine könnte an jedem Finger zehn haben, hatte sie ja auch, wenn man ihrem Exmann glauben durfte.

Aber wenn man das nicht weiß und sie nur so sieht, dann müsste man doch annehmen, dass so eine ein zufriedenes Leben führt. Ist noch jung. Sieht gut aus. Wird überall beachtet deswegen. Und wie wird man glücklich? Und wie verliert man das Glück wieder? Oder ist Glück nur eine Illusion? Wie die Liebe? Aber nein, nicht schon wieder an Lena denken jetzt.

Und Muggler und Loose? Loose und Carla? Carla und Muggler?

Man sieht es den Menschen nicht an, ob sie Mörder sind. Oder Opfer werden.

Grock grübelte. Die Menschen, die an ihm vorbeigingen, verschwammen zu einer gesichtslosen Masse. Dann fasste er einen Entschluss und sprang auf. Dieses Gespräch konnte er nicht hier am Tisch führen.

Es war purer Zufall, dass die Bedienung gerade in seiner Nähe stand und ihn noch zu fassen kriegte. Mit schlechtem Gewissen kramte Grock das Geld aus der Tasche und gab ein viel zu hohes Trinkgeld. Peinlich, wenn man ihn der Zechprellerei beschuldigt hätte.

Er suchte auf dem Schloßplatz eine freie Bank, aber überall gab es Mithörer. Schließlich setzte er sich vorm Staatstheater einfach in die Wiese. Auch einer, der die Sonne genoss, wie die anderen. Auch ihm sah man es nicht an, dass er Kriminalkommissar war und möglicherweise im Begriff, einen Mörder zu überführen. Oder eine Mörderin ...

Er wählte Dirks Nummer.

Dirk und Theresa waren noch immer damit beschäftigt, Looses Nachbarn zu befragen, und ziemlich frustriert. Ergebnisloses Klinkenputzen. Auch Frau Häfele, die alles sah, konnte Besuche von wem auch immer bei Loose nicht eindeutig datieren.

»Ihr könnt aufhören«, sagte Grock. »Ihr müsst den Muggler observieren.«

»Tut sich da was?«, fragte Dirk.

»Möglicherweise.«

»Die Beschattung kannst du dir abschminken. Wo soll ich da parken? In der Fußgängerzone vor seinem Laden? Und dann die Königstraße runterfahren, wenn er da langgeht? Oder weißt du, wo er sein Auto stehen hat? Wenn nicht, geht er uns garantiert durch die Lappen.«

»Ihr seid zu zweit. Theresa zu Fuß, du im Auto. Und außerdem, ich glaube, ich weiß, was er tun wird.«

»Nämlich?«

»Ich habe ihn ins Präsidium bestellt, wegen Fingerabdrücken. Aber er wird bestimmt nicht hingehen, sondern vor dem Breuninger auf Carla Overmann warten. Und dann wird er ihr hinterherfahren zu ihrer Wohnung.«

»Der Muggler und die Overmann? Was läuft da? Hat er es auf sie abgesehen oder sind die ein Pärchen?«

»Das weiß ich noch nicht. Aber ich bin sicher, dass es eine Verbindung gibt.«

Sie besprachen noch die Einzelheiten.

Grock legte sich ins Gras und schloss die Augen. Er dachte an Muggler und Carla Overmann und immer wieder an Lena. Bald war er eingeschlafen.

55

Als sein Handy klingelte, schrak Grock auf. Er brauchte eine kleine Weile, um sich zu orientieren.

»Wo bist du?«, fragte Toni. »Ich warte hier schon eine Ewigkeit auf dich. Was ist los?«

»Ich bin gleich bei dir«, antwortete Grock. Er konnte Toni schlecht sagen, dass er eingenickt war. Außerdem ging ihn das nichts an, er war hier der Chef, er konnte tun und lassen, was er wollte, auch mal einschlafen, und damit basta.

Er wunderte sich selbst über diesen Anflug schlechter Laune. Toni hatte ihn aus einem angenehmen Traum gerissen, aber er brachte ihn nicht mehr zusammen, er wusste nicht einmal mehr, wer darin vorgekommen war. Ein schönes Gefühl im Bauch, das war alles, was übrig war.

Auf dem Weg meldete sich das Handy erneut. Es war Theresa.

»Wir sind in Position«, sagte sie. »Muggler macht noch keine Anstalten, seinen Laden zu schließen.«

Es war halb sieben.

»Gut«, sagte Grock, »behaltet ihn im Auge.«

Toni hatte sein Glas Wein schon halb geleert, als Grock in der Calwer Straße angelangt war. So liebte Grock es: an einem Sommerabend draußen zu hocken, die Wärme genießen, die Leute anschauen. Außerdem konnte man hier noch rauchen, ohne sich böse Blicke einzufangen. Es war zwar ein Italiener, aber na ja.

»Was kannst du empfehlen?«, fragte er Toni.

»Alles.«

Das war wenig hilfreich. Grock entschied sich für Spaghetti mit Tomatensoße, ganz klassisch, auf Experimente wollte er sich nicht einlassen. An schwäbischen Weinen war nichts Vernünftiges im Angebot, aber der Frascati, den Toni ihm nahegelegt hatte, war akzeptabel. Eigentlich war er sogar ganz gut.

»Was sagt die Technik?«

»Sie rufen zurück. Und was sie sonst noch gesagt haben, willst du lieber nicht wissen.«

Grock sah sich um. Das hier war nicht die Sorte Italiener, die er kannte, mit kitschiger Folklore an den Wänden und pappiger Pizza. Edel, das Ganze. Wie die Leute. Wie die Preise. Von sich aus wäre er nie hierhergegangen.

»Auch Verwandtschaft von dir?«

Toni lachte. »Ausnahmsweise nicht.«

Toni aß eine Seezunge. Sah auch nicht schlecht aus. Aber mit den Fischen hatte es Grock nicht so.

»Ich lasse Muggler von Dirk und Theresa beschatten«, sagte er.

Toni sah ihn erstaunt an.

»Was erwartest du dir? Den großen Showdown?«

»Vielleicht. Muggler steckt in der Sache mit drin, das spüre ich.«

»Deine Intuition in Ehren, aber was ist die Grundlage?«

Grock wickelte seine Spaghetti mit Löffel und Gabel. An den Nebentischen sah er, dass es auch ohne Löffel ging. Er versuchte es auch.

»Muggler hat uns was vorgespielt. Ganz gut teilweise. Zu gut. Seine Erschütterung über den Tod von Loose war übertrieben. Warum? Wenn er mit der Geschichte nichts zu tun hat, gibt es keinen Grund, uns etwas vorzumachen.«

»Aber wenn er mit drinsteckt, musste er damit rechnen, dass wir irgendwann bei ihm auftauchen und konnte sich vorbereiten. Vielleicht war er doch echt.«

»Wir haben ihn überrumpelt. Für einen kleinen Moment hat er seinen Text vergessen. Danach hat er wieder kühl gekontert, nichts hat ihn überrascht.«

Grock wickelte und wickelte, aber die Dinger rutschten immer wieder weg. Da waren Spätzle doch einfacher. Die konnte man wenigstens aufspießen.

»Trotzdem«, beharrte Toni, »Loose war Stammkunde, er hat bei ihm eine ziemlich teure Geige gekauft, da kann man schon die Fassung verlieren, wenn man von einem Mord hört.«

»Nicht so. Nicht er. Muggler handelt mit gefälschten Geigen, davon können wir ausgehen. Er ist gerissen und er ist kaltschnäuzig, sonst könnte das Geschäft nicht funktionieren.«

Grock gab den Kampf mit den Spaghetti auf und griff doch wieder zum Löffel.

»Theresa hat sich vorhin gemeldet«, sagte er. »Muggler ist immer noch im Laden. Er hat offenbar nicht die Absicht, sich seine Fingerabdrücke nehmen zu lassen.«

»Das ist das überzeugendste Argument bisher. Und die Overmann?«

»Nicht so unbedarft, wie sie tut. Sie hat uns einiges verschwiegen, harmlose Sachen eigentlich, die normalerweise ohne Belang sind. Zum Beispiel, dass sie ihren Schwiegervater längere Zeit regelmäßig besucht hat. Warum hat sie das nicht gleich gesagt?«

»Erklär's mir!«

»Weil sie damit zugegeben hätte, dass sie über das Leben Looses gut Bescheid wusste. Ganz sicher auch über eine teure Geige, die jetzt verschwunden ist. Und von der sie angeblich nichts weiß.«

»Glaubst du, sie hat sie genommen?«

»Wenn, dann ist das die Verbindung zu Muggler.«

Tonis Handy klingelte. Er hörte zu und bedankte sich.

»Du hast wahrscheinlich recht. Der Besucher auf Looses Tonband könnte Muggler gewesen sein. Nicht gerichtsverwertbar, sagt die Technik, die Wahrscheinlichkeit liegt bei sechzig Prozent. Jeder Verteidiger zerpflückt das mühelos, aber für uns ist es ein Ansatz.«

Grock nickte befriedigt. So lange hatten sie im Nebel gestochert, endlich zeichneten sich erste Konturen ab. »Damit kriege ich einen Durchsuchungsbeschluss«, sagte er.

»Ruf den Ströbel doch gleich an«, schlug Toni vor.

Grock schüttelte den Kopf. »Warten wir erst mal ab, was sich heute Abend tut.«

Er sah auf die Uhr. Kurz vor halb acht.

»Es wird Zeit«, sagte er. »Organisiere mal die Rechnung.«

Sie bezahlten und machten sich auf den Weg zum Kaufhaus. Theresa hatte sich noch nicht wieder gemeldet. Also war Muggler immer noch in seinem Laden.

56

Carla Overmann trug heute einen sandfarbenen Rock, der knapp über den Knien endete, leicht ausgestellt war und muskulöse, gut geformte Beine zeigte, und eine enge weiße Bluse mit tiefem Ausschnitt.

»Beeindruckend, vor allem der Vorbau«, sagte Toni, der Fachmann. »Theresa hat nicht zu viel versprochen. Ich kann dich verstehen, Stefan.«

Grock schaute ihn böse an.

Beide beobachteten Carla Overmann.

»So ein Objekt könnte ich stundenlang beobachten«, grinste Toni. »Da haben wir's doch besser als Theresa.«

Es war nicht mehr viel los um diese Zeit, die Overmann räumte Kleider zurück in die Ständer. Dann klingelte Grocks Handy, und sie bemerkte die beiden. Ich muss auf lautlos stellen, dachte Grock.

»Muggler hat seinen Laden dichtgemacht und geht zu Fuß Richtung Breuninger«, meldete Theresa.

Na also. Jetzt endlich erklärte Grock Toni, was er vorhatte. Toni grinste.

Carla Overmann hatte Grock erkannt. Sie war nicht unbedingt erfreut.

Grock ging auf sie zu.

»Was wollen Sie denn schon wieder?«, fragte sie unwirsch.

»Mit Ihnen reden«, antwortete Grock freundlich.

»Und?«

»Bei Ihnen zu Hause.«

»Warum das denn? Geht es nicht auch hier?«

»Nein.«

»Und warum nicht?«

»Ich habe meine Gründe«, sagte Grock. Gründe hatte er zwar nicht, nur ein unbestimmtes Gefühl.

Carla Overmann seufzte. »Eigentlich hatte ich etwas anderes vor heute Abend. Aber wenn es unbedingt sein muss. In einer Viertelstunde habe ich Feierabend.«

»Wir warten«, sagte Grock.

Er stellte sein Telefon stumm, und schon vibrierte es. Theresa.

»Er kommt über die Passage und müsste gleich bei euch sein.«

»Muggler kommt«, murmelte Grock zu Toni. »Versteck dich und beobachte ihn.« Er selbst blieb bei Carla Overmann.

Verstecken! Wie Grock sich das nur vorstellte! Sollte er sich hinter einen Kleiderständer ducken und durch die Hosen linsen? Da konnte er darauf warten, bis die erste Frau »Spanner« schrie.

Viel Zeit blieb nicht mehr. Woher würde Muggler kommen? Toni schaute sich suchend um und schob sich dann rückwärts in eine Umkleidekabine.

Pech gehabt, ein spitzer Schrei, Toni murmelte eine Entschuldigung und flüchtete in die nächste Kabine. Hoffentlich machte die Frau kein Drama daraus, und er hatte nicht einmal hinschauen können.

Er lugte durch den Türspalt. Sein Standort war gut gewählt, er sah Muggler um die Ecke kommen. Er schlenderte gelangweilt, wie ein Ehemann, der auf seine Frau wartet und nicht weiß, wie er sich die Zeit vertreiben soll.

Dann musste er Grock bei Carla gesehen haben, denn plötzlich drehte er sich um und ging zielstrebig davon, etwas schneller als vorher, aber nicht so schnell, dass er Aufmerksamkeit erregen würde.

Tonis unfreiwillige Bekanntschaft verließ die Kabine nebenan und nahm ihm die Sicht. Eine Matrone, er hatte nichts versäumt. Als er wieder freien Blick hatte, war Muggler verschwunden. Er wartete noch einen Moment, bis er sicher sein konnte, dass die Frau ihn nicht aus der Kabine kommen sah, und ging zu Grock.

»Er ist umgedreht, wahrscheinlich, als er dich gesehen hat.«

Grock nickte befriedigt.

Theresa meldete sich wieder. Wie haben wir nur früher solche Sachen organisiert, als es noch keine Handys gab?, fragte er sich. Hoffentlich hatte sein Akku genügend Saft.

»Er wartet jetzt unten in der Nähe des Personaleingangs«, berichtete er Toni.

»Sollen wir ihn Kontakt mit der Overmann aufnehmen lassen?«, fragte der.

Grock überlegte. Das wäre eine Möglichkeit. Doch wenn die beiden tatsächlich gemeinsame Sache machten, würde Muggler die Overmann warnen. Und die wäre sehr vorsichtig, vielleicht aber auch nervös.

»Nein«, entschied er. »Muggler soll uns weiterhin mit ihr sehen.«

Carla Overmann kam auf sie zu. »Wir können gehen.«

»Mein Kollege wird sie begleiten«, sagte Grock.

Sie schaute Toni von oben bis unten an, als würde sie ihn auf seine Verwendbarkeit prüfen. Toni setzte sein charmantestes Lächeln auf.

»Von mir aus«, sagte Carla Overmann und zog ab, Toni im Schlepptau.

57

Grock ging einige Umwege, um einem zufälligen Zusammentreffen mit Muggler zu entgehen. Er holte seinen Wagen aus dem Parkhaus und hielt vorschriftswidrig in der Feuerwehrzufahrt zu dem Kaufhaus.

Ein eifriger Wächter, Hausmeister oder so, kam herbeigerannt. »Do dirfet Se fei net parka!«, tat er sich wichtig. Recht hatte er ja.

Grock wedelte ihn mit seinem Dienstausweis beiseite. Der Mann war beeindruckt genug, um direkt neben Grocks Wagen stehenzubleiben. Er wartete wohl auf eine reifenrauchende Verbrecherjagd.

»Ist schon gut«, sagte Grock, »hier tut sich nichts.«

Der Mann blieb, wo er war, bereit einzuspringen, wenn die Mithilfe des wackeren Bürgers benötigt wurde.

Wenn der Mann nicht alles mithören sollte, musste Grock wohl oder übel das Fenster wieder schließen. Seufzend schaltete er die Zündung ein, ließ das Fenster hochsurren und dachte elegisch an die Zeiten, als es noch eine Fensterkurbel gab.

Es dauerte nicht lange, bis Theresa sich meldete.

»Als er die Overmann mit Toni gesehen hat, hat er sich dünn gemacht. Er geht jetzt an der Markthalle vorbei Richtung Schillerplatz, wahrscheinlich hat er dort sein Auto stehen. Ja, richtig, er geht in die Tiefgarage. Jetzt werden wir ihn verlieren. Bis Dirk mit dem Auto hier sein kann, ist er weg.«

»Das macht nichts«, sagte Grock. »Fahrt zu Overmanns Wohnung und postiert euch so, dass ihr ihn sehen könnt, wenn er kommt.«

Grock ließ sich Zeit. Toni und Carla Overmann konnten ruhig vor ihm ankommen. Und Muggler auch. Wenn er denn kam.

Aber er kam.

»Muggler parkt schräg gegenüber vom Haus der Overmann. Schwarzer Mercedes, S-Klasse«, berichtete Theresa. »Aber wir finden keinen Platz, von dem aus wir ihn unauffällig im Auge behalten können.«

»Egal«, sagte Grock.

Freie Parkplätze direkt vor einem Haus gibt es nur im Kino. Grock fand zwei Straßen weiter einen und ging zurück.

Er bemühte sich, nicht auf die andere Seite zu schauen, ging zielstrebig, aber scheinbar gedankenverloren vor sich hin. Aus den Augenwinkeln bemerkte er Mugglers Wagen. Muggler war nicht zu sehen. Wahrscheinlich hatte er sich geduckt, als er Grock kommen sah.

Die Haustür ließ sich nur mit Schlüssel oder von den Wohnungen aus öffnen. Daran hatte er nicht mehr gedacht, und das warf seinen ganzen Plan über den Haufen. Er musste sich schnell etwas einfallen lassen.

Er ließ sich Zeit mit dem Absuchen der Türschilder, dann klingelte er bei mehreren gleichzeitig, nur nicht bei Carla Overmann. Stimmengewirr in der Sprechanlage.

»Ich bin's«, sagte Grock und betete.

Tatsächlich, die Tür öffnete sich. Er besah sich schnell und unauffällig das Schloss. Normalerweise gab es einen kleinen Hebel, mit dem man das Zuschnappen verhindern konnte. An dieser Tür nicht. Eine sichere schwäbische Burg.

Er rief Theresa an.

»Kommt ins Haus. Muggler kennt euch nicht. Tut so, als ob ihr aufschließt. Wenn ich euch höre, mache ich auf.«

»Und jetzt?«, fragte Dirk, als sie eingetreten waren. Er erläuterte ihnen seinen Plan.

»Wenn du meinst«, sagte Dirk. »Wie hoch hinauf müssen wir?«

»Vierter Stock.«

»Dein Plan ist absolut bescheuert.«

Sie gingen voraus, Theresa leichtfüßig und vor Tatendrang vibrierend, Dirk schwer schnaufend. Ein Stockwerk oberhalb von Carlas Wohnung sollten sie Stellung beziehen. Grock stieg ebenfalls nach oben und klingelte an der Wohnungstür. Carla Overmann öffnete.

»Na endlich«, sagte sie. »Muss ich denn den ganzen Abend warten?«

Aha, die Dame wurde bissig. Kein schlechter Anfang.

Die Wohnung war noch genauso unaufgeräumt. Toni saß in einem Sessel und zwinkerte ihm zu. Grock setzte sich auf das Sofa. Carla Overmann blieb stehen, die Arme vor der Brust verschränkt, der C-Brust.

»Was soll das jetzt? Worüber wollen Sie mit mir reden? Und warum in meiner Wohnung? Ich habe Ihnen alles gesagt, was ich weiß.«

Carla Overmann war sauer. Oder tat so. Da war es das Beste, man blieb stumm und wartete ab, bis sie sich noch mehr in ihre Wut hineinredete und sich dann verplapperte.

Den Gefallen verweigert ihm die Overmann jedoch. Also tat sie nur so. Sie war auf der Hut und sagte nichts mehr.

Es war ein Kräftemessen. Sie schaute zu ihm hinab aufs Sofa, er schaute zu ihr hinauf. Sie trotzig und kampfeslustig, er gelassen und leicht lächelnd. Es wäre amüsant zu beobachten, wie lange sie das durchhielt. Er war darin geübt, hatte jedoch keine Lust, den ganzen Abend zu vertrödeln.

Das Telefon klingelte. Sie ging hin und nahm ab.

»Das geht jetzt nicht, ich habe Besuch ... ja ... ich melde mich später.« Sie legte auf. »Mein Freund«, sagte sie, überflüssigerweise.

Sie war ihnen keine Rechenschaft schuldig. Die Stimme war nicht zu hören gewesen. Der Anrufer hatte sehr leise gesprochen.

Grock gab Toni einen Wink, der stand auf.

»Wir dürfen uns doch hier ein bisschen umsehen, nicht wahr?«, fragte Grock.

»Von mir aus«, antwortet Overmann.

So bereitwillig? Aber die Sucherei war ohnehin nur Show, die Toni weidlich auskostete.

Aus einem Stapel Wäsche, der auf dem anderen Sessel lag, zog er einen BH, Push-up, und besah ihn sich übertrieben genau. Was er da tat, war die reinste Provokation, auf die sie prompt ansprang.

»Sie dürfen ihn gerne mitnehmen, wenn Sie so was anmacht«, sagte Carla Overmann.

Toni lag eine Bemerkung auf der Zunge, die er gerade noch unterdrücken konnte, er war schließlich nicht zum Flirten hier. Wenn Grock nicht dabei gewesen wäre ...

Er ließ den BH wieder fallen, wühlte noch ein wenig in der Wäsche und ging zur Schrankwand. Ein wenig Nippes, ein paar Taschenbücher, Sorte moderne Frauenliteratur. Er öffnete die Schranktüren, zog die Schubladen auf. Und ließ sich Zeit bei alledem.

»Wenn Sie mir sagen, was Sie suchen, geht es vielleicht schneller«, sagte Carla Overmann. Es sollte wohl spöttisch klingen, hörte sich aber genervt an.

»Zum Beispiel eine Geige«, sagte Grock, der auf das Stichwort gewartet hatte.

»Eine Geige?« Die Overmann lachte. »Was, zum Teufel, soll ich mit einer Geige?«

»Eine ganz bestimmte Geige. Eine alte Geige. Eine Geige, die mal Peter Loose gehört hat.«

»Ich habe Ihnen doch schon gesagt, dass ich von dieser Geige nichts weiß.« Carla Overmann gab sich ganz selbstsicher.

»Sie haben schon so einiges gesagt, was nicht ganz gestimmt hat.«

Carla Overmann schwieg. Sie hatte sich wieder in ihre Abwehrhaltung mit den verschränkten Armen verkrochen, während Grock immer noch saß. Vielleicht machte sie es unbewusst, vielleicht hatte sie mal einen Artikel in einer Frauenzeitschrift darüber gelesen, wie man sich psychologische Vorteile verschafft. Grock jedenfalls war davon nicht zu beeindrucken.

»Zum Beispiel haben Sie uns nicht gesagt, dass Sie Ihren Schwiegervater längere Zeit jeden Sonntag besucht haben.«

»Na und? Ist das ein Verbrechen?«

»Es ist zumindest ungewöhnlich, wenn man angeblich kein gutes Verhältnis zu seinem Schwiegervater gehabt hat. Und wenn dieser Schwiegervater zu diesem Zeitpunkt schon der Exschwiegervater gewesen ist.«

»Das ist ja wohl eine Sache, die nur mich etwas angeht«, entgegnete Carla Overmann patzig.

»Fragt sich nur, weshalb Sie uns das nicht gleich gesagt haben. Und ich weiß auch die Gründe dafür. Ein Grund ist, dass Peter Loose Sie dafür bezahlt hat. Oder soll ich sagen, dass er Sie ausgehalten hat?«

Frau Overmann schwieg, mit verkniffenen Lippen.

»Sie sind nicht zu Peter Loose gegangen, um mit einem einsamen älteren Herrn nur ein bisschen zu plaudern«, fuhr Grock fort.

Jetzt kam Bewegung in die Frau. Sie fuchtelte mit den Armen.

»Mein Gott, ja, ich bin mit ihm ins Bett gegangen, wenn Sie's genau wissen wollen.«

»Warum?«, fragte Grock schlicht.

Diese einfache Frage brachte sie etwas aus dem Gleichgewicht. War wahrscheinlich auch nicht einfach zu beantworten.

»Warum, warum? Um Spaß zu haben, warum sonst?«

»Mit Ihrem Schwiegervater.«

»Mit meinem Exschwiegervater.«

»Sie und ein Mann in Looses Alter«, sagte Grock.

»Na und?«, blaffte sie.

»Sie haben es doch nicht nötig, mit alten Männern ins Bett zu gehen.«

»Vielleicht steh ich ja auf Altmännersex.«

»War's nicht so, dass Sie sich für den Sex haben bezahlen lassen?«, fragte Grock.

»Die Privatnutte des Geigers«, warf Toni rüde ein, der die Sucherei längst aufgegeben hatte und Carla Overmann beobachtete. Das war mehr als eine Provokation, das war eine

Unverschämtheit, und das war noch eine Untertreibung. Sie hätte alles Recht der Welt gehabt, ihm dafür die Augen auszukratzen und Gift und Galle zu spucken.

Aber Toni hatte sie unterschätzt, nur eine leichte Röte überzog ihre Wangen, ob aus Verlegenheit oder Wut, und sie sagte nur wegwerfend: »Was wissen Sie schon! Der alte Herr hat's nötig gehabt. Da ist noch nie viel gelaufen in seiner Ehe. Und was soll's, ich hatte meinen Spaß und habe dafür auch noch Geld bekommen.« Und mit einem anzüglichen Grinsen: »Und er hat wenigstens ein paar Sachen kennengelernt, von denen er seiner Lebtag noch nichts gehört hat.«

Das glaubte Grock gerne, wenn er Carla Overmann so anschaute. So weit wäre das also geklärt. Toni überlegte, was wohl Nachbarin Häfele dazu sagen würde, wenn sie von den wilden Sonntagnachmittagen des so netten, bescheidenen, langweiligen Herrn Loose wüsste.

»Und warum war's dann aus?«, fragte Grock.

»Peter war offenbar auf den Geschmack gekommen und hatte ein paar Wünsche, die mir zu weit gingen. Wenigstens mit einem altem Knacker wie dem. Wollen Sie Einzelheiten wissen?«

»Nein«, sagte Grock schnell, der Toni ansah, dass ihn das durchaus interessiert hätte. Und sei's nur, um in Gedanken Frau Häfele damit zu konfrontieren.

»Wollen Sie mir jetzt daraus einen Strick drehen?«, fragte die Overmann.

»Ihr Sexualleben ist für uns nicht von Interesse, Frau Overmann. Es geht hier um Mord. Und es geht darum, dass Sie Peter Loose weitaus besser kannten, als Sie uns weisgemacht haben. Sie wussten, dass er eine wertvolle Geige besaß, und Sie wussten, dass sie nicht mehr da war, als wir die Wohnung durchsucht haben.«

»Mein Gott, diese Geige!«, brach es aus ihr heraus. »Was hat er für ein Theater darum gemacht!«

Grock lag also richtig, sie wusste von der Geige. Ein kleiner Etappensieg, nicht mehr, viel gewonnen war damit noch nicht.

Nun gab Grock seine gemütliche Gangart auf, nun prasselten die Fragen auf sie hernieder. Was ist mit der Geige passiert? Wo ist sie? Wer hat sie? Was wissen Sie über den Mord? Haben Sie Peter Loose ermordet? Hat die Geige was mit dem Mord zu tun? Haben Sie etwas mit dem Mord zu tun?
Aber Frau Overmanns Mitteilungsbereitschaft war versiegt. Sie wusste von nichts oder schwieg.
»Sie stehen unter Mordverdacht, Frau Overmann, das ist Ihnen doch klar«, sagte Grock.
Es war ihr offensichtlich klar. Sie fühlte sich nicht wohl in ihrer Haut, das war zu merken. Ihre trotzige Selbstsicherheit hatte Risse bekommen. Aber sie schwieg weiterhin.
Grock störte das nicht. Er hatte gesät und würde bald ernten.
Als sie sich zum Aufbruch bereit machten, unternahm Grock den letzten Versuch, das abzukürzen, was unweigerlich folgen musste, wenn er mit seinen Ahnungen recht hatte.
»Sie sollten Rüdiger Muggler nicht unterschätzen«, sagte er. »Er ist gefährlich.«
Carla Overmann sagte nichts dazu. Ein weiterer kleiner Punktsieg. Sie kannte Muggler also. Aber das war ja nun nicht mehr überraschend.

58

Von Dirk und Theresa war nichts zu sehen und nichts zu hören, als sie die Treppe hinuntergingen. Sie traten auf die Straße und übersahen geflissentlich Mugglers Wagen.
»Nur um die Ecke?«, fragte Toni.
»Nein«, antwortete Grock. »Wir fahren an ihm vorbei. Er soll uns wegfahren sehen.«
»Das halte ich für zu riskant. Was ist, wenn wir keinen Parkplatz mehr finden?«

Stimmt, das wusste Toni ja noch nicht: »Dirk und Theresa sind schon im Haus und warten auf ihn.«

»Was hat die Overmann nun mit der Sache zu tun? Ist sie Mugglers Komplizin?«

»Das weiß ich noch nicht«, sagte Grock. »Ich weiß nur, dass sie irgendwie darin verwickelt ist. Gute Show übrigens, aber etwas übertrieben.«

Toni zuckte mit den Achseln. »Wenn wir damit erreichen, was wir wollen.«

»Wir werden sehen.«

Sie fuhren an Muggler vorbei und hatten Glück. Gleich um die Ecke war ein Parkplatz frei. Sie warteten. Grock war unruhig. Hatte er da womöglich etwas eingefädelt, das aus dem Ruder lief, bevor sie eingreifen konnten?

Dann endlich meldete sich Theresa.

»Er ist drin.«

Sie sprangen aus dem Wagen und hasteten zurück zum Haus, wo Theresa sie einließ.

Dirk stand vor der Wohnungstür und lauschte. Es war nichts zu hören.

Über ihnen wurde eine Tür geöffnet und dann zugeschlagen. Ein Nachbar hatte sich den ungünstigsten Moment ausgesucht, seine Wohnung zu verlassen.

Grock winkte Toni zu, der rannte nach oben, drei Stufen auf einmal. Getuschel. Dann führte Toni eine Frau an ihnen vorbei nach unten. Die Frau schaute sie mit großen Augen an, in einer Mischung aus unbestimmbarer Furcht und grenzenloser Neugierde. Grock nickte ihr beruhigend zu und legte den Finger auf die Lippen: Pst!

Die Frau wäre am liebsten stehengeblieben, um hautnah mitzuerleben, was immer sich auch tun würde, aber Toni ergriff mit sanftem Nachdruck ihren Arm und drängte sie weiter treppab. Die Haustür fiel ins Schloss. Ganz sicher wartete die Nachbarin davor.

In Carla Overmanns Wohnung waren nun Stimmen zu hören. Laut, erregt.

»Darf ich die Tür eintreten?«, fragte Dirk. »Das wollte ich schon immer mal machen.«

»Du bist nicht Gunvald Larsson«, beschied Grock.

Wie lange sollten sie noch warten? Grock gab noch eine Minute zu, dann drückte er die Klingel. Er ließ den Finger darauf, bis Carla Overmann öffnete, rot im Gesicht.

Dirk schob sie beiseite, er und Toni und Theresa stürmten in die Wohnung, Grock folgte gemächlich. Theresa hatte sogar ihre Pistole gezogen und hielt sie lehrbuchmäßig auf Muggler gerichtet. Es sah martialisch aus und es fehlte nur noch ein Kampfschrei.

Hätte Muggler ein Messer oder sonst was in der Hand gehabt, wäre die Sache viel einfacher gewesen. So aber sah er sie nur überrascht und überrumpelt an, hatte seine Haltung aber rasch wieder gefunden.

»Was soll denn dieser Auftritt?«, rief er, in höchstem Maße empört. So sollte es wenigstens klingen.

»So, so«, sagte Grock, »Sie kennen Carla Overmann also doch.«

»Na und?«

»Warum haben Sie das uns gegenüber abgestritten?«

»Weil es Sie nichts angeht, mit wem ich ins Bett gehe.«

Carla Overmann sah aus, als ob sie protestieren wolle, sagte dann aber doch nichts.

»Sie stehen unter Mordverdacht.«

»Das ist doch lachhaft! Das müssen Sie erst einmal beweisen!«

Darauf ging Grock nicht ein. Stattdessen fragte er: »Worüber haben Sie sich denn mit Frau Overmann unterhalten?«

»Über dies und jenes. Nichts Besonderes.«

»Nicht zufällig über eine alte Geige? Und über einen Musiker, dem diese Geige gehört hat und der ermordet wurde?«

»Wie kämen wir dazu?«

Grock gab Toni einen Wink. Der ging zur Schrankwand, öffnete eine Schublade und holte ein Aufnahmegerät hervor.

Grinsend zeigte er es Muggler, spulte zurück und drückte auf die Wiedergabe.

Es war ein riskantes Spiel. Jeder Verteidiger würde Grock zerfetzen deswegen. Aber vielleicht gelang es, Muggler damit zu beunruhigen. Merklich blass war er schon.

Auf dem Tonband waren Schritte zu hören. Offenbar tigerte Carla Overmann unruhig durch ihre Wohnung und überlegte, was sie tun sollte. Die Türklingel. Die Overmann, wie sie öffnete und mit Muggler zurückkam.

Muggler: »Was wollte die Polizei von Ihnen?«
Overmann: »Das können Sie sich ja denken.«
Muggler: »Was haben Sie gesagt?«
Overmann: »Nichts.«
Muggler: »Wirklich nichts?«
Overmann: »Sonst hätten die mich ja wohl gleich mitgenommen, oder?«
Muggler: »Ich warne Sie!«
Overmann: »Mir wird die Sache allmählich zu heiß. Ich will mehr.«
Muggler: »Unmöglich, das geht nicht.«
Overmann: »Dann gehe ich zur Polizei.«
Muggler: »Sie hängen genauso mit drin.«

Toni stoppte das Gerät.

»Und?«, fragte Grock und sah Muggler und die Overmann an. Keiner sagte ein Wort.

»Wir setzen die Befragung auf dem Präsidium fort«, entschied Grock.

»Dazu haben Sie kein Recht«, protestierte Muggler. Aber der Protest war so schwach, dass Grock nicht einmal darauf reagierte.

59

Carla Overmann knickte als Erste ein. Sie hatte auch nicht viel zu verlieren. Dachte sie.

Tatsächlich war ihr sofort aufgefallen, dass die Guarneri verschwunden war, als sie auf den Anruf von Ramsauer hin nach ihrem Exschwiegervater geschaut hatte. Sie hatte sich erst nichts dabei gedacht. Als sie dann jedoch erfuhr, dass Loose ermordet worden war, begann sie zu kombinieren.

Loose zweifelte an der Echtheit seiner teuer bezahlten Geige, das hatte er ihr erzählt. Er hatte sich umgehört, und was ihm über Muggler zu Ohren kam, war nicht angetan, seine Zweifel zu zerstreuen. Er wollte Muggler zur Rede stellen. Er wollte sein Geld zurück und Muggler anzeigen. Das war der Stand, als ihre Nebenbeschäftigung in Looses Bett zu Ende ging.

Und dann war Peter Loose tot und die Geige weg, und Carla Overmann ging zu Muggler und er erkaufte sich ihr Schweigen.

»Sind Sie mit ihm tatsächlich ins Bett gegangen?« Toni konnte die Frage nicht lassen, aber Carla Overmann würdigte ihn keiner Antwort.

»Wie viel hat Muggler Ihnen bezahlt?«, wollte Grock wissen.

»Fünftausend«, gestand Carla Overmann.

Eine miese, kleine Erpressung, nichts weiter.

»Sie widern mich an«, sagte Toni, und Grock ließ ihm das durchgehen. »Fünftausend dafür, dass ein Mord möglicherweise ungesühnt bleibt.«

»Ich wollte ja noch zur Polizei gehen«, verteidigte sich die Overmann schwach.

»Aber vorher noch abkassieren«, spuckte ihr Toni förmlich ins Gesicht. »Erst bei Loose, dann bei Muggler. Haben Sie eigentlich auch so was wie Gefühle?«

»Sie haben mit Ihrem Leben gespielt«, sagte Grock. »War Ihnen nicht klar, dass er Sie zum Schweigen bringen musste? Vielleicht hätte er das heute getan, wenn wir nicht gekommen wären.«

Wahrscheinlich war ihr dieser Gedanke mittlerweile auch gekommen, sie guckte belämmert.

»Was passiert jetzt mit mir?«, fragte sie mit kläglicher Stimme.

»Das muss der Staatsanwalt entscheiden«, sagte Grock. »Machen Sie sich auf eine Anklage gefasst, und da wird einiges zusammenkommen. Heute Nacht bleiben Sie hier. Verdunklungsgefahr.«

Als sie das Vernehmungszimmer verlassen hatten, ereiferte sich Toni: »Wenigstens Danke hätte sie sagen können.«

Rüdiger Muggler, von Dirk und Theresa befragt, widerstand länger. Er leugnete, wurde ausfällig und verlangte nach einem Anwalt.

Dirk, dem das zu bunt wurde und der sich nach seinem Bett sehnte, sagte: »Wir haben den Beweis, dass Sie Loose in seiner Wohnung abgeholt haben. Wir haben Ihre Stimme auf Tonband.«

Muggler schaute ihn ehrlich verblüfft an, und Dirk erzählte von dem Bandgerät in Looses Zimmer, das sich weitergedreht hatte bis zum Ende. Er sagte ihm nicht, dass der Beweis auf mehr als schwachen Füßen stand.

»Und außerdem nimmt die Spurensicherung gerade Ihre Räume und Ihr Auto auseinander. Was glauben Sie, was die finden werden!«

Muggler gab auf.

Ja, Loose wollte sein Geld zurück, aber Muggler hatte das Geld nicht, und seine gesamte Existenz stand auf dem Spiel, wenn ruchbar geworden wäre, dass aus seinem Laden schon wieder eine falsche Geige gekommen war. Obwohl, und das war ja die Ironie der Geschichte, Looses Geige echt sei, wie er wiederholt beteuerte. Dirk glaubte ihm so wenig, wie Loose das getan hatte. Dem war das mittlerweile auch egal.

Wenn ständige Zweifel blieben, war die Freude vergällt. Loose wollte die Guarneri nur noch loswerden und Kohle sehen.

Dann kamen die Berichte über die beiden Pennermorde, und Muggler kam die Idee, wie er sein Problem ein für alle Mal lösen konnte. In einem Secondhand-Laden besorgte er sich Kleider und lockte Loose aus seiner Wohnung. Der Vorwand war, er wolle mit ihm einen Rückkaufvertrag aufsetzen, den sie anschließend bei einem Notar beglaubigen lassen wollten. Loose schluckte den Köder, in mancher Hinsicht war er wohl doch etwas unbedarft.

Muggler nahm Loose mit zu sich in seine Wohnung, sie erledigten die Formalitäten, und bevor sie sich auf den Weg zum angeblichen Notar machten, genehmigten sie sich ein Gläschen. Und noch eines. Und noch eins. Loose pichelte nämlich gern, vor allem, wenn er eingeladen wurde. Besonders teurer Whisky hatte es ihm angetan, bei ihren diversen Auftritten war er auf den Geschmack gekommen, wie er einmal erzählt hatte, als sie noch gut Freund waren.

»Macallan«, sagte Grock, der dazu gestoßen war. Muggler nickte.

Die anderen Gesichter des vermeintlich so biederen Geigers. Seine heimliche Vorliebe für Edelwhisky passte so wenig zu dem Bild, das sich andere von ihm gemacht hatten, wie seine Betteskapaden mit Carla Overmann und die hässliche Erpressung der Kapfenberger. Stille Wasser eben, dachte Grock. Ausgerechnet Fellner, dieser Griesgram, der an nichts und niemandem ein gutes Haar ließ und den deshalb keiner ernst nahm, hatte noch am ehesten eine Ahnung gehabt, dass es unter der Oberfläche brodelte. Vielleicht war es ohnehin eine Illusion, dass man jemanden zu kennen glaubte. Man sah nur einzelne Facetten. Was Grock unweigerlich auf ganz andere, ganz private Gedanken brachte, die er mühsam unterband, um Muggler weiter zuhören zu können.

Irgendwann war Loose bedudelt genug, dass Muggler zur Tat schreiten konnte, ohne Gegenwehr befürchten zu müssen. Und er selbst auch, damit er das ausführen konnte, was er geplant hatte. Er steckte ihn in die alten Kleider und legte ihn in der Nacht im Schloßgarten ab. Später kehrte er in Looses Wohnung zurück und nahm die Geige samt Kasten an sich.

»Wie haben Sie ihn in den Schloßgarten geschafft?«, fragte Grock.

»Mit dem Auto und dann mit einer Sackkarre.«

»Sie spazieren seelenruhig mit einer Sackkarre und einer Leiche drauf durch den Schloßgarten?«

»Bei dem Sauwetter war doch keiner unterwegs. Nicht mal ein Penner.«

»Warum haben Sie ihm im Schloßgarten noch mal eins übergezogen?«, wollte Dirk wissen.

»Es sollte so aussehen, als sei es dort geschehen«, sagte Muggler.

»Und Sie haben wirklich geglaubt, dass Sie uns damit täuschen können?«, wunderte sich Dirk.

»Und wieso ausgerechnet mit dem Macallan?«, fragte Grock.

Muggler zuckte mit den Schultern. »Wir hatten die Flasche leer gemacht.«

Wollen wir mal hoffen, dachte Grock, dass diese Art der Müllentsorgung nicht Schule macht.

Ob er auch Carla Overmann habe töten wollen, um sie zum Schweigen zu bringen, fragte Theresa, mittlerweile unterrichtet über Carlas Geschichte.

Aber darüber schwieg Muggler sich aus. Und auch Grock bekam keine Antwort auf seine Frage, ob er, auf Vermittlung Looses, an Frau Kapfenberger ein Cello verkauft habe. Und ob es echt oder falsch sei. Und ob dieses Cello ein weiterer Grund gewesen sei, Loose zum Schweigen zu bringen. Eigentlich sagte er überhaupt nichts mehr.

Als Muggler abgeführt war, fragte Dirk Grock: »Wirst du's der Kapfenberger sagen, das mit dem Cello?«

»Was gehen mich die Statusprobleme frustrierter Unternehmergattinnen an.«

60

Was die Spurensicherung in den nächsten Tagen ausgrub, untermauerte Mugglers Geständnis. Wenn man wusste, wo man suchen musste, fand man auch etwas, Kleiderfasern im Auto, Blutspritzer in der Wohnung, obwohl Muggler den Teppich, auf dem es geschehen war, weggeworfen hatte. Grock war froh darüber. Geständnisse konnte man widerrufen, Fakten nicht.

Und die Geige? Muggler hatte sie in einem Bankschließfach untergebracht, und nun lag sie auf Grocks Schreibtisch.

Sie war wunderschön.

Reiner Loose, den sie hergebeten hatten, nahm sie in die Hand. »Ist sie nun eigentlich echt oder nicht?«, fragte er.

»Muggler behauptet, sie ist echt«, sagte Grock. »Aber wahrscheinlich werden wir das nie herausfinden. Oder nur mit sehr viel Mühen.«

»Wissen Sie, als Kind habe ich irgendwann mal begonnen, Geigen zu hassen. Mein Vater wollte aus mir auch einen Geiger machen, aber einen besseren, als er es war. Ich sollte seine Träume erfüllen. Aber ich war nicht begabt dafür, und mich hat es auch nicht interessiert. Es hat lange gedauert, bis ich mich durchsetzen konnte. Eingesehen hat er es nie.«

»Die Geige gehört Ihnen«, sagte Grock.

»Ich will sie nicht.«

»Als Andenken an Ihren Vater«, schlug Grock vor.

»Es ist vielleicht besser, wenn ich ohne Geige an ihn denke. Vor allem ohne diese. Nein, ich will sie nicht.«

»Ich kenne jemanden, dem Sie mit der Geige eine Freude machen können. Felix Ramsauer.«

Loose nickte. »Da erfüllt sie vielleicht noch ihren Zweck. Wenn sie schon so viel Unglück gebracht hat.«

In seinen Augen standen Tränen.

61

Der Rat wackelte mit den Zehen.
»Sauber gemacht, mein lieber Grock, wenn auch etwas unkonventionell. Alles müssen Sie dem Herrn Staatsanwalt ja nicht erzählen, konzentrieren Sie sich auf die Ergebnisse.«
Grock hatte nichts anderes vor. Katalogmenschen durfte man nicht überfordern.
»Kommen Sie, geben wir uns dem ... Gefühl hin, gehen wir eine Runde.«
Wenigstens hatte Grock jetzt immer verlässlich ganze Socken und saubere Füße.
Das Gefühl!
»Ja, Ihr Gefühl!«, seufzte der Rat. »Es hat Sie wieder einmal auf den richtigen Weg geführt. Aber einen ungeklärten Todesfall haben wir noch.«
»Den dritten Penner. Ein Unglücksfall. Sagt mir mein Gefühl.«
»So, so, Ihr Gefühl. Übrigens, Ihr Pferdeschwanz ...«
Grock knurrte nur.
»Man kann sich daran gewöhnen. Hat auch was mit Gefühl zu tun, nicht wahr?«

62

Grock saß in seinem Garten und begann in Gedanken, sein Leben neu zu ordnen. Vielleicht sollte er sich als Erstes nach einer Putzfrau umschauen.
Der verrückte Hans kündigte sich mit einem lauten Tröten an.
Aus dem Westen zog ein Regengebiet heran. Die Tiefausläufer würden morgen Baden-Württemberg erreichen, sagten sie im Radio.

Der Sommer war vorläufig zu Ende. Zu spät gekommen, zu früh gegangen, wie üblich.

Dann ist das also der letzte Abend, den ich hier draußen verbringen kann. Mit einer Flasche Riesling, Untertürkheimer Gips, feiner Tropfen übrigens, einer Schwarzen nach der andern und dem Geplapper des verrückten Hans.

Der Rasen müsste schon wieder gemäht werden. Im nächsten Sommer dann.